もの語る一手

KODANSHA

もの語る一手

青山美智子
葉真中顕
白井智之
橋本長道
貴志祐介
芦沢央
綾崎隼
奥泉光

講談社

目次

青山美智子「授かり物」……7

葉真中　顕「マルチンゲールの罠」……31

白井智之「誰も読めない」……61

橋本長道　「なれなかった人」　107
貴志祐介　「王手馬取り」　143
芦沢央　「おまえレベルの話はしてない（大島）」　183
綾崎隼　「女の戦い」　235
奥泉光　「桂跳ね」　275

装画　伊奈めぐみ
装幀　bookwall
扉絵　西山竜平

もの語る一手

授かり物
青山美智子

テレビから流れてきた「天才ですね」という声に、ふと顔を上げた。

画面には、少しあどけなさを残した青年が映し出されている。和装の彼は真剣な目をして、木の盤を見つめていた。将棋の対局場面のＶＴＲらしい。

日曜日、夕方のワイドショーを眺めながら、私は居間で洗濯物を畳んでいた。乾いた衣服の山の隣で、バスタオルを広げ、端を合わせていく。

司会のタレントが興奮気味に続けた。

「史上最年少の二十歳で名人位獲得ですからね。今後の期待が高まります」

藤木洋太《ふじきようた》。

ここ数年、ことあるごとにメディアで注目されている棋士だ。なにしろ強い。将棋のルールもわからず、山崩しぐらいしかやったことのない私ですらその存在をちょくちょく目にするのだから、彼の活躍で将棋界が活気づいているのは日本中が知るところだった。

画面はスタジオに切り替わり、数人の芸能人や専門家らしき人物が藤木洋太くんに関して騒がしく語り出した。彼の才能について。人柄について。生い立ちについて。

私は自分のシャツを畳む。アイロンのいらない、皺にならない白シャツは仕事着として何枚も持っている。

眼科の医療事務の職に就いてからもう二十五年になる。五十歳になったばかりの私にとって、これまでの人生の半分だ。これからも、よほどのことがない限り私はこの仕事を続けるのだろう。

「ではここで、藤木洋太名人のプロフィールをあらためて！」

司会のタレントがフリップを出す。画面いっぱいに映し出されたそこには、藤木洋太くんの顔写真と年譜が載っていた。

「……えっ」

男物の紺の靴下に手をかけながら、私は思わず声を上げた。

藤木洋太くんの誕生日。

靴下を片方だけ持ったまま、私はソファのほうに顔を向けて言った。

「ねえ、見て見て」

ソファに寝転がってスマホをいじっていた眼鏡顔が、ちらりとテレビ画面に目をやる。

私はテレビを指さしながら早口になった。

「藤木洋太くんって、利樹《としき》と同じ二十歳っていうのは知ってたけど、誕生日も同じなんだね」

息子の利樹はフリップを凝視したあと、「へぇ」とだけ答えてスマホいじりに戻った。それがどうした、といった具合だった。

そりゃそうだけど、つまらない反応。まあ、べつにいい。普段から口数の少ない利樹とそんなことで盛り上がるなんて期待はしてない。

私は利樹の靴下の片割れを探し、セットにしてまとめた。でかい足。いつのまにこんなに大きくなっちゃったのか。やっと歩き出した頃の靴下は、洗濯するたび、片っぽをなくしそうなぐらいちっちゃかったのに。

私はふと、藤木洋太くんのお母さんのことを考えた。

天才を産み育てるというのは、いったいどんな気持ちなのだろう。我が子がこれほどの才能を持ち、栄光を勝ち取り、世間から讃えられていくのを、どんなふうに見つめているのだろう。洋太くんにだって、将棋の駒を手にする前の、ちっちゃな靴下を履いていた時代があったはずだ。

ソファでうつ伏せになっていた利樹が、仰向けに姿勢を変えた。しかしスマホは手放さない。顔の上に画面を持ってきて、なにやら指を動かしている。

どうせＳＮＳの投稿をしつこくたどったり、大好きなアニメの情報収集などしているのだろう。

同じ日に生まれても、人生は同じように開いてはいかないのだ。生年月日で運命が決まるなんて、その手の占いは絶対にうそだ。

私と利樹は、静岡の田舎町で暮らしている。モルタル造りの三階建て賃貸アパートの二階が、私たちの住居だ。

利樹が中学に入った頃に元夫の昭哉《あきや》と離婚して、結婚時に新築で購入した戸建てから、こぢんまりした古い２ＤＫのこの部屋へふたりで引っ越してきた。

広い家も、庭も、車も、夫も、父親も、今の私たちはもう持っていない。一般論として、それは経済力とか社会的安定に置き換えられるものなのかもしれない。

これでよかったのだろうかと思うことも何度かあった。だけど、こうするしかなかったのだという気持ちをその上にかぶせながら、七年が経とうとしている。

利樹は公立高校を卒業したあと、市内の製茶工場に就職した。粛々とまじめに働き、夜遊びもせず帰宅して、休日の大半を家で過ごす。彼女ができたような気配もまったくない。

地味だけど、つつがない毎日。凡人には凡人の平和な暮らしがあるのだと、私は利樹のボクサーパンツを畳む。

「あのさ」

ワイドショーがコマーシャルに入ったタイミングで、利樹が声をかけてきた。

「ん？」

洗濯物に目を向けたまま私が返事をすると、彼はソファに座りなおし、こう言った。

「俺、東京に行く」

「東京？　またイベントか何かあるの？」

利樹は昔から基本的にインドアな子だが、これまでも何度か、アニメのイベントだの、ミュージシャンのコンサートだの、都内に出かけていくことがあった。たしか先週の週末にも行ったばかりだ。のんびりと訊ねたあと沈黙ができたので、私は洗濯物を畳む手を止めて利樹の顔を見る。

利樹はこわいぐらいに真剣な表情で言った。

「東京で、漫画家になるんだ」

「…………は？」

「砂川凌《すながわりょう》先生の、アシスタントをやらせてもらえることになったから。だから静岡を出て、東京に住む」

「え？　なに？　ちょ、ちょっと待って」

私は混乱して、胸のあたりで両手を掲げた。

「すながわりょうって、誰？」

「俺がずっと崇拝してる、有名な人気漫画家だよ。ブラマンとか描いてる」

ブラマン。ああ、アニメにもなった『ブラック・マンホール』だ。それなら私も知っている。利樹の部屋にも全巻揃っているはずだ。

「アシスタントって、どういうこと？　なんでそうなったの」

「言ってなかったけど、ずっと新人賞に応募してたんだ。出版社にも何度も持ち込みして。どれだけトライしても、ちっともいい結果は出せなかったけど」

驚いた。ぜんぜん、知らなかった。

利樹が子どもの頃から漫画を好きなことはわかっていた。学校のテストでも、問題がさっぱり解けなくて時間があまったからと裏に絵を描いて叱られるような子だった。お小遣いのほとんどが漫画本になったし、プリントもカレンダーもチラシも、裏が白ければそれはすべて利樹の漫画描きに使われていた。

高校生になると、漫画用の紙やインクを買い込んで、部屋にこもって描いているっぽいこともなんとなく把握はしていた。でも、そんな本気で漫画家になりたかったなんて。

「それで去年、たまたま出版社に来ていた砂川凌先生と会って。これは絶対運命だと思って、外に出たところを追いかけて、一生懸命、頭下げたんだ。弟子にしてください、お願いしますって」

「そ、それで、はい、そうしましょうって？」

「まさか」

利樹はそこでいったん、ふうっと息をついた。呼吸を整え、彼は続ける。

「最初はたいして相手にされなかったよ。そういう輩《やから》がいっぱいいるんだろうし。でも、仕事場の住所が載ってる名刺をくれたから、俺、一年かけて何回も何回も何回も、砂川先生に俺の漫画を送ったんだ。そのつど手紙添えて。そしたら、一度ちゃんと会おうって返事がきて、こないだ先生と話をしてきた」

眼鏡の奥で、目が潤んでいる。

普段無口な利樹が、こんなにいっぺんに自分のことを話し出すなんて、その内容はもちろんのこと、私はそれだけでじゅうぶんびっくりしていた。

何の言葉も返せない私に、利樹はきっぱりと言った。

「もう、決めたから。俺は砂川先生の下で勉強して、漫画家になる」

翌日、勤務先の眼科が休診日で仕事が休みだったので、私は図書館に出かけた。

図書館にも漫画が置いてあると思い出したのだ。検索機で調べると、砂川凌の漫画は人気のようで貸出中が多かったけれど、それでもなんとか、三巻だけとか六巻だけとか、別作品なうえ途中巻ではあるものの二冊見つけることができた。

利樹が仕事に出かけている間に彼の部屋に勝手に入って読むこともできたけど、それは気が引けた。なんとなく、私が触れてはいけない聖域のように感じたからだ。

私は貸出カウンターで漫画本を借り、トートバッグに入れた。この図書館は、市民センターの一階にある。二階はコミュニティスペース、三階はホールになっていた。

図書館から出て建物のエントランスへと向かう途中で、急にトイレに行きたくなった。そういえば、書店や図書館でトイレに行きたくなる現象があるらしい。なぜだろう。一階のトイレを探してみたが、図書館の中に戻らなければならないようだった。

すぐそばにエレベーターがある。私はトイレに行くために二階に上がり、用をすませた。

ほっとした心持ちでトイレから出ると、私はようやく落ち着いて館内を見回した。

今まであまり関心がなかったけれど、このコミュニティスペースでは、数々の講座や催し物が行われているようだった。そして奥には、パーテーションで仕切られた「憩いコーナー」という一画があった。

長テーブルとパイプ椅子がランダムに八組ほど設置され、奥のテーブルでは老人男性が四人集まって囲碁に興じていた。やいのやいのと言いながら楽しそうだ。囲碁って、そんなカジュアルなものだっけ。

窓際の棚には、囲碁や将棋、オセロゲームなどのセットが置いてある。誰でも無料で自由に使えるらしい。

将棋。将棋かぁ。

藤木洋太くんを思い出しながら、私はふらふらとその棚に寄っていき、将棋セットを手に取った。もうだいぶ使い込まれているそれは、盤の角が少し割れていて、駒入れの箱もぼろぼろだった。

私は一番端っこの席に座ると、箱の蓋を開けてひっくり返し、プリンを型から外すようにして盤の上に駒をのせた。

山崩し。私は本当に、将棋といえばこれしか知らない。

幼い頃、祖父がこうやって遊んでくれたのだ。山積みにした駒を、指一本で盤の外まで運ぶだけのゲーム。音を立ててはいけないというルールで、慎重に駒をそうっと動かしていく。

私は手前にある取りやすそうな駒から指をつけ、ひとつずつ静かに盤の上をスライドさせていった。

頭の中でぐるぐると、昨日のこと、今までのことがめぐっていく。

考えてみれば、私は山崩しで駒を動かすみたいに、そろりそろりと生きてきた気がする。もめごとを起さないように。自分のせいで何かが大きく変わってしまわないように。

昭哉が家に生活費を入れなくなったのは、利樹が三歳になった頃だった。家のローンや光熱費は昭哉の口座から引き落とされていたので、住むことはできた。だけど専業主婦だった私は、食費や育児にかかるお金を彼に請求するたび消耗し、「これでなんとかしろ」と一ヵ月分として一万円札をぺらりと渡され戦意喪失してしまった。

結婚したばかりのとき、医療事務の資格を取っていたのが幸いだった。私は妊娠前にパートで勤務していた眼科で常勤雇用してもらい、利樹を保育園に預けて働くようになった。

昭哉との関係はその時点で破綻していたし、彼が連絡もなく帰らない日も多かったけれど、私は利樹との生活を守ることで必死だった。

利樹の通う保育園は、二階が園児の過ごす部屋になっていた。毎朝、園に着いたらふたりで手をつないで二階まで上がり、連絡帳を出したりタオルやコップをセットして、利樹を保育士さんに託す。そして私だけ園を出て二階を見上げると、いつも利樹が窓辺にいて、こちらに向かって手を振っていた。

私も毎回、大きく手を振り返した。彼の口が「いってらっしゃああい」と動いているのが、とても愛しかった。その日課が私を支えていたといってもいい。

あの小さな顔を見て、がんばろうと思えたのだ。

ある夜、昭哉から離婚を切り出されたとき、私は驚かなかった。むしろ、あちらから言ってくれて助かったとさえ思った。リビングのローテーブルでビールを飲みながらの通達に、内心、あきれてはいたけれど、私は彼を前にして立ったまま、心のうちでは同意していた。

ただ、私がずっと気がかりだったのは利樹のことだ。中学生になったばかりの利樹に対して、親の事情で家族の形が変わってしまうことが申し訳なかったし、本当にそうなるのなら、彼の意思やこれからのことを、ちゃんと三人で話し合いたかった。

もう深夜近くなっていて、利樹は自分の部屋で眠っているはずだった。今は夫婦できちんと話をして、あらためて場を作り利樹に説明するべきだと思った。

「利樹のことは……」

私がしぼりだすように言うと、昭哉はこともなげに答えた。

「いいよ。親権はおまえにやる」

ずいぶんな言い方だった。

私は昭哉に「許可」されて、利樹を「もらう」のだろうか。

湧き出てくる憤りを押さえられず、私は珍しく声を荒らげた。

「そうじゃなくて、利樹の気持ちも大事にしたいって言ってるのよ！」

食いつく私にやや引きながら、昭哉は顔をゆがめた。

「めんどくせぇな。利樹だって、俺といても仕方ないだろ」

私は絶句した。

めんどくせぇって何？　仕方ないって何？　自分の子なのに。

言い返したいことは山ほどあるはずだった。でも、あまりの怒りに頭がぼんやりと霞んで、なんの言葉も出てこなかった。

「うん、父さんといても仕方ないよ」

突然、背後から声がして、びっくりした。いつのまにか、利樹がそこにいたのだ。

さすがに、昭哉がぎょっとしたように目を見開いた。

私たちの話を、どこから聞いていたのだろうか。利樹はそのまま、自分の部屋にこもって翌朝まで出てこなかった。


どんどん過去になっていくはずのあの光景は、幾度となくフラッシュバックして私をつらい気持ちにさせる。

あのときの利樹は、すごく冷静で、平淡な物言いだった。

いったいどれほど傷ついただろう？

利樹が怒鳴ったり泣いたりしなかったことが、私にはなおさら痛かった。

将棋の駒に指をのせたまま、ぼんやりしていると、頭の上から話しかけられた。

「奥さん、ひとりで山崩しですかな。お相手しましょうか」

白髪のおじいさんが、テーブルを挟んで立っていた。

「奥さんじゃ、ありません」

私はうつむいて答える。そう、私はとっくに、誰かの妻じゃないのだ。

おじいさんは私にことわりもなく、向かいの椅子に座った。

「それは失礼した。では、なんとお呼びすれば？」

私は口をつぐんだ。これはなんというか、ナンパだろうか。見たところ七十歳ぐらいの彼からすれば、五十歳の私も若い女なのかもしれない。

席を立とうと腰を浮かせると、おじいさんは言った。

「私は角田栄吉《かくたえいきち》と申します。ここで将棋教室の講師をしております。ご興味がおありでしたらと」

角田さんというおじいさんは、壁に貼ってある将棋教室のポスターを指さした。生徒募集中と書いてある。

ナンパではなく、生徒勧誘らしい。ちょっと自意識過剰だったかと、私は恥じ入った。

「松原《まつばら》……芳枝《よしえ》です」

ぺこりと頭を下げると、角田さんも「よろしくお願いします」と礼をする。そして鞄の中から紙を一枚取り出し、盤の横に広げた。

将棋の駒の並べ方、それぞれの駒の動き方一覧が書かれた解説シートだ。角田さんがあれこれと説明しながら自分の陣地に駒を並べ始めたので、なんだか私もそうしなければならない運びになってしまった。

シートを横目に、崩れかけた山から駒をえり分けていく。自分から見て三列のマスを使うらしい。

まずはわかりやすいものからと、私は最前列に歩兵《ふひょう》を揃えた。

歩歩歩歩歩歩歩歩歩。

角田さんは王将の駒を自分のほうに引き寄せると、「芳枝さんは、こちらで」と、駒をひとつ私によこした。

王将ではなく「玉将」と書いてある。

「え、なんですか、これ」

「ギョクです。対局のときは、強いほう、あるいは目上の者が王を持ちます」

「はあ」

勝負する前から、どっちが上なのか明らかにされちゃうのか。そして私は弱くて目下だから、王は持てずに玉を与えられる。はなっからしんどいゲームなんだなぁと、私はちょっとやる気をそがれた。

しかし角田さんの教え方はわかりやすくてていねいで、心を惹きつける明るい何かがあった。私は小学生になったような気分で、駒の名前や動きの説明に耳を傾けた。

駒それぞれの強さは、フットワークのエリアの広さが決め手のようだった。前、後ろ、横、斜め。どんなふうに動けるか。そして相手の駒が自分の行ける先にあれば「取る」ことで持ち駒にできる。

つまりそれは「取られる」ことでもあって、そういう意味ではおそろしい。さっきまでの味方が、今度は敵となって攻撃してくるかもしれないのだ。

駒の動かし方をひととおり説明したあと、角田さんは言った。

「しかし、たくさん駒を取ればいいというものではないんです。どんなに勝勢であっても、これを取られたら負けです」

角田さんがピシッと指さした駒は、王将だった。

そうか、そうなのか。

私は納得してうなずいた。

将棋って、要は王様を守るために立ちまわる戦《いくさ》なのだ。

そして私にとっての王様は、ほくろのついた「玉将」ということらしかった。

「では、やりながら覚えていきましょう」

先手、後手。角田さんにアドバイスされながら、順番に駒を進めていく。

角田さんは中指と人差し指で器用に駒を挟み、盤の上にぱちりと置いた。その仕草がなんだかカッコよかったので私も真似してみたが、人差し指が邪魔してうまくいかない。

「最初はそんなもんです。いいのです」

角田さんは笑った。私は肩をすくめ、人差し指と親指でつまんだ駒を下ろす。

とにかく王様の近くに相手の駒が寄ってこられないようにする――。

それなら、王様のまわりにスペースを作らなければいいのでは。

そう思って、動き方一覧と首っ引きで玉将に壁を立てるようにして駒を固めた。角田さんがどんなふうに攻めてこようが、まずはガードが先だ。

角田さんはそれを見てにやにやしていたが、何も言わない。

そうこうしているうち、私はハッとした。

気がつけば、私の番がきても、もうどの駒をどう進めても何かしらを取られてしまうという状況になっている。

私は王様を守ろうとしすぎて、動けなくなっていたのだ。

打つ手がない、というのは、まさにこういうことを言うのかと、私は変なところでいたく感心した。

練習ですから、と角田さんは、どうすれば良かったのかをていねいに解説しながら駒の位置を変え、ゲームを続行した。

私はいつしか、盤の上の駒たちに妙な愛着を抱き始めていた。

体いっぱいの名札をつけた彼らは応援したい選手であり、自分自身だった。

一回勝ったと思っても、次の手でやられる。

全体を見ていないとだめなのだ。先の先の先まで、場を読みながら。

角田さんの歩兵が、私の陣地に入ってきた。

「はい、ここで、この駒は裏返ることができます」

歩兵がくるりと翻る。そこには「と」と赤い字が記されていた。

「成る、と言います。相手陣の三列どこかに入れれば、動ける範囲がグレードアップします」

角田さんは盤の隣に置いていた解説シートを裏返す。

そこには「成る」駒の一覧が書かれていた。

たとえば歩兵、香車《きょうしゃ》、桂馬《けいま》、銀将。その駒たちが「成る」と、金将と同じ動きをとることができるのだという。

「歩兵は、成ると『と金《きん》』と呼ばれましてね。ひとつずつ前にしか進めなかった歩兵が、金と同じように前後左右、斜め前へと一気に行動範囲を広げる。これはまあ、たいそうな躍進で、私は好きですな」

金と同じように。

私は盤の上をあらためてじっと見た。金将は玉将のそばで堂々と誇らしげだった。

成る。そうすれば、他の駒より小ぶりで少しずつしか動けなかった歩兵が、王様の隣にいた戦士と同等になるのだ。

ただ前に前に、ひとつずつのマスを着実に進んで、しっかり力をつけて……。

じわっと涙がこみあげてきて、私は思わず「うっ」と声を漏らした。

角田さんが身を乗り出す。

「おや、どうされましたか」

私はあわてて指で涙をぬぐう。

「いえ、すみません。なんだか私の息子みたいだなと思って」

「息子さん？」

テストの、プリントの、カレンダーの、チラシの裏に。

一枚ずつ、漫画を描いて描いて描いて。

新人賞に応募して応募して、出版社に持ち込んで持ち込んで、尊敬する漫画家のところに漫画を送って送って送って。

こんな田舎町では、漫画の道具を手に入れたり、知識を蓄えたり技術を磨く場も限られていただろう。デザイン学校に通ったわけでもない、漫画家と接触する機会もなかったに等しい彼が、ひとつずつの前進で漫画界の壮大な陣地に乗り込んでいき、これから見事に「成ろう」としているのだ。

涙が止まらなくなり、私はトートバッグからハンカチを取り出しながら言った。

「息子が、漫画家になるって言い出して。東京にいる漫画家さんのところに弟子入りすることを決めてきたんです。きっとこういうことなんですね。息子は王様のところに、戦いを挑みに行くんだわ」

するとと角田さんは少しだけ間を置き、ゆっくりと答えた。

「いや、それはちょっと違うかもしれませんよ」

違う？

私は顔を上げる。角田さんはパイプ椅子の背にもたれ、穏やかに笑みを浮かべた。

「だって息子さんは、師匠を倒しに行くわけではないでしょう」

「それは……」

私が口ごもっていると、角田さんは王将の駒を手に取った。

「この駒には王将と書いてありますが、王様ではないのかもしれません」

「え？」

「諸説ありますが、本来、将棋の駒には王将は存在しなかったと言われています。もともとは、玉将しかなかったんです。玉とはつまり、宝石のことです」

宝石。

私は口を半開きにしたまま角田さんを見た。彼は続ける。

「将棋はね、敵国の王様を倒す合戦ではなく、玉を……己の宝物を守り、さらなる宝物を取りに行くというドラマなんです。私はそう解釈しています」

手元にある「玉将」が、急に、ほれぼれするほど美しく見えてくる。

弱者にあらかじめこちらを差し出すのは、強者の思いやりみたいなことなんだろうか。

角田さんは、解説シートをこちらに向けて「成る」駒について講話しはじめた。

香車は成香《なりきょう》、桂馬は成桂《なりけい》、銀将は成銀《なりぎん》、角行《かくぎょう》は竜馬《りゅうま》、飛車《ひしゃ》は竜王《りゅうおう》……。

選ばれしメンバーは、成ることで名前を変えていく。

「どうして歩兵だけ、ひらがなの『と』なんですか」

私が首をかしげると、角田さんは顎に手をやった。

「これも諸説ありましてね。『金』の崩し文字だという説が有力ですが、金ではなく、キンという音が同じ『今』の崩し文字だと主張する人もいるし、『歩』の上半分の『止』だとも言われています」

「へえ」

「まあ、実際のところよくわからん、ということですわ。皆さんそれぞれに、好きなように想像してそういうもんだと思えばいい。世の中、そんなことばっかりですよ」

なるほど。

私は自陣地の歩兵をひとつ裏返し、そこに書かれた赤い「と」の文字を見つめた。

「息子さんの玉は、いったいどんなことなんでしょうなあ。楽しみですな」

角田さんの言葉に、私はほほえんでうなずく。

利樹の「玉」はきっと、漫画を描きたいという、その熱意そのものだ。

親が教えたわけではない、自分だけの……言うなれば、天から授かったその宝物を彼は守り、さらなる輝きを手にするために進んでいく。

私にとって、この赤い文字は間違いなく、「としき」の「と」だった。

こんな素晴らしい「金」の力を、彼はすでに持っていたのだ。

藤木洋太くんと同じ日に、この地上に身を置いた利樹。

私は再び、洋太くんのお母さんのことを考えた。

時を同じくして、私たちは息子を産み育ててきた。

洋太くんが赤ちゃんの頃、彼のお母さんもその小さな体を胸に抱き、ただただ健やかであれと願っただろう。

そして、我が子がおぼつかない足取りで初めて歩いたときのことを、そのときの感動を、今でもはっきりと覚えているだろう。

彼らはいくつもの日々を重ねて二十歳になり、自分の行くその先の先を見つめているのだ。

「……やっぱり私、天才を産んでしまったのかもしれないわ」

ひとりごとをつぶやいた私に、角田さんが「へ？」と顔を突き出してくる。

いえいえ、と笑って、私は盤に歩兵を戻した。

目の前に誰もいない、広がるばかりの真っ白な未来へとひるまずに進む歩兵こそが、どの駒よりも勇ましかった。


利樹が製茶工場を退職し、東京のアパートを決め、もろもろの準備を整えるのに一ヵ月もかからなかった。

息子の巣立ちが、思いのほか早く、あっけなく訪れて、私は少しだけ放心していた。

でもそれでよかったのかもしれない。

私が何かを決めなくてはいけなかったり、迷ったりするようなことがあれば、ずるずるとその機を逃していただろう。

雨が降り出しそうな、風の強い日の朝、利樹は家を出る支度をしていた。

駅まで一緒に行って見送るようなことはしないと、あらかじめ伝えてあった。あえて休みなど取らず出勤日とし、いつもどおり変わりなく朝食をとり、なんでもないふりをして後片付けをした。平静を装い、保つために。

チェストに置きっぱなしにしていたチラシを手に取り、利樹が言った。

「え、将棋やるの？」

将棋教室の生徒募集。

場所は市民センターコミュニティスペースにて、講師は角田栄吉。

私は照れ笑いをする。

「たまたま、仕事の休みの曜日と重なるから。行ってみようかなあって」

「へえ、いいんじゃない」

利樹はチラシをチェストに置きなおし、なんだかちょっと嬉しそうに笑った。

「母さんが自分から積極的に動くときって、絶対にいい方向にしかいかないから。勝算ありってことだからさ」

私は驚いて利樹を見る。そんなふうに言われたのは初めてだったし、すごく意外だった。

「そ、そうかな」

「うん。普段はあんまり大胆な行動に出るタイプじゃないけど、ここっていうところでちゃんとキメてるっていうか。そうやってずっと、俺のことも守ってくれてた」

眼鏡のフレームを少し上げながら、利樹はちょっとはにかんだ。

そんなこと。そんなこと、思ってたなんて。

「守れてたかな、利樹のこと。あのときだって……」

私が声を震わせると、利樹はちょっと首を傾ける。

「父さんと最後に話したときのこと？」

そうだ。あれが、利樹と昭哉との最後の会話だった。

「………うん」

「いや、俺は、父さんがあんなふうに言ってて、いっそすっきりしたっていうか。あ、これで母さんも俺も、前に進めるじゃんって思ったよ」

「そうなの？　あんなこと言われて、傷ついたんじゃないの、利樹」

「俺はぜんぜん、傷ついてないよ。母さんが俺の気持ちを考えてくれてるのもよくわかったし。むしろ、傷ついたのは父さんのほうじゃないの。俺は、攻めの一手を打ってやったぜぐらい思ってるけど？」

利樹はカラッと笑った。

その笑顔に引き出されるように、今まで言えなかったことが口をついてこぼれる。

「でも、あのまま離婚しないでいれば大きな家に住めてたじゃない」

「ううん。俺、このアパートのほうが好きだよ。なんかこう、大事なものがぎゅっと凝縮されてる感じとか。東京に行っても、帰ってくるのがここって思うと嬉しいし」

嘘じゃない。利樹の声に、なんの濁りもない。

そう思えることが、信じられることが嬉しかった。

私が胸いっぱいになって涙をこらえていると、利樹は壁掛け時計に目をやった。

「そろそろ行かないと」

うん、と私は小さく息をつく。

そうだね。今、その時がきたのだ。

利樹の引っ越し荷物は今日の夕方に東京のアパートに着くよう、運送業者に手配してあった。それでも、手持ちにしたいものがたくさんあったらしい。ぱんぱんに詰まったリュックと、大型の手提げ紙袋を持ち、利樹は玄関に向かった。

窓の外で、ごうごうと風の音がする。

私はスニーカーを履いている利樹の背中に言った。

「ねえ、すごい風だよ。タクシー呼ぼうか？　タクシー代くらい、はなむけに出すよ」

「大丈夫だよ。雨降ってないし」

「でも、途中で降りだすかもしれないし」

「心配しすぎだって」

利樹がドアの前で私に笑いかける。

私は利樹を抱きしめたいのをぐっと耐え、笑い返した。

「わかった。じゃあね」

「うん」

「元気でやるのよ」

「うん」

変な沈黙ができる。

利樹は利樹なりに、この家を出ることに感慨があるのかもしれなかった。

ぽつりと、利樹が言った。

「砂川先生ね……」

「うん？」

「俺のこと、『君は僕の師匠にちょっと似てる』って言ってくれたんだ。だからきっといい漫画家になるよ、って」

砂川凌の師匠が誰なのか、私にはわからなかった。でも、あんなすごい漫画家にも、師匠がいるのだ。砂川先生の下で利樹もまた、さまざまなことを学ぶのだろう。そんなふうにして、大切に受け継がれていく宝物がきっとある。

「すごいじゃない。母さんも、砂川先生の漫画、読んだよ」

「えっ、ほんとに」

「うん、すばらしかった。あんな先生が利樹のこと認めてくれてよかったね。利樹が自分の好きなことを好きなようにがんばれること、母さん、一番応援してるから」

だけど、いつでも帰ってきていいからね。そんな言葉は、胸にしまっておいた。

「ありがとう、母さん」

利樹はそう言って、ドアノブに手をかけた。

開いた扉の向こうへと利樹が飛び立っていくのを、私はしっかりと見届ける。

さびしかった。

でも、離れることがこんなにさびしいのは幸せなのだと思った。

それは互いに想い合えているという証のような気がしたから。利樹と過ごしたたくさんの情景が、私の中できらきらと光っていた。

ずーっとずっと、一緒だったね。

私の人生で、お母さんとしてのいろんな経験をさせてくれて、本当にありがとう。

ひとつ深呼吸をすると、私は居間の窓に駆け寄った。駅まで行くには、アパートの前の道を通るとわかっていたからだ。

ほどなくして、利樹が歩いてくるのが見える。

強い風が吹き荒れて、利樹の前髪がさあっと立ち上がった。

重そうなリュックサック、破れそうなほど膨らんだ手提げの紙袋。

そんなことは苦にしない様子で、利樹はぐんぐんと、足を交互に踏み出していく。


不意に利樹がこちらに顔を上げた。

きっと私が窓から見ていると思っていたに違いない。

保育園の頃とは逆に、今度は私が二階の部屋の窓から彼に手を振る。

利樹が空いているほうの腕を大きく上げ、私にぶんぶんと手を振り返してきた。


私も大きく大きく、手を振り続ける。

いってらっしゃい、いってらっしゃい。

強風に立ち向かい、あふれんばかりの夢を携え、前へ、前へと一踏みずつ。

息子よ、歩んでゆけ。

マルチンゲールの罠

葉真中顕

今度、日本にもカジノが出来るらしいな。なあ、あんた、賭け事《ギャンブル》は好きかい？　俺は結構、好きな方でさ、チンチロ、麻雀、おいちょかぶ、バカラ、まあ、なんでもやるよ。公営ギャンブル以外なら。公営ギャンブルはよ、テラ銭《せん》がっぽりもってかれるからな。馬鹿馬鹿しくてやってらんねえよ。ふふ。そんな俺が一番アツくなったギャンブルってなんだと思う？

はあ？　興味ないって、つれねえなあ。いいだろ見てのとおり、他に客もいねえんだからよ、聞いてくれよ。将棋《しょうぎ》、なんだよ。これが。

あんた将棋は指す？　そうか、指さねえか。

まあ、今どきは将棋をギャンブルなんて言うと、びっくりするやつの方が多いんだろうな。伝統ある健全なゲーム、いや頭脳スポーツかな、そういうイメージだろ。全冠制覇した藤井聡《ふじいそう》太《た》なんて国民的スターだしな。あと俺はよく知らねえけど、ＡＩの進歩もすげえらしいじゃねえか。最近はネットでも中継して、ＡＩの評価値なんてもんが出て、将棋がそんなにわからなくても、どっちが優勢かわかるんだってな。観《み》る将《しょう》ってたっけ？　指さねえで中継で対局を観るだけのファンもずいぶん増えてるって、こないだテレビで特集してたよ。まあ、そういうとこは、たしかにスポーツみてえだよな。

あれは平成の初めだったっけ。藤井の前に羽生善治《はぶよしはる》が全冠制覇した頃から、将棋のイメージ、どんどん健全になっていった感じがするよ。

それよりも前、だから昭和の時代はさ、将棋にはもう少しいかがわしさがあったんだよ。プロ棋士にもな、かなり破天荒な連中がいたし、週刊誌を賑わすようなスキャンダルもあったっけな。

それに表とは別の、裏の将棋の世界もあってよ、真剣《しんけん》っつってな、賭け将棋が盛んにやられてたのさ。AIもなにもまだなかった頃さ。ヤクザがバックについて、大金を賭けて戦う大勝負なんてのもときどきはあったんだぜ。

その真剣を生業《なりわい》にする、言わば将棋ギャンブラーを「真剣師」って言うんだ。「新宿の殺し屋」なんて呼ばれた小池重明《こいけじゅうめい》とか、プロを相手に勝ちまくって自分もプロになった花村元司《はなむらもとじ》とか、聞いたことねえかい。

それで俺もよ、一応、その端くれだったんだよ。そうだよ。真剣師さ。もうずっと昔、今から四十年近く前、ちょうど昭和の終わり頃かな。この町を根城に真剣稼業をやってたのさ。大勝負とは縁のない、場末《ばすえ》の真剣師だったけどな。

ああ、そうだ、話してたら思い出したことがあるんだ。思い出話をひとつ聞いてくれないかい。いいだろ、別によ。他に客もいねえんだからよ。て、悪い、二度目だな。

とにかく俺は勝手に喋るぜ。聞いてくれよ。

真剣師にとって一番大事なことってなんだと思う？　もちろん将棋が強いことは大前提だぜ。俺だってよ町の将棋道場くらいなら敵なし、アマの大会に出れば県代表になれるくらいの棋力はあったさ。まあでも、強いだけじゃ、駄目なんだよ。特に俺みたいな場末の真剣師には、もっと大事なことがあるんだ。

それは人に嫌われないこと、さ。

意外に思うかもしれないけど、考えてみりゃ、当たり前なんだよ、だって相手がいなきゃ将棋は指せないんだから。

　金を賭けて勝つのは当たり前。勝った上で相手に「巻き上げられた」じゃなくて「楽しかった」って思わせて、また次の機会にも真剣を受けてもらえるようにする、まあ、言っちまえば何度も美味《おい》しくいただけるカモにするのが、真剣師の腕の見せ所、なんだよ。

　俺は、その点上手《うま》くやってたつもりさ。もう今はなくなっちまったけど、当時はこの町にも、そこそこ流行《はや》ってる将棋道場があったんだ。俺はそこに入り浸って、何人かの常連客をカモにしてた。道場の席主《せきしゅ》とも飲み友達になってな。真剣するのを見逃してもらってた。当時だって大っぴらに真剣を認める道場なんてなかったからさ、席主と仲よくなっとくのは大事なんだ。ちょっとずつ、将棋も「健全」になっていってる時期だったのさ。

　あるとき、俺はその将棋道場の席主から、頼まれ事をされたんだ。「最近、常連の子どもの一人が、調子に乗って真剣で小遣い稼ぎなんかしてやがるから、お灸を据えてやってくれ」ってな。

　将棋道場にガキが来るのは大抵、土日の昼間だ。もっぱら夜、せいぜい夕方からしか道場に行かねえ俺は、そんなガキがいるなんて知らなかった。

　そいつはまだ十二歳。小学六年生だっていうんだ。「頼もしいじゃないか」って言ってやったら、席主は「昼間っから子どもに真剣なんてされたら、さすがにこっちも困るんだよ」って顔をしかめた。

　聞けばそのガキってのは、多いときは五千円くらい相手から巻き上げることもあるらしい。席主はよ、百円、二百円なら、子どもの遊びってことで目をつぶらんでもないが、こんな大金での真剣を見過ごすわけにはいかないって言うんだよ。

たしかにな。大人のギャンブルだったら五千円なんざ可愛《かわい》いもんだし、俺が真剣やりゃ、カモからそんくらいはいただくさ。でもよ、まあ、小学生が賭ける額としたら、ちと多いかもしれねえな。

出入り禁止にでもしちまえば解決なんだろうが、席主はそれは気が引けるってんだな。なんでもそのガキ、将棋を覚えたのはたった一年前だっていうんだ。それでそんだけ強くなるんだから、才能があるのは間違いない。席主は天才だって、太鼓判を押してた。プロどころか、名人だって目指せるかもしれない。だから締め出すんじゃなくて、いい具合に天狗の鼻を折って、正しい方向へ導いてやりたいって話だった。

正直、俺はよ、そんなガキのことはどうでもよかったんだけどな。道場の席主に恩を売っておくのは悪くないって思ってさ、引き受けたんだ。

それで早速、次の日曜日、俺は久々に早起きして、昼前に道場を訪ねたんだ。あの頃の将棋道場には禁煙なんてなかったからな。日曜の昼は、煙草の煙の中で大人と子どもが黙々と将棋を指してるんだ。今思えば結構、異様な空間だったよな。

席主に「そっちの奥にいるよ」って耳打ちされてな。いたんだ、そのガキが。いがぐり頭のちんちくりんで、大きなギョロ目が印象的だった。

どっかの爺さんを相手に指していたから、俺はさり気なく近づいて、様子を見たんだ。局面は終盤。ひと目ガキの方が劣勢でな。しかもだよ、ガキは最後、自分の王様が詰んでるのを見落として無理に攻めようとして、負けたんだ。頓死《とんし》ってやつだよ。

名人を目指せるような天才がする負け方じゃねえ。話が違うじゃねえか、と思ってたら、ガキは爺さんに言ったんだ。

「お爺さん強いね。次はちょっとだけ賭けない？」

道場じゃ、勝負がついたら席主に報告して、別の相手との対局を組んでもらうのが普通なんだが、そうしないで、もう一局、今度は賭け将棋をやろうってんだ。

勝った爺さんは気をよくしてるからか「ちょっとだけだぞ」ってそれを受けた。

それを傍で見てて俺は、そういうことかと得心した。

最初は緩めて指してわざと負けて、相手の気をよくしてから真剣を持ちかけるってのは、俺たち真剣師の手口なんだわ。

案の定、ガキは次の一戦でその爺さんを負かしてた。たしか三百円だったかな、賭け金を巻き上げてた。

なるほど、いっちょ前に真剣師気取りってわけか。席主が心配する気持ちもわかった気がしたよ。大したもんだって言ってやりたいとこだったが、所詮、ガキのやることでよ、甘いんだ。

最初の負け方と、次の勝ち方がどっちも悪いんだよ。だって負けたときはヘボな頓死してんのに、勝つときは圧勝してんだからよ。これじゃあ、相手だって嵌《は》められたって気づくぜ。その爺さんも「さっきは手を抜いてたのか」って、悔しそうに席を立っちまった。

繰り返すけど、真剣師にとって一番大事なのは嫌われないことなんだ。こんな調子じゃ、ほっといてもそのうち、このガキと真剣やるやつなんていなくなるだろって、思ったんだけどな。まあ、引き受けた以上は凹ましてやることにしたんだ。教育ってやつさ。

席主が手合いをつけてくれて、俺はそのガキと対局することになった。席に座るなり言ってやったんだ。

「今、見てたんだけど、きみ真剣やるんだよな。おじさんにも教えてくれよ。あんま自信がないから百円でどうかな」

するとガキはギョロ目で俺をじっと見て、生意気に「たった百円かあ」なんて、首をひねりやがった。ひっぱたきたくなったけど、ぐっとこらえて頼んだら「まあいいか」って、ガキは真剣を受けたんだ。

たった百円の勝負で負かしたって、お灸にはならねえよ。これはまあ、様子見さ。ガキの棋力が具体的にどんなもんかは、実際指してみねえとわからねえからな。

ふり駒《ごま》で先手を引いた俺は、まず歩を突いて角道《かくみち》を開けた。後手のガキは飛車先の歩を伸ばしてきた。よくある出だしさ。俺は三手目、銀を上げて言ったんだ。

「もう賭けてるんだから、本気で指してくれよ」

おまえのやり口はわかってるぜってことさ。ガキは「わかったよ」って苦笑いして、角道を開けた。

ちょっと専門的な話になるがよ、これは矢倉《やぐら》って戦型の手順なんだ。

「矢倉は将棋の純文学」なんて言葉があってよ、そんだけ歴史があって、小難しくて、まあ将棋の醍醐味が詰まっている戦型なんだよな。相手の棋力を測るにはとりあえず矢倉を指してみりゃいいってのが俺の持論さ。

ガキはなるほど、なかなかのもんだった。子どもの将棋にありがちなかなりの早指しなんだが、中盤の勝負所になると、ちゃんと手を止めて考えるんだ。先手の俺が先に攻める展開になったんだが、そんときの応手《おうしゅ》も正確だった。そうだな中盤のそのまた真ん中あたりまでは、プロでもこう指すだろって手が続いたよ。将棋覚えて一年でこんだけ指せるなら、席主が天才だって言うのも、本人が天狗になるのも、わからないじゃねえと思ったね。

ガキの方も、途中で「おじさん、結構指せるね」なんて言いやがった。さっきの爺さんとは違うって思ったんだろうな。

そっから数手進んで、ガキはほんの少しだけぬるい手を指した。悪い手ってわけじゃない。ただ、最善でもない。生ぬるい手さ。その数手あとにもまたぬるい手が出た。俺は見逃さずそれを咎《とが》める手を指した。そっからしばらくしたら、はっきり俺の方が形勢がよくなった。ガキはどこで悪くなったかわからねえ様子でしきりに首をひねっていたよ。それでも強気は崩さねえでよ、俺が「どうした、旗色悪いんじゃねえか」って挑発したら、「おじさん、なに言ってんだよ。まだまだだよ」なんて強がりやがるんだ。

こういうとこは勝負師としては悪くねえと思ったよ。実際、そのあとの終盤も粘り強く指してた。そこで今度は俺の方が、何手かぬるい手を指したんだ。もちろんわざとだぜ。ガキはそれを咎めるような手をちゃんと指してきた。それで、逆転。最後の最後で、ガキの方が一手先に俺の王様に迫れる形になった。いわゆる「一手違い」ってやつだ。

正味で十分ちょっとだったかな。ガキの早指しに俺も合わせたから、あっという間に終わっちまった。

俺はいかにも悔しそうに「ちきしょう、負けだ、負け」って投了した。ガキはほっとした顔つきで「おじさん、なかなかだよ」なんて言いやがった。でもその様子から、終盤、自分がどこで逆転したのかもわかってねえのがありありと伝わってきた。

「なあ、もう一局、今度は二百円でやろうぜ」

俺はそう持ちかけた。賭け金は二倍の倍プッシュってやつさ。ガキは「しょうがないな」って、ふたつ返事で勝負を受けた。

　こいつはまあ、想像どおりさ。勝って気分がよくなってるんだろうし、ガキは今の一局で俺を「そこそこ強いけど自分よりちょっと弱い」って思っただろうしな。将棋ってのはそのくらいの相手とやるのが一番楽しいんだよ。勝負の歯ごたえを味わえて、最後は勝てるんだから。金が賭かってりゃ尚更さ。

　それで二局目、二百円の勝負。連続して指す場合、いちいちふり駒はしないで先後《せんご》を入れ替えるから、俺は後手だった。

　先手を持ったガキは角換《かくが》わりっていう戦型を選んだ。その名のとおり、序盤に角を交換して指す戦型さ。戦前の大名人、木村義雄《きむらよしお》十四世、戦後に一時代を築いた大山康晴《おおやまやすはる》十五世や、そのライバルの升田幸三《ますだこうぞう》。それから谷川浩司《たにがわこうじ》、羽生善治、そして藤井聡太。その時代を代表するようなトップ棋士はみんなこの角換わりを得意としている。矢倉が純文学なら、角換わりはシェイクスピアってとこかな。いや、上手い喩えかわかんねえけど、とにかく、そのガキも角換わりが得意らしくてな、序盤から中盤までなかなかの指し回しだった。

　俺は終盤の入口で強引な攻めを仕掛けてみた。ガキはそれを受け切った。俺は見事轟沈さ。もちろん、わざとだぜ。この程度の無理攻めは、受け切れるだろうと思って仕掛けたんだ。

　先手番と後手番、二局指して、まあだいたいガキの棋力はわかった。少なくともアマ三段はある。町道場ならかなり強い。でも、俺には及ばない。経験の差なんだろうな、複雑な場面でどういう手を選ぶかって判断、いわゆる大局観が少し甘いんだ。

　二局指してもまだ、三十分も経っていなかった。ガキが夕方に帰るにしても、かなりの局数を指せそうだ。だったら、お灸を据えるのにいい手がある。そう思って俺は三局目の勝負を挑むとき、こう持ちかけたんだ。

「もう一局。次は四百円だ。なあ、こっから先も結果がどうであれ一局ごとに賭け金を倍にしてくのはどうだ？」

ガキは「別にいいよ」って、鼻で笑って受けた。二連勝して、俺のことを見切ったとでも思ってんだろうな。俺は心ん中でほくそ笑んだよ。本当は見切られてるのはそっちだってのに、やっぱり、ガキはガキだなってよ。

俺はふと思いついて、もうひとつ、提案をした。

「それから、投了はなしで詰みまで指すことにしねえか。ほら、将棋は最後までわからねえからな」

ガキはそれも「まあいいけど」と受けた。へへ、この投了なしってのは、勝負のちょっとしたスパイスなんだが、ガキは気づいていないみたいだった。まあ無理もないんだがな。

そうして始まった三局目。賭け金が四百円になった勝負で、今度は先手の俺が角換わりに誘導した。するとやっぱり得意らしく、ガキは後手でもうまく指した。まあ、ぬるい手もあったんだが、俺は見逃してそれなりの熱戦を演出して、最後の最後でわざと間違って負けたんだ。

「ああ、そうか。あそこで歩を打っときゃよかった！」なんて、頭を掻きむしったりしてな。主演男優賞もんの演技だったと思うぜ。

これで三連敗した俺の負け金は、トータルで七百円。「これで、終われるかよ」って、俺はもうひと勝負、挑んだ。賭け金はさらに倍になるから八百円だ。

マルチンゲール法って言ってな、勝ち負け二分の一で総取りのギャンブルは、賭け金を倍プッシュしていくと、いくら負け続けても一回勝てば必ず取り返せるんだ。だから一応、必勝法ってことになってる。まあ机上の空論ってやつなんだけどな。

この四局目、先手のガキはまた角換わりにしようとしたが、俺は手を変えて、横歩取り《よこふど》っていう戦型に誘導したんだ。ガキはこれを堂々と受けてきた。

その意気やよしさ。横歩取りってのは、こういうのは知ってるか？　って「4五角戦法《よんごかく》」って指し方をぶつけてみたんだ。横歩取りってのは、別名、空中戦ってくらいで大駒が飛び交うような、派手な変化が多い戦型なんだ。4五角戦法は、その中でも奇襲とされていて、後手が序盤からガンガン攻めていって、攻め切れば後手の勝ち、受け切れば先手の勝ちになるっていう、激しい戦法なんだ。

一九七〇年代くらいまでは、プロもときどきこの4五角戦法を指していたんだが、その後の研究でどうやら厳密には無理らしい、つまり先手が正確に受ければ後手の攻めは決まらないって結論が出てな、四十年近く前の当時でもプロの将棋からは消えた戦法になっていた。

ところがガキは、受け方を間違った。というより知らなかったんだろうな。経験の差が出ちまったわけだ。まあ、こっちとしても、ぼちぼち、一度くらい勝っとくかって思ってたからな。優勢になった俺はきっちり勝ち切ったんだ。

これで俺の一勝三敗だが、賭け金のトータルなら百円勝ったことになる。

ガキはそのギョロ目を剥いて「もう一局！」と挑んできた。そりゃそうさ。自分より弱いと思っている相手に、知らない将棋に誘導されて負けたんだからな。しかもだよ、投了なしって決めてたから、ガキは最後の最後、詰まされるまで指したんだ。悔しさもひとしおだったろうぜ。これで終わりにはできねえよな。へへ、この辺がスパイスの効能ってわけだ。

それで五局目。千六百円の勝負だ。先手の俺は一局目と同じ矢倉に誘導した。するとどうだ、ガキは急戦矢倉を仕掛けてきた。普通の矢倉では受けに回りがちな後手から、積極的に攻めていく戦法さ。

これも奇襲の一種だが、4五角戦法みたいな消えた戦法ってわけじゃない。今でもプロが指すこともある。ただ、ガキの指し回しは荒かった。要するにかっか来てたんだろうな。スパイスが利きすぎたのかもしれねえ。

頭に血が上《のぼ》ってちゃいい将棋は指せねえよ。案の定、ガキは途中で、本来のガキの棋力ならまずしねえようなミスをした。俺はガキの銀を一枚、ただでぼろっといただけちまった。うっかりってやつだ。年端《としは》もいかねえガキだ、まあ仕方ねえさ。こっからわざと負けたらさすがに不自然だから、俺はそのまま勝ち切った。

ガキにしてみたら、知らない戦法で負かされたあと、うっかりで負けたわけだ。収まりがつかねえよな。もう一局挑んできた。次は、三千二百円だ。

俺はこの二連勝で気をよくしたふうにガキに言ってやったよ。「子どもに挑まれた勝負から逃げたりはしねえけど、おまえ、金あるのかよ」ってな。

ガキは「あるよ」とふて腐れたように吐き捨てた。いかにも格下に舐《な》められたと思ってる様子だった。

で、六局目。俺は後手番。また横歩取りにして、4五角戦法をやろうと思った。けれどガキは序盤で角道を止めた。こうなると、横歩取りにはならないんだ。必然的に4五角戦法を封じられる。

俺は感心したよ。今も昔も将棋の戦型選択ってのは情報戦なんだ。相手は知ってて、こっちは知らないって形は、避けられるなら避けるべきなのさ。この六局目が始まる前、ガキは何度か深呼吸してた。自分が頭に血を上らせてるって自覚して、気持ちを落ちつけてたんだろうな。やっぱり、大したガキではあるんだよ。

対局は矢倉の形になって、ガキは上手く指し回してた。まあ、俺の目から見たらそれでも隙はあったんだけど、それは見逃してギリギリの勝負に持ち込んだ。そして、負けた。そうさ、負けてやったんだ。

俺の王様を詰ましたとき、ガキはほっと息をついて、それからどんなもんだって具合に、鼻を鳴らした。勝ったことの安心と、やっぱり連敗はたまたまで、この結果が実力どおりだって自負が、垣間見えたね。

さて、ここまでが準備だ。言わば仕込みさ。ガキの早指しのお陰で時間はまだ十分《じゅうぶん》ある。本番はこっからだ。

俺は大げさに悔しがって「もう一局！」と、勝負を挑んだ。賭け金はさらに倍で六千四百円だ。

こんとき俺は、ガキを試したんだ。

ガキはまず百円の勝負で勝ち、二百円、四百円も勝って、そのあと八百円と千六百円で連敗して、三千二百円で勝った。トータルでは千五百円勝ってる勘定になる。小学生にとっちゃ、まあまあの稼ぎだろ。

ガキはここで勝負を受けなきゃ勝ち逃げできたんだ。

俺はよ、そうなったら、お灸を据えることにはならねえけど、それでいいと思ってたんだ。だってよ、まだ小学生のガキがここで冷静に勝ち逃げできたら博才《ばくさい》っつうか、勝負事の嗅覚が尋常じゃねえよ。天晴《あっぱ》れだよ。そういうやつは、鼻なんて折ることねえ、天狗のままでどんどんいきゃいいって思ったんだ。

けれど、ガキは受けてきた。まあ、十中八九そうなると思ってたけどな。席主はガキは多いときで五千円くらい巻き上げるつってたからな、六千四百円はまだ、ガキが想像できる賭け金の範疇なんだろうな。

それに、ガキはここまでの勝負で、俺の実力を互角より少し下だと思ったはずだ。知らない形に誘導されたり、うっかりで負けることはあっても、実力を発揮できれば負けねえってな。だから、もし万が一この対局で負けても、もう一局やって取り返せばいいってタカを括ってもいたはずだ。俺がわざわざ「子どもに挑まれた勝負から逃げたりはしねえ」って言ったのは、ガキに、こいつはいくらでも勝負を受けるって思わせるためさ。

そうして始まった七局目、六千四百円の勝負。先手番になった俺は、まず角道を止めて、それから飛車を定位置とは逆に動かしたんだ。ここまでの六局、俺たちは互いに序盤は飛車を定位置から動かさず戦う「居飛車《いびしゃ》」で戦っていた。俺は初めて、飛車を動かして戦う「振り飛《ふび》車《しゃ》」を指したのさ。左から四つ目のマスに飛車を移動させるから、四間飛車《しけんびしゃ》って呼ばれる戦法だよ。

ガキは小馬鹿にするように「へえ、おじさん、振り飛車も指せるんだね」なんて、言いやがった。

指せるもなにも、実は俺は普段は居飛車じゃなくてもっぱら振り飛車を指す「振り飛車党」ってやつでよ、この四間飛車こそが得意戦法なんだ。

そんなこと知るわけもねえガキは飛車を動かさずに居飛車のまま。銀を前進させて攻めてくる棒銀《ぼうぎん》って作戦できた。オーソドックスな展開なんだが、振り飛車の腕の見せ所でもある。振り飛車ってのは、相手が攻めて来たとき反撃する、カウンターの戦法なんだからな。

ガキが歩をぶっつけて、まさに開戦してきたタイミングを見計らって、俺は角交換を挑んだ。定跡どおりの進行ではあるんだが、そっから先の指し回しは俺の方が一枚上手《うわて》だった。やっぱりガキは少し手がぬるいんだ。俺の角と飛車、さらに左の桂馬までがきれいにさばけた。この、さばけるっつうのは、ちょっと説明が難しいんだが……、まあとにかく、カウンターが決まって振り飛車の理想的な展開になったのさ。

七局目はそのまま俺が勝ち切った。ガキはしきりに首をひねってた。「なんでだ……」なんて、ぼやいてもいた。自分がどこで悪くなったのかわからねえみたいだった。

「さて、どうする？　もしもう一局やるなら一万二千八百円だ」

俺がそう言うと、ガキは一瞬、怯《ひる》んだように顔をしかめたが、すぐに元の生意気な顔つきになって「やるさ」と答えた。

「そうか。俺は構わねえが、おまえ、そんな金、持ってねえだろ？」って、半笑いをつくって煽り気味に言ったら「僕が勝てば関係ないよ」ときたもんだ。

俺はよ、このガキのこういうところは嫌いじゃねえんだけどな。席主との約束もあるからな。まあきちんとお灸は据えてやんねえといけねえわけだ。

八局目、今度は俺は後手番だが、また四間飛車にした。振り飛車のいいところは、先手でも後手でも、やろうと思えばやれるってところなんだ。居飛車の矢倉やら角換わりやら横歩取りやらは、片方が誘導して、もう片方がそれに応じないとその戦型にならねえ。序盤に戦型を巡るちょっとした駆け引きがあるんだ。それはそれでコクがあるんだけどな、振り飛車の方はそういうのはねえ。先手を持っても、後手を持っても、四間飛車にしようと思えば四間飛車にできる。自分のペースで戦えるんだ。相手が、それにどんな作戦をぶつけるかを選ぶのさ。

ガキは早仕掛《はやじか》けっていう、桂馬を使って攻めてくる作戦できた。指し回しは、さっきの棒銀よりもちょっと達者な感じがしたかな。攻めたタイミングがかなりよくて、一瞬、ガキの方が優勢になった場面もあった。けれど、まあ地力《じりき》が違う。俺にしてみりゃ、振り飛車はこっちの土俵さ。終盤に入る頃には逆転してた。俺はまた勝った。

ガキは青ざめてたな。今度の連敗は、知らない戦法をやられたわけでも、うっかりがあったわけでもない。真正面から戦って、二回連続で負けたわけだからな。詰まされたとき、ガキの顔には「おかしい、こんなはずじゃないのに」って書いてあるようだったぜ。

「さて、これでおまえの負けは、一万七千七百円だ。もう一局やるなら、次の賭け金は二万五千六百円。勝ちゃあ取り返せるぜ。やるか？」

そう俺が尋ねると、ガキは「やるよ」と答えた。これまでのように即答じゃなくて、答えるまでに少し間があった。

そりゃそうだ。いくら真剣師の真似事してるからって、小学生だ。万単位の金を賭ける勝負なんざしたことねえだろ。かと言って、ここまでの負け分を払えるわけがねえ。大人ならいざ知らず、子どもが将棋道場に来るときに、何万も金持ってるとは思えねえからな。勝てばちゃらどころかお釣りが来るが……ガキも、俺がずっと実力を隠してて、振り飛車を指すようになってから本気を出してるって気づいたか、まあ、その疑いくらいは頭をよぎったはずだ。引くも地獄、進むも地獄って心持ちなんだろうと思ったよ。

この九局目、例によって俺は四間飛車。するとガキは、左から三つ目のマスに飛車を動かす三間飛車《さんげんびしゃ》って戦法をぶつけてきた。相振り飛車《あいふびしゃ》ってやつだ。いろいろ工夫してくるのには感心したが、相振り飛車ってのは、定跡が少なくてな、手の可能性が広い分、地力が出る。俺は一切、手を抜くことなく、ガキの囲いを攻めつぶしてあっさり勝った。

この局は最後、二十一手くらいだったかな、長い手順の詰みがあってな。つっても特に難しい順はなく自然に王手を続けてると詰んじまう、並べ詰みってやつでよ。まあ、アマ初段くらいでも、なんとなく、これ詰んでるなってわかるような詰みがあったんだ。

投了はなしだから、ガキはこの詰んでるってわかっている長い道のりを律儀に全部指さなきゃいけねえんだ。負けたってことを思い知らされるみたいにな。三連敗ともなれば、いよいよ本当は俺が自分より強いってことを悟ったはずだ。絶望的な気分だろうと思ったよ。

投了なしのスパイスの本当の効き目はこれさ。実力差がわかったあとだと、この時間は悔しさよりみじめさが勝つ。そいつをたっぷり味わわせてやろうって思ってたんだ。我ながら性格悪いと思うぜ？　でもよ、そもそも俺が席主に頼まれてたのは、ガキの鼻をへし折ることだからな。自分の役割をまっとうしようとしただけさ。

俺は最後の一手、ガキの王様の頭に金を打って詰ませたとき「よおし、これで四万三千三百円だ！」って、言ってやった。それから尋ねた。

「もし次やるなら、賭け金は五万千二百円だ。やるか？」

ガキは俯《うつむ》いて、詰まされた自分の王様をじっと見つめながら「やるよ」と答えた。

俺は再度尋ねた。

「払えるのか？」

ガキは顔を上げて、さっきも言った台詞《せりふ》を口にした。

「僕が勝てば関係ない」

ただ、さっきに比べて口調は弱々しかったけどな。

俺は「勝てるのかよ？」って嗤《わら》ってやった。ガキは無言だった。俺は声にドスを利かせて重ねて言った。

「もし負けたら、負け金は十万近くなるぜ、払えるのかよ？」

俺が本気を出している以上、ガキが勝てることは絶対にない……と、言いたいところだが、実際のところはそうでもないんだ。

俺たち人間様はＡＩと違ってうっかりがあるし、どんなに強くても全部の局面を読み切れるわけじゃねえ。指運《ゆびうん》、なんて言葉もあるくらいで、将棋にだって運の要素はあるんだ。複雑な局面で勘で指した手が絶妙手だったり、逆に大悪手だったりすることがあるのさ。

二十局もやれば、一局くらいは指運でガキが勝つこともあるかもしれないってのが、俺の見立てだった。だからその一局が来るまで、倍プッシュで勝負を続ければ、いつかガキは負け分を取り返せる。だが、そのいつかが来るまでに賭け金はとんでもない額にまでつり上がっているはずだ。指数関数ってやつだな。百円から始めた倍プッシュの勝負は、二十一回目の賭け金が一億円を超えるんだ。

マルチンゲール法が、必勝法としては机上の空論なのはここさ。倍プッシュを繰り返すうちにタネ銭《せん》が尽きて、それまでの賭け金を全部失うってことがまま起きる。確率二分の一のゲームでさえ、そうなんだ。将棋みたいな実力が反映されるゲームだともっと分は悪くなる。

もうガキは結構凹んでるふうだったが、これが最後の仕上げだ。見ると、道場の窓の外も少し暗くなっていた。夕方になっているらしい。俺が来たときはたくさんいた子どもたちも、だいぶ帰っちまったみたいでな。見たところ小学生はもうガキしか残ってないようだった。いくら早指しでも、九局も指してるからな。時間的にもぼちぼち潮時だろう。

　黙ってるガキに俺は言った。

「よし。もう一局やってやろう。五万千二百円の勝負だ。ただし、おまえが負けたら、親を呼ぶか、おまえの家に行くかする。そうしておまえの負け分を親に払ってもらう」

　ガキは「え」と顔を上げた。もうさっきまでの生意気な顔つきはなくなっていた。俺は嗤ったよ。

「おまえが払えねえなら、親に払ってもらうしかねえだろ。まあ、気にすんなよ。おまえが勝てば関係ないんだ」

　もちろん、本気で親から取り立てるつもりなんかねえさ。そんなことしたら、下手すりゃこっちがお縄になっちまう。ただの脅しさ。

　最後、俺が勝ったところで、「金はいいから、もう真剣師の真似事なんて止めろよ。世の中、上には上がいるんだ」って具合に説教してやるつもりだった。

　ガキは憮然として「わかったよ」と、答えた。

　こうしてちょうど十局目の勝負が始まったんだ。

　俺はまた四間飛車。ガキは王様を端っこに深く囲う居《い》飛《び》車《しゃ》穴熊《あなぐま》って作戦できた。一応、対四間飛車では一番有力とされている作戦なんだ。ただ、この場合、切羽詰まったガキが、勝つためじゃなくて負けないために選んだ作戦って感じだった。指し回しも、これまでと比べてじっくりした感じでな。慎重だった。だが、消極的とも言える。

　振り飛車はカウンターの戦法なんだが、ガキがなかなか攻めてこねえから、こっちから行くことにした。もちろん無理攻めじゃねえぜ。少なくとも互角以上の成算があって、俺は攻めを決行したんだ。

　もうあとがないからか、ガキも粘り強かった。穴熊らしく、べたべた駒を打って王様を守りつつ、なんとか反撃しようと工夫した手を指してきてな。なかなかの熱戦になったが、終盤はどうやら俺の方が一手早そうだった。最初の百円の対局のときは、一手違いで負けてやったが、将棋ってのはこの最後の一手の差が永遠と同じなんだ。

　俺が圧倒的優勢の最終盤。詰みは見えないが、あとはどうやって仕留めるかって局面で、俺はある筋に気づいた。

　俺が穴熊の守りを崩すために、自分の持駒《もちごま》を打つ。すると、ガキはその駒を取って、すぐに打ち返して、穴熊を補強する。ま、口で説明するとわかりにくいかもしれないが、要するに互いの駒を取り合って打ち合って、また同じ局面に戻ってくるような手順があったんだ。

　ガキの方は手を変えることはできねえ。手を変えたら穴熊が崩れて一気に詰まされるからな。対して、俺は手を変えることもできた。別の攻め筋もありそうだったし、そもそも優勢なんだから、いったん態勢を立て直してからまた攻めたっていいんだ。

　でも俺は手を変えずに同じ局面を繰り返すことにした。こうなると膠着状態になって勝負がつかなくなる。だから、同じ一局の中で同一の局面が四回現れたら、千日手《せんにちて》つって、先後を入れ替えて指し直す、言わば引き分けのルールが将棋にはあるんだ。これが成立した。

　ガキは九死に一生を得たかのように、ほっと息をついていた。俺は駒を並べ直しながら言ってやったよ。

「次は俺が先手で指し直し。これで賭け金は十万二千四百円だな」

　ガキは驚いたように目を剝くと、じっと俺の顔を見て「千日手でも倍になるの？」と訊《き》いてきた。

「そりゃそうだ。俺は言ったよな？　『結果がどうであれ一局ごとに賭け金を倍にしてく』って。おまえはそれを受けたんだ」

俺はそう言って、有無を言わさず一手目を指した。ガキは「わかったよ」って吐き捨てるように言った。小さな肩がびびったみてえに震えてたよ。

ははは、この千日手はさすがに狙ったわけじゃなかった。それこそ指運さ。でも、ガキを凹ませるにはさらにいいスパイスになったと思ったよ。

この十一局目、俺の四間飛車に、ガキは左美濃《ひだりみの》って作戦できた。穴熊と同じ持久戦だが、よりバランス重視の作戦だな。ガキの指し回しは相変わらず慎重だった。序盤はこっちから仕掛けるのも難しく、渋い戦いになった。

長い中盤戦の途中で、指しながら俺は、こうなるなら序盤から積極的に行けばよかったな、と思ってた。もうあとはガキを仕留めるだけなんだから、こんなじっくりした展開にすることはなかったんだ。

と、こんとき、ちょっとした悪戯心《いたずらごころ》が出たつうかな、俺はお互い手が出しづらい局面が維持されるように、隙を見せないまま、駒を同じ場所で行ったり来たりさせてみたんだ。ガキの方からも手が出せないから、同じように駒を行ったり来たりさせることになる。つまり、また千日手になっちまうのさ。これも最初から狙ったわけじゃなかったんだけどな。俺は二度目の千日手が成立したのを確認して言った。

「悪いな。また引き分けだ。次は二十万四千八百円だ」

二十万なんて、俺だって一回の勝負で賭けたことのない金額だ。もうガキの想像の範疇はははるかに超えていたはずさ。

ガキはもうなにも言わず、駒を並べ直した。こりゃあ、相当凹んでるな。とっくに鼻は折れてるだろうと思った俺は、さすがに次ですっぱり終わらせてやろうと思ったよ。

十二局目、ガキはまた変わったことをやりやがった。序盤から自分の王様を飛車に近づけていったんだ。将棋には「玉飛接近《ぎょくひ》すべからず」って格言があってな。王様と攻めの主役の飛車は近寄らせない方がいいとされているんだ。

ただ、ガキの指し方は、ただ闇雲にそうしているわけじゃなくて、飛車を守りに利かせる、右玉《みぎぎょく》って作戦だった。振り飛車相手に右玉はたまにやるやつがいるんだけど、これまた渋い戦いになるんだよな。

まさかもう一度、千日手にするわけにもいかねえから、俺はその右玉の王様を攻めて仕留めてやろうとした。

ところが、だ。

俺の攻めが決まった、かと思ったところで、ガキの王様がするするっと逃げ出したんだ。うっかり、つったらうっかりなんだけどよ、俺が気づいてない、ちょっと盲点になるような逃げ道があったんだよ。そこを上手く発見されて逃がしちまった。

王様が敵陣深くまで逃げ込むことを入玉《にゅうぎょく》って言うんだけど、こうなると、もう王様を詰ませるのは難しくなる。右玉ってのは、こうやって入玉をすることがたまにある作戦なんだよ。

ひょっとして、ガキはもうまともに勝負したら勝てないと思って、最初から入玉を狙ってたんじゃねえかと思った。まあ、それはそれで立派な戦略ではあるんだけどな。

ともあれガキの王様の入玉を阻止できないってわかったとき、一連のガキとの将棋で俺は初めて焦ったよ。こうなると、俺も入玉するしかないんだ。幸い、ガキは王様を逃がすことに必死だったせいか、攻めはお粗末で、まあ、なんとか逃げることができた。俺の王様も入玉したのさ。互いに入玉する、相入玉《あいにゅうぎょく》って形になった。プロの対局だといろいろ規定があるんだが、その道場じゃ相入玉は即持将棋《じしょうぎ》って、千日手と同じで、引き分けってのがルールだった。

　これで三回連続で引き分けになったわけだ。

　するとガキは言ったよ。

「また、引き分け。次は四十万九千六百円だね」

　どうにか入玉して引き分けに持ち込んだくせに強がりやがって、そう思いながらも、俺はちょっと嫌な予感を覚えていた。まさかな、まさか、そんなことはないよな……って。

　へへ、次の勝負、十三局目どうなったと思う？

　また引き分けだったんだ。

　俺は四間飛車。ガキは棒銀で攻めてきた。覚えているかい。七局目、俺が初めて四間飛車にして本気で指したときと同じ作戦だよ。ただ、あんときとは違った。ガキの攻めの鋭さがな。俺の駒組みに隙はなかったはずだ。それどころか、カウンターが上手く決まって四間飛車が一手勝ちになる定跡の手順で進んでいたはずなんだ。それが、一手、ガキが定跡にない手を指して、俺はそれに自然に応じた。そしたら、その数手後には、もう俺が劣勢になっていたんだ。

　キツネにつままれたみたいだったぜ。とにかく、ガキの攻めが決まって、どうやら俺の一手負けって雰囲気だった。が、持駒の金を打って守りを補強すれば、少しはしのげそうだった。だから俺は金を打った。するとガキも金を打ってきた。俺はその金を取り返して金を打ち返した。わかるかい？　俺はガキの駒を取って打つ。ガキも俺の駒を取って打ち返す。すると同じ局面に戻る。ガキが穴熊にしたときと同じことが起きたんだ。

俺はとにかく駒を打ってしのぐしかない。他の順を選べば、すぐに詰まされちまいそうだからな。ガキは他の攻め手もありそうなんだが、同じ攻めを繰り返した。結局、同一局面が四回現れて、千日手成立だ。

決着がつかないまま賭け金は更に倍で八十一万九千二百円になった。

こんなことになるなんて、もちろん考えていなかった。結果がどうであれ一局ごとに賭け金を倍にしてくってのは、俺から提案してガキに飲ませたルールだ。俺がガキにお灸を据えるはずだった。俺がガキを嵌めたはずだった。なのに……。

いや、たまたまだ。今のこそ指運に違いない。俺はそう言い聞かせた。

で、次の勝負の十四局目がどうなったか、もうわかるだろ？

また引き分け。千日手になったんだ。俺は四間飛車、ガキは棒銀。十三局目と戦型は同じだけど、俺は指し方を変えた。なのにまた同じような展開になった。俺は追い込まれたけれど、ぎりぎり千日手に持ち込んでしのぐ順があった……。

次の十五局目、賭け金は百六十三万八千四百円だ。

ついに百万円を超えた。

今度俺は、四間飛車をやめて居飛車の将棋にしたんだ。最初にガキと指した矢倉だ。これも……、将棋の内容がどうだったかはいいよな、千日手になったんだ。

そして十六局目、賭け金は三百二十七万六千八百円。

当時俺が持っていた全財産を超えちまった。町の将棋道場で、小学生相手に全財産を賭けた勝負することになるだなんて、まるで悪い冗談だ。

さすがにもう気づいていたよ。嵌められたのは、俺の方だったんだ。

こんな、毎回引き分けに持ち込むなんて芸当、よっぽど棋力に差がないと出来ない。ガキの実力は俺よりも数段上だ。

さっき肩を震わせてたのは、びびってたんじゃねえ、笑ってたんだ。主演男優賞もんの演技をしていたのは、ガキの方だった。ずっとほどよく手を抜いて俺を後戻りできない、でかい勝負に引き込みやがったんだ。とんでもねえよ。

だけどよ、こっちだって曲がりなりにも真剣師だ。プライドはある。なんとかガキに一矢報いてやれねえか。そう思ってこの十六局目、後手番の俺は、居飛車にして、横歩取りに誘導した。そうだ、四局目に指した、ガキが対応を知らなかった4五角戦法をぶつけようとしたんだ。

もう冷静じゃなかったんだよな。ガキの方は4五角戦法を避けようと思えば避けられるんだ。六局目はそうしていた。だが、このときガキは、4五角戦法を堂々と受けて、今度は正しく対応した。四局目は、受け方を知らない振りをしてわざと負けやがったんだ。俺が仕込んでいると思っていたが、ガキに仕込まれていたんだ。

ガキの王様は俺の攻めをきれいにいなして、するするっと俺の陣地に逃げ込んできた。入玉だ。こうなると俺も入玉を目指すしかなくなる。おあつらえ向きに、そのための道が用意されているようだった。ガキは相入玉での引き分けに持ち込もうとしてやがったんだ。そんなことができるのか？　いや、実際にやられたんだ。できるんだろう。とんでもねえ、本当にとんでもねえガキだよ。紛うかたなき天才、なんだろうな。

このまま引き分けたら、次の勝負は六百五十五万三千六百円。あと五回で一億を超える……。

一億の勝負なんてまるで現実感がねえよ。倍プッシュでガキの想像を超えた世界に連れて行くつもりが、俺でさえ想像できないところまで行っちまいそうだ。それまでに一度でもガキに勝てりゃいいが、その望みは薄そうだ。狙って千日手や相入玉に持ち込めるんだ。ガキは勝とうと思ったら、いつでも勝てるに違いない。俺はずっとこのガキの手の平の上だったわけだ。

俺は自分の心が折れる音を聞いた気がしたよ。次の手を指さず、しばらく盤面を眺めたあと頭を下げた。

「俺の負けだ」

投了するような局面じゃなかったが投了した、つもりだった。どうせ勝てねえなら、これ以上賭け金がつり上がる前に負けた方がましだからな。するとガキは言いやがった。

「投了はなしで、詰みまで指すんでしょ？」

ああ、そうだ。自分でそう持ちかけたんだ。そんなことも忘れるくらい、俺は動揺していたらしい。ガキを悔しがらせてアツくさせて、その上でみじめな気分にさせて凹ませるための、投了なしっていう勝負のスパイス。でもそれは、俺に絶望を与えていた。

投了さえも赦《ゆる》されないんだ。じゃあ、どうすりゃいい？　ガキの誘導に乗って相入玉して、また賭け金を倍にするのか？　そのあとはどうなる？　このガキはどこまで行けば気が済むんだ？

顔を上げると、ガキはそのギョロ目で俺を見つめていた。その後ろに席主がいた。その背後の窓の外はもう真っ暗になっていた。席主は、どこか申し訳なさそうな、それでいて冷たい面《つら》をしていた。

俺は悟った。まあ、そりゃそうだよな、席主が仕組んだことなんだ。ひょっとしたら、ガキが爺さん相手に真剣やってたところから、全部。つまり、お灸を据えられたのは俺の方ってことだ。子ども相手に調子こいて、コテンパンにされりゃ、凹むだろうって。

そういうことだったんだ。へへ、偉そうに、真剣師にとって一番大事なのは嫌われないこと、なんて講釈垂れた俺だが、しっかり嫌われてたんだよ。まあそこは人柄じゃなくて、時代のせいにしたいところだけどな。

いくら相手を楽しませていても、賭け将棋でカモから金を毟《むし》るようなやつは、町道場にはいて欲しくない、そういう時代になってたんだ。四十年近く前、昭和の終わりの時点で、もうな。

席主は、人がいいんだか、悪いんだか、俺に直接言うんでなく、こんな方法で伝えようとした。いや、引導を渡そうとしたんだろうな、きっと。

そう理解した俺は、少しだけ考えて、決めたんだ。

俺は持駒の歩を手に持った。そして、盤上にある自分の歩の前にそれをそっと置いた。同じ筋に自分の歩が二枚、並んだ。これな、「二歩《にふ》」つって反則なんだ。投了できないから、反則をして負けたんだ。

こんなみっともない真似したら、もう真剣稼業は廃業だ。まあ、あの道場追い出されたら、ほかに真剣やれるとこなんかねえけどな。それでも、決断っつうか、けじめの一手だった。

伝わったんだろうな、席主は言ったよ。「ごめんな。おつかれさん」って。

するとガキは、ちょっと息をついてから、生意気な、それでいて十二歳なりの無邪気な笑顔で言った。

「ああ、疲れた。おじさん、すごいね。思ってたより十倍強かったよ」

もう笑うしかねえよな。

「おまえは、思ってたより百倍は強かったよ。今負けた三百万ちょっと、払った方がいいのか？」

そう訊いたら、ガキは「え、もらえるの？」って、目を丸くしたけど、席主の方が「とんでもない。やめてくれ」って止めた。そりゃそうだ。そもそも俺、そんな金持ってなかったしな。

ガキは「ちぇ」と舌打ちしたあと「まあ、名人になれば三百万くらい軽く稼げるか」なんて言ってたよ。

席主によればそのガキが将棋を覚えて一年てのは本当らしかった。次の奨励会《しょうれいかい》の試験を受けるそうだ。奨励会は知ってるよな。プロ棋士の養成機関さ。まあ合格は間違いないだろうし、プロになるのも間違いないし、きっとそのうち本当に名人になっちまうんだろうと、思ったよ。

だから最後に俺は、そのガキの名前だけ訊いといたんだ。いつか、あの大名人と指したことがあるって自慢できると思ってな。

それから俺はこの町を去ったんだ。まあ、将棋道場に行かないなら、いる理由もないし、真剣以外の仕事を探すなら、もっと都会の方がいいしな。で、東京に出て、なんとか工場仕事を見つけて、将棋は趣味程度にして、もちろん真剣は二度とやらずに、細々《ほそぼそ》今日まで生きてきたのさ。

ただあのガキのことはずっと気にしてたんだ。昔は将棋の雑誌が結構あって、奨励会の情報なんかも載っててな。そういうのを見て、ガキが奨励会に合格したらしいことや、順調に昇段しているらしいことを知った。

実はそのガキが、あの藤井聡太なんだ……なんて話だったら、面白《おもしれ》えけどな。もちろん違う。昭和の終わりだと藤井聡太はまだ生まれてない。羽生善治だと、逆にもうプロになったあとだ。

ふふ。あのガキは結局名人にはならなかった。それどころか、プロにもならなかった。なれなかった、のかな。

奨励会からプロに上がる最後の関門、三段リーグってのがあるんだけどよ、そこを突破できずに年齢制限で退会したんだ……。

信じらんねえよ。あのガキの才能はずば抜けてる。少なくともプロになるのは確実だと思ってたからな……。まあ、そう思われてる天才が集まって来るのが奨励会ってところなんだな。俺には信じらんねえが、上には上がいた。あのガキ以上の天才がうじゃうじゃいた、そういうことなのかもしれねえよ。

奨励会を退会したあとガキがどうしたかは、ようとして知れなかった。

ところがだよ。ついこないだ、俺はふっとあのガキのことを思い出して、このスマホってやつでポチポチ名前を打って検索してみたんだ。そしたらよ、同姓同名の男がバーを開いたって、ＳＮＳってやつに投稿しているのを発見したんだ。そのバーの場所が、あの道場があったこの町でよ、しかもそのＳＮＳに上がっていた男の写真、大きなギョロ目があのガキと瓜二つだった。

まあ、それでこうして訪ねてきたわけさ。

なあ、あんた将棋指せないなんて嘘だろ。

話したくねえことは、話さなくていいからよ、よかったら一局指してくれねえか。ただの素人同士、もちろん金なんか賭けねえでさ。

誰も読めない

白井智之

1

弟子取らないの、と聞かれることがある。

将棋の棋士になるには奨励会《しょうれいかい》で昇級、昇段を重ね、三段リーグで二位以上の成績を収める必要がある。その奨励会の入会試験を受けるには棋士の推薦が必要で、つまりは先輩棋士に弟子入りする必要がある。といっても落語家のような徒弟制度があるわけではなく、将棋教室や道場などで縁を持った棋士に推薦を頼むことが多い。

棋士の側も弟子の扱いは十人十色で、面倒見よく二十人以上の弟子を抱える者もいれば、まったく取らない者もいる。

千代倉日出《ちよくらひので》八段は後者だった。

将棋は対局者の指した手のみで勝敗が決する。より深く研究し、正しく手を読み、先に玉《ぎょく》を詰ます順を見つけたほうが勝つ。他の何かが割り込む余地はない。配牌《はいパイ》や初めの手札《スターティングハンド》、その日の風向きやコーチの機嫌などはまったく影響しない。千代倉は将棋のそんなところを好んでいた。

だが弟子を取るとなると話は変わってくる。その弟子が昇段できるか、三段リーグを勝ち抜けるかは師匠にも分からない。礼儀作法や勉強のやり方くらいは教えてやれるが、それで伸びるかは本人次第。弟子を取るというのは、自分ではどうにもならない、決して読み切ることのできない要素を人生に持ち込むことを意味する。それは自分の性《しょう》に合わない。

と、弟子について問われるとそんなふうに答えるのが定跡《じょうせき》になっていたのだが、あれは浜《はま》松《まつ》で行われたこども将棋大会からの帰りだったか、東海道新幹線の普通席でひどく酔って呂律《ろれつ》の怪しくなった狛井《こまい》七段に、お前は弟子を取らないんじゃない、取れないんだ、なにせ愛想がなさすぎて子どもが寄りつかんからな、あはは、とスポーツ新聞で膝がしらを叩かれ、なるほどそれもそうかと考えを改めた。

そんな、良く言えば一匹狼、悪く言えば偏屈なはぐれ者の千代倉だったが、この子を弟子にしたい、自分が将棋を鍛えてやりたいと思ったことが一度だけある。

「お前《めえ》、なにふざげだごど言ってんのや」

七年前。千代倉に向かって、その男は唐突に声を荒らげた。

もちろんこちらはふざけてなどいない。長机を挟んで向かい合った少年に、駒落《こまお》ちはどうしようか、と尋ねたところだった。

「駒さ減らしだら真剣勝負なんねえべ。子どもだがらって舐めでっど痛《いて》え目見んぞ」男はマットタイプの将棋盤に大粒の唾を落とし、「なあ、かーくん」少年の首の付け根を摑んだ。

棋士は指導対局を行う際、相手の棋力に応じて駒を落とす。相手が初心者なら飛角桂香を外す六枚落ち、少し腕が上がれば飛角香の四枚落ちといった案配で、棋力に合わせてハンデを減らしていく。もちろん腕試しに平手《ひらて》でやってくれと言われて断ることはないが、元奨《もとしょう》のアマ強豪でもない限りまず勝負にならない。といって素人をタコ殴りにしても良いことはないので、優しく手綱を引くようにいくらか自陣を攻めさせてやり、「あと一歩でしたねえ」などと心にもないことを言って気持ちよく家に帰してやるのが定跡だった。

「あー、分がっだ。お前《めえ》、平手でガキさ負げんのが怖《こえ》んだべ」

その男は黄ばんだ前歯をひん剝いて、ひっ、ひっ、と脂《やに》臭い息を飛ばした。やけに肌が赤いが酔っているのか焼けているのか分からない。屋内だというのにやたらと色の濃いサングラスをかけ、ニューヨークヤンキースのロゴキャップから蓬髪《ほうはつ》をこぼしている。なんだこいつは。生焼けのヤンキー《NY》か。椅子に座った息子——かーくんは切れ長の目をさらに細め、迷惑そうに父親を見つめたが、すぐに表情を消し、人差し指と中指で玉の向きを直した。

「では、平手にしましょうか」

　こんな男の言いなりになるのは癪だったが、これも仕事だ。千代倉はにっこり口角を上げ、お願いします、と頭を下げた。

　千代倉はこの日、宮城県温釜《ぬるがま》市の地域紙、温釜日報の主催するしおさい将棋まつりにゲスト棋士の一人として足を運んでいた。

　千代倉を囲むように三つの長机が置かれ、その外に八人の子どもが座っている。大人顔負けの鬼気迫る眼光で盤を睨んでいる子もいれば、こんな強い人と指しても仕方ないよ、と不貞腐れている子、なんでわたしが将棋なんか、と唇の皮を剝いている子もいる。かーくんはあまり感情が読み取れないタイプで、盤面に集中しているようにも、まるで興味を持っていないようにも見えた。

　飛車先の歩を突き、左の盤の前へ進む。駒落ちを確かめ、初手を指し、左の盤へ。一分ほどで机の中を一周し、初めの盤に戻る。

　かーくんの前に来ると父親が消えていた。向かいのショッピングモールにつまみでも買いに行ったのだろう。あんなのにいちいち口を出されたのでは堪らない。千代倉は思わず胸を撫で下ろした。

　かーくんは思いのほか筋が良く、どこかの教室で教わっているのかと想像したほどだったが、三十四手目に七筋で駒がぶつかるとたちまち手が乱れた。定跡書を読んで序盤の駒組みを覚えていたものの、未知の局面に突入してからはどうすればいいか分からなくなってしまったようだ。その後は大駒を四方に動かすだけの無意味な手が続いた。

さてどうするか。もちろんこてんぱんにぶちのめしてやることもできるが、これは指導対局だ。勝ち負けよりも将棋を好きになってもらうことに意義がある。一方的に勝ち過ぎては良くない。ではどうするか——。

千代倉は二秒ほど思考を巡らせ、飛車を交換することにした。取った飛車を打ち合えばそれらしい攻め合いの構図ができる。

四十六手目で取った飛車を、四十八手目で盤の右上へ。美濃囲いの急所を睨む7九に指を下ろした——そのとき。

嫌な筋が見えた。

これを避けるなら隣りの8九だ。いや、落ち着け。相手は初級者の子どもだぞ。だが寄せに入るとぐっと腕が上がる子もいる。指し将棋よりも詰将棋が得意なタイプだ。万に一つ、この子がそれだったら。千代倉の玉が詰んだところを見たら、あの生焼けヤンキーはどんな面《つら》をするだろう。なんだ。プロっつうのも大したごどねえな。——想像するだけで胃酸がせり上ってくる。

一秒ほどの間にそんなことを考えた挙句、千代倉は7九から8九に飛車を滑らせた。

机の中を一周して戻ってくると、かーくんは5五の角で9一の香を取っていた。やはり。これは初級者でも指せる手だが、問題は次だった。続けて馬を5五に引かれると、後手は一気に受けが難しくなる。次いで2六に香を打たれると寄り形だ。

千代倉は駒台の歩を取り、自陣の8二に打ち下ろした。かーくんはすぐにその歩を取ろうとする。だが駒の横っ腹に触れたところで指が止まった。歩に8九飛の紐が付いていることに気づいたのだろう。一手前、千代倉が7九ではなく8九に飛車を打ったのはそのためだった。子ども相手に辛すぎたか、と苦笑しながら少年の顔を見て、千代倉は目を瞠《みは》った。

強い相手にやり込められたとき、子どもが見せる反応は決まっている。泣く。押し黙る。あー、間違えちゃった、全然駄目でしたよね、と言い訳めいた微笑を浮かべる。この三つだ。だが８二歩の意味に気づいたかーくんの反応は、そのどれとも違っていた。彼は数秒間、瞬きもせず盤を見つめると、ふいに鼻に皺を寄せ、がちゃがちゃの乱杭歯を剝き出しにして、弾けるような笑みを浮かべたのだ。

大人に見せるための作り笑いとも、悔しさをごまかすための自嘲とも違う。まるで魔法を目の当たりにしたかのような、裏のない笑顔だった。自身の角成りが読まれていたこと、さらにその利きを封じるための手がすでに指されていたことに気づき、感激して、思わず笑みをこぼしたのだろう。

これまで感じたことのない、身体の芯が火照るような感覚を覚えた。

この子に将棋を教えてみたい。この子が将棋の奥深さを知ったとき、棋士の魂の削り合いを目の当たりにしたとき、いったいどんな顔をするのか見てみたい。そんな思いに駆り立てられた。

だが。

「かーくん、終わっだが?」ＮＹ野郎が後ろから顔を出した。サングラスを持ち上げ、眉を寄せて盤を覗く。「なんだ。全然じゃねえが。ちゃっちゃとやんねえど駐車場の値段上がっちまうべ」ほら、とG-SHOCKを叩く。

くそ。なんでこんなタイミングで戻ってきやがる。スタッフに何か言ってほしかったが、あいにく全員、蝦浦《えびうら》王座のトークショーを聞きに行っているようだった。

それから五分ほど、NY男は壁ぎわのパイプ椅子でつまらなそうに貧乏揺すりしていたが、

「はーい。時間切れ」

千代倉が机の中を四周したところですっくと立ち上がり、あっ、とかーくんが遮ろうとするのを躱《かわ》して片美濃囲いをぐちゃぐちゃにした。

「先生、悪《わり》いね」

半笑いで千代倉に手刀を切る。

千代倉はかーくんがサングラスに駒を投げつけるのではないかと期待したが、かーくんは、またか、という顔で息を吐くと、散らばった駒を箱に戻し、静かに席を立った。千代倉に会釈して、父親の背中を追う。

「かーくん、見でみろ」

気を取り直して少女の桂跳《けいは》ねを受けようとした千代倉の耳に、無遠慮な声が届く。

「一階にリサイクルショップあんだろ。そごで買った。これ父ちゃん得意だがら。帰ったら一緒にやっぺ」

ビニール袋から何かを取り出す音。

「将棋なんがより絶対面白《ぜってえおもしれ》えがら」

「壊れてるよ」

あ？　とNY男が声を荒らげた。

「ほんとだ」

思わず二人のほうを見る。ＮＹがレシートを見ながらスマホに電話番号を打ち込んでいた。

「あ、もしもし？」スマホを耳に当て、「さっぎおたくで玩具《おもちゃ》買った者《もん》だげっど。こいづぶっ壊れてんぞ舐めてんのかこの野郎」ポスターの蝦浦王座に向かって吠える。

今しかない。

「きみ」

かーくんがこちらを振り返る。目をぱちくりさせ、ぼく？　と下唇を指す。千代倉はぶんぶん頷いて、

「きみ、わたしの――」

言葉に詰まった。

弟子になれ、と言うのか？　初心者をいきなり弟子にするのはおかしい。隣りの四郎ケ浜町《しろうがはままち》に白長洲《しろながす》女流三段の将棋教室があるはずだから、そこを紹介するか。だがそれでは自分が将棋を教えることはできない。かといって個人的に将棋を教えさせてくれ、などと言ったら懲戒案件だ。

「規約規約うるせえな。電話じゃ埒《らち》明かねえ。店さ行ぐがら首洗って待っとげこの野郎」

ＮＹがスマホを下ろす。まずい。

「ちょっと待って」

千代倉はジャケットから名刺入れを出した。右のポケットに仕事用の名刺が、左のポケットにファンサービス用の名刺が入っている。迷わず右の名刺を抜いた。

「これ。何か困ったことあったら連絡して」

仕事用の名刺には電話番号とメールアドレスが載せてあった。

かーくんは名刺を受け取ると、珍しい虫でも見るように何度か表裏を引っくり返してから尻のポケットに入れた。

「逃げんじゃねえぞ」NYがディスプレイを連打して通話を切り、かーくんを振り返る。「ほれ、行ぐべ」

かーくんはたちまち表情を消し、父親の後を追った。

2

3一玉。

猪鹿野《いかの》名人の指した手を見て、千代倉は、すうっ、と脳から血が引いていくのを感じた。

六十五手目。千代倉の指した6二飛は玉と銀の両取りだった。玉を逃げれば銀がただで取れてしまうから、後手は5二に飛車を合わせる一手。千代倉はそう読んでいたのだが、名人の読みは違ったらしい。

第八十八期名人戦、猪鹿野肇《はじめ》名人と挑戦者千代倉日出八段の七番勝負は名人の二連勝で幕を開けた。第三局、千代倉は狙いを付けていた角換《かくが》わりの研究手順の一つに後手を誘い込み、何とか一勝を返したものの、第四局、名人は意趣返しとばかりに角換わりで後手を圧倒。難なく三勝目を挙げ、挑戦者をカド番に追い込んだ。

迎えた第五局。戦型はやはり角換わり。先手の千代倉が玉頭《ぎょくとう》に小さな隙を作ると、後手は誘いに乗り、6一飛から6五歩と積極的な攻めの姿勢を見せた。

猪鹿野が歩を突いて席を立った瞬間、千代倉はカメラに抜かれぬよう扇子を頬に当ててほくそ笑んだ。名人の選んだ手順が、先月の研究会で田西《たにし》七段と念入りに検討していたものだったからだ。6九飛から自然に駒を捌けば、玉形《ぎょくけい》の差が生きて先手が指しやすくなる。もちろん油断は大敵だが、よほどのへまをしなければ逆転はない――。

と、そう思っていたのだが。

封じ手まで残りわずかの午後六時二十三分、猪鹿野名人の指した3一玉は、千代倉の頭の片隅にも浮かんでいない一着だった。

三十秒ほど読んで好手と分かった。先手は7二の銀をただで取れるが、後手はそれと引き換えに得た手番で8七歩成から玉頭に食らいつける。この攻めがしつこい。

くそ。なぜ見えなかったのか。研究会では田西七段が後手を持っていた。あの役立たずが「ここは飛車を打つ一手ですね」なんて言うのを鵜呑みにしていたのだ。

待てよ。やつは本当にただの役立たずだろうか。田西と猪鹿野はどちらも音瀬《おとせ》九段門下。つまりは兄弟弟子だ。二人が手を組み、千代倉を罠に嵌めたのではないか。事前に6二飛には飛車を合わせる一手と刷り込んでおくことで、千代倉の読み筋を歪めていたのではないか――。

馬鹿馬鹿しい。猪鹿野との名人戦前の対戦成績は四勝十三敗。どう見ても格上の猪鹿野が自分にそんな小細工を働くはずがない。

脇息《きょうそく》に肘を置いて深呼吸した。まだ後手が優勢と決まったわけではない。☗7二飛成☖8七歩成には☗同金として――。

「千代倉七段、次の手で封じ手をお願いします」

記録係の稲子《いなご》三段が無愛想に言った。

七段？　こいつ、しち段と言ったか？　名人戦の大舞台で、この角刈り眼鏡は千代倉を七段と呼んだのか？　自分は八段だ。昭和なら前歯が飛んでるぞ。名誉毀損で訴えてやろうか、と思ったらパトカーのサイレンが聞こえた。まさか記録係を捕まえに？　そんなわけがない。ああ、くそ。集中しろ。蟀谷《こめかみ》に扇子を押し当てる。

☖8七歩成☗同金に☖5四角なら☗7一竜といったん玉に当てて――ん？　盤の隅になじみのない文字が見える。成香《なりきょう》かと思ったら縮れ毛だった。いったいどこから？　視線を上げると猪鹿野の長着がはだけて絨毯《じゅうたん》のような胸毛が覗いている。なんという卑猥な名人だ。こんな格好で街を歩いたら公然猥褻で捕まるんじゃないか、と思ったらまたサイレンが聞こえた。よもや名人を捕まえに――そんなわけがない。くそ。集中しろ。千代倉は痒くもない頭を掻《か》き毟《むし》った。

午後九時十八分。千代倉は三時間に迫る大長考の末、六十七手目を封じ、第五局の一日目を終えた。

封じ手は5九香。後手の5四角を防ぎながら敵陣にも睨みを利かした攻防の一着だが、手の流れを考えれば7二の銀を取れなければおかしい。これは名人の主張が通りましたね、と解説の棋士が半笑いで言うのが目に浮かぶようだった。

普段の対局と違い、タイトル戦の番勝負は全国各地の会場で行われる。名人戦第五局の会場は宮城県温釜市の老舗旅館、貝吹庵《かいぶきあん》。千代倉は逃げるように海燕《うみつばめ》の間を出ると、別館の沙魚《はぜ》の間で着物を脱ぎ、浴衣に袖を通した。夕食のせり鍋が運ばれてきたがほとんど口を付けられず、仲居が残念そうに膳を下げるのを見てますます胃が重くなった。

広縁には検討用の盤が用意されていたが、駒を並べてもまるで手が動かなかった。頭に浮かぶのは対局と関係のないことばかり。田西七段への恨み節や猪鹿野名人の胸毛への苦言などはましなほうで、気づいたときには住宅ローンの謎の手数料や認知症の母の介護のことを何十分も考えている始末だった。

これでは駄目だ。中身のない検討に時間を使うくらいなら、一晩しっかり休んで、明日、万全の状態で対局に臨んだほうがいい。そう腹を決めて駒を仕舞うと、抗鬱剤代わりの純米酒を呷《あお》って布団に横になった。

目を閉じると波の音が聞こえた。貝吹庵は温釜市の北東、温釜港に面した草里山《くさりやま》の中腹にある。昨日の前夜祭では「暖かくて大好きな町です」などと澄まし顔で口にしたが、実際は五月とは思えぬ肌寒さにすっかり気が滅入っていた。風は磯臭いし海鳥はうるさいし特段好きなところもない。七年前に一度、地域紙の主催する将棋まつりに参加したことがあったが、指導対局で子どもの父親に難癖を付けられたことと、帰りの新幹線で蝦浦王座がグラビアアイドルのゲーム配信を食い入るように見ていたことしか記憶になかった。

寝返りばかり打っているうちに日付が変わった。眠気は一向にやってこない。そろそろ夜が明けるのではないか、と時計を見るとまだ一時前だった。

時間は意地が悪い。対局中、もっとたくさん欲しいと思っているときはあっという間に過ぎていくくせに、こうして早く過ぎてくれと祈っているときは遅々として進まない。まったくふざけやがって。開き直って布団を蹴飛ばし、沙魚の間を出た。

夜更けの旅館は静寂に包まれていた。名人のいる砂蟹《すながに》の間からも物音は聞こえない。廊下を抜け、玄関へ。サンダルを履き、土間へ下りる。扉を開けると、冷え切った風が浴衣の袖を膨らませた。

対局中に会場の敷地を出るのは規則違反だが、少しくらい構うまい。千代倉は両手を脇に挟んで腕木門を潜った。

月のない夜だった。路灯も見当たらない。竹塀の前に停車した軽ワゴンの室内灯が点けっ放しで、それだけが車道を仄かに照らしていた。

道を渡って数メートルのところでブナ林が途切れている。ガードレールの前に立つと、そこは崖の上だった。重なり合った枝葉の向こうに暗い海が見える。

千代倉は今年で三十三歳だった。タイトル挑戦は二度目。二十九歳のとき、当時の志染《しじみ》王将に挑み、二勝四敗で敗れて以来だ。名人に挑むのはもちろん初めてだった。

棋士の多くはA級からC級2組までの五つのクラスに所属している。棋士になるとまず所属するのがC級2組で、そこから昇級を重ねた先にトップ棋士の集うA級がある。そのA級でリーグ戦を制した一名が、その年の名人挑戦者となる。

なぜ千代倉が今期の挑戦者になれたのか。実力で他を制したから、と言いたいところだが、同僚の棋士も将棋ファンたちもそうは思っていない。長年、タイトルを独占してきた上の世代が四十の坂を越えて徐々に勝率を下げている一方、他の棋戦で目覚ましい活躍を見せる二十代前半の新鋭たちはまだA級にたどりつけずにいる。そうしてたまたま道が空いたところに、A級の末席にしがみついていた千代倉がちゃっかり割り込んだ、というのが大方の評判だった。

自分の身の丈は分かっているつもりだ。これを逃せば、もう頂に登るチャンスはない。十年で培ったすべてをぶつける。後悔だけはするものか。

うおー、と海に向かって叫びたい気分を堪え、掌に拳を打ち込んだところで、ピピピ、と携帯が鳴った。

棋士は対局の間、電子機器を預けておかねばならない。千代倉も長年、この規則に従っていたが、昨年、母の認知症が悪化し、深夜に出歩いて警察の世話になることが続いたため、理事会に相談し、通話のみが可能な端末を持ち歩く許可を得ていた。

懐からその携帯を出す。小さな画面に080から始まる番号が表示されていた。くそ。いいところに水を差しやがって。通話ボタンを押し、

「千代倉ですが」

返事はなかった。ざざざっ、と小さなノイズが聞こえるだけ。いたずらか、どこかの夜更かし野郎の誤発信か。夜空にため息をつき、通話を切ろうとした、そのとき。

「当たったたっぽい」

若い女の声が二重に聞こえた。一つはスピーカーから、もう一つは軽ワゴンのほうから。

とっさに振り返った瞬間、横っ腹に強烈な痛みが走った。ジジジジ、と耳障りな音が鼓膜を貫く。胃袋が跳ね上がり、すべての筋肉がこむら返りを起こしたようになった。食いしばった歯の間からせり鍋だったものがこぼれる。

何なんだ。

そう叫ぼうと息を吸ったところで、千代倉の意識は途切れた。

3

「ぶりたん、ホタテバーガー食った？」

「食ってない」

「この人死んでない？」

「死んでない」

「なんで殴んの」

「殴ってない」

「殴ってるじゃん」

「叩いてるだけ」

「なんで叩くの」

「目え覚めるかと思って」

「頭はやめて」

「なんで」

「馬鹿になっちゃう」

「なんないよ」

「ホタテバーガー食った？」

「食ってない」

「食ったでしょ」

「食ってない」

「口にソース付いてる」

「これはホヤバーガー」

「ほや」

「ほや」

「やっぱやめて」

「何」

「頭叩くの」

「どこならいい」

「おしり」

「やだ気持ち悪い」

「じゃあおなか」

「おけ」

や、

「やめてくれ」

無理やり瞼を開けた。

白い明かりが網膜を貫く。とっさに目を覆おうとしたが、背中から手が動かなかった。どうやら縛られているらしい。瞬きして目を馴らすと、男と女がこちらを見下ろしているのが見えた。

「ち、千代倉先生！」男が跳び上がり、鴨居《かもい》に頭をぶつける。「ああ良かった。一生目え覚まさなかったらどうしようかと思った」

そこは六畳ほどの部屋だった。ピンクと黒の雑貨が八対二ほど。ベッドにはウサギとオオカミのぬいぐるみが並んでいたが、いかんせん床が畳、扉が日焼けした襖なので童話の世界に迷い込んだかと悩む心配はなかった。

ここはどこだ。こいつらは誰だ。なぜ自分は手を縛られてこんなところに転がっているのか。

「あは。先生、落ち着いてください。おれです」男が自分の下唇を指す。肌が脂っぽく、あらゆる場所ににきびがあった。椿油を付け過ぎた駒のようだ。「かーくんです」

誰だ。

「ほら、前にいっぺん、将棋やったじゃないすか。おれの四間飛車《しけんびしゃ》、けっこう良かったでしょ」

んひ、んひ、と男が笑う。鼻がくしゃっと潰れ、がちゃがちゃした乱杭歯が露わになる。

あっ、と声が出ていた。脳の深いところに沈んでいた記憶が猛烈な勢いで浮き上がってくる。

七年前、温釜日報の主催する将棋まつりに参加したとき。千代倉は指導対局を受けにきた子どもの父親に難癖を付けられた。駒落ちはどうしようか、と子どもに尋ねたら、平手で負けるのが怖いのか、と横から突っかかってきたのだ。そのくせ買い物から戻ってきたら今度は早く終わらせろと言い出し、終いには勝手に駒を崩してしまったのだから、思い出すだけで虫唾が走る。

あのときの少年の顔はすっかり忘れていたが、対局中に見せた弾けるような笑みだけは脳裏に焼きついていた。

この男は、まさか。

「あのときの子どもか」

「そんときの子どもです」財布から名刺を取り出す。「ほら、先生にもらったやつ。電話番号入り」

千代倉は反省した。迂闊に個人情報を洩らすものではない。

「ここはどこだ」

深呼吸しながら尋ねる。

「ぶりたんちです。ぶりたんはこいつ」隣りの女を指す。

「しゃとーぶりたんです」女が会釈する。おかっぱで肌が生白く、黒目がやたらとでかい。睫毛の下には赤魚の鰓《えら》みたいな涙袋がくっついている。身長はかーくんと大して変わらないが、横幅が三倍くらいあった。

「きみたちはなぜ、わたしをここに連れてきたんだ」かーくんの穴だらけの靴下に目が留まる。「金に困ってるのか」

「いやだなあ。まるでおれらが先生を誘拐したみたいじゃないすか」

違うのか。

「ちょっとお願いしたいことがありましてね。全然大したことじゃないです。ただ、おれが玉《たま》城《き》ブラザーズのドタマをキムチ牛丼にしてないってことを証明してほしいんです」

は。

「ちゃんと説明しなよ」

ぶりたんが唾を飛ばす。タルタルソースの匂いがした。

「そっすよね。すいません馬鹿で。おれ、バターズのやつらから逃げてんすよ。バターズってのはおれがいるチームの名前でつまんねえ商売で小銭稼いでるしょうもないやつらなんすけど。昨日、仕入れ先の偉いやつらが殺されました。で、なぜかおれがやったんじゃねえかって疑われてるんです」

対局中にサイレンを聞いたのを思い出した。

「でもおれやってないんすよ。このままじゃセメント飲んで温釜沖にダイブするか草里山に埋められるかだからあわてててとんずらこいてぶりたんち来たんすけど。バターズのやつらもおれとぶりたんが付き合ってんの知ってるから、朝んなってホテルにおれがいないのに気づいたらここにきます。おれが生き延びるには自分がシロだって証明するしかありません。でもおれ、馬鹿だからどうしたらいいか分かんなくて。途方に暮れてたとき、テレビのニュースで先生が温釜に来てんの知ったんです。こんなの絶対運命じゃないすか」

そんなわけあるか。

千代倉は悲鳴を上げたくなった。

「おれ知ってるんす。千代倉八段は日本一の棋士だって。だからこんなしょうもない事件の犯人なんてすぐ突き止めてくれる。そう思ってぶりたんに攫ってきてもらったんです」

4

西温釜の貸別荘で男性2人撃たれ死亡

27日午前8時15分ごろ、西温釜2丁目の貸別荘・蛤荘（はまぐりそう）から発砲音のようなものが聞こえたと通報があり、駆け付けた警察官が男性2人が倒れているのを発見した。いずれも頭部を複数回撃たれており、その場で死亡が確認された。

宮城県警は温釜警察署に捜査本部を設置し、殺された2人の身元の確認や現場周辺の聞き込みを進めている。

温釜日報オンライン（5/27 11:15）

西温釜男性2人殺害　現場から黒い車が逃走

西温釜2丁目の貸別荘で男性2人が射殺された事件で、現場から黒のオフロード車が走り去るのを近隣の住民が目撃していたことが分かった。警察は県内各地に検問を設置し車両の行方を追っている。

温釜日報オンライン（5/27 13:09）

西温釜男性2人殺害　被害者は四郎ヶ浜の強盗事件に関与か

西温釜2丁目の貸別荘で射殺された男性2人が、今年1月に四郎ヶ浜町の信用金庫で発生した強盗事件を指揮した疑いで指名手配されていた玉城ジャコモ海（かい）容疑者（46）、玉城バルトロメオ洋（わたる）容疑者（43）とみられることが警察への取材で分かった。2人は偽名を用いて貸別荘に滞在していた。警察は容疑者らの所属する犯罪グループ内でトラブルがあったとみて捜査を進めている。

温釜日報オンライン（5/27 16:09）

ぐぐって出てくるニュースはこんな感じすけど刑事《デカ》ちゃんたちがおれらに目付けてんのは確

定です。なんせ玉城ブラザーズと面識があって現場の貸別荘から車で十分のホテルに泊まってて黒のオフロード乗ってたわけですからおれがデカちゃんでもたぶんこいつらだなって思いますよ。

おれらバターズってチームのメンバーで温釜スクエアホテルに泊まってたのはそん中の三人でした。まず香本《こうもと》さん。香本匡《きょう》。バターズのトップでまじでいい人なんで仏の香本って呼んでます内心。グラサンとアームカバーがトレードマークで本職と思われがちなんすけど紫外線に弱いだけなんでサウナも余裕で入れます。これ後で出るから覚えといてください。もともと仙台《せんだい》の一番町《いちばんちょう》でBUTTER MILKって古着屋やってたんすけど妹さんが病気なっちゃって金が要るってなってこっそり大麻《ハッパ》売り始めたんです。そんとき仕入れ頼んだのが玉城ブラザーズでした。え？　いや香本さんはまじ仏すよ。妹さん血の成分が足んなくなる病気らしくて毎週病院で血分けてやってるんです。注射の痕も見してもらったんであれはまじオブまじのシッダタですね。

その香本さんの右腕が橋野《はしの》さん。橋野一歩《いっぽ》。香本さんの同中《おなちゅう》で四年前までドボ屋の経理やってたんすけどエグい横領したのばれて山形刑務所《ヤマケイ》行った後ぶらぶらしてたら香本さんに一緒に稼ごうよって誘われたらしいです。TikTokで女にケツ振らしたりキモい客いじったりそういうのはだいたい橋野さんのアイディアすね。頭いいんすけどおれはちょっと苦手。なんか怖いんすよ。猫とか平気で蹴りそうな感じの人です。

で三人目がおれ。かーくん。まあ取り立て屋的な？　金払わねえ客にねえまだ？　早くして？　って鬼電鬼ＬＩＮＥ鬼ピンポンする仕事です。いや殴んないすよ。髪とか剃るくらいです。

先月、うちらの倉庫が荒らされました。シャバ僧どもが在庫パクって火点けやがったんです。ハッパとかシャブもすけど一番やばいのはマカロフPMすね。いるんすよおれらみたいにイリーガルなとこなら何やっても平気だって思っちゃうおつむよわ男くんたちが。幸い防カメが無事で面割れたんで五人中四人はすぐ攫ってうちの牢屋ぶち込みました。昨日、様子見に行ったら四人とも顔がおばけマンボウみたいになっててうけましたかなり。玉城ズに報告した後セメントカクテル飲んでもらう予定だったすけど問題はあとの一人です。そいつ芋引いて交番駆け込みやがったんすよ。幸いお巡りの通ってるヌキありのメンエスが玉城ズが金出してるとこでそれネタに調書消させましたけど一歩遅かったら全部めくれるとこでまじでやばでした。この業界そういうの厳しいんすよ。んで香本さんがまじすいませんって藤崎《ふじさき》のうに羊羹持って詫び入れにいくことになっておれと橋野さんもお供することになったんでした。


「ちょっと待て」

千代倉は首を左右に振り、瞼にかかった髪を払った。

「きみは人を殺してないんじゃなかったのか？」

それくらいは日常茶飯事、というように聞こえたが。

かーくんは目をぱちくりさせた後、頓死《とんし》に気づいた年輩の棋士のようにみるみる鼻の穴を膨らませたが、「まあ、細かいことはいいじゃないすか」すぐに開き直ったのか、胸を張って続けた。「おれは玉城ブラザーズを殺してない。それはまじなんすから」

玉城ズはネットだと悪のカリスマみたいに言われてますけど実際はヤンゴンから仕入れた

薬物《ヤク》と拳銃《チャカ》卸して上前撥ねてるこっすい小悪党です。兄貴はイオンのフードコートで朝からナチョス食ってそうないかつい兄ちゃんで弟は変なイカのゲームばっかやってる陰キャですガチの。でもこいつらのせいで老ホ入れなくなったババアが首吊ったり昼職就けた姉ちゃんが立町《たちまち》でおっさんとハメたりしてるからやっぱ悪人すね実際。兄貴は五発、弟は四発ドタマに撃ちこまれて顔面キム牛脳味噌とろ玉デニムのパンツはすっかりつゆだくになってたっつうからまあ罰当たったんでしょう。

おれらが仙台の店出たのは一昨日の夕方でした。香本さんと橋野さんは前に玉城ズと麻布《あざぶ》で牡蠣食ったことあるらしくて二人ともだいぶ緊張してる感じでした。香本さんは顔真っ青で車の暖房マックスなのにアームカバー萌え袖にしてぷるぷる震えてたし橋野さんはすげえ苛々しててちょっと車が揺れただけで舌打ちとかするんで玉城ズやっぱ怖《こえ》えんだなって思いました。まあ香本さんはただの寒がりかもしんないすけど。

温釜スクエアホテルは九階建て。しかも一層あたり九部屋なんでちょっと将棋盤ぽいです。平日なのに満室でなぁぜなぁぜ？　って思ったけど猪鹿野名人の強火ガチ勢が押さえてたのかもしんないすね。予約ギリだったんで部屋はばらばらでおれは２０２、橋野さんは１０３、香本さんは最上階の９０９にチェックインしました。

玉城ズの別荘行くのは次の日――つまり昨日の午後イチの予定だったんすけどなんで前乗りしたかっつうとホテルのバーのマスターが香本さんと橋野さんの地元のツレでせっかくなら飲もうってなったからです。バーは GINGER CAT って名前で荷物置いて二階の店行ったら甚平着た二人がもうボトル空けてて草でした。いぶりがっこ齧ってたジジイがすぐ出てったんでそっから貸し切りでマスターのなべちーさんと三人ずっと中学んときの話しててておれは聞き専だったけどの話も面白かった。とくにうけたのが橋野さんの中学んときの彼女の話。あいつ今もおれのこと好きだぜ？　とか言って橋野さん電話かけちゃって。そしたら、んひ、その子の番号、んひ、女子校の窓口になってて。しかもよく聞いたら、んひ、その女子校、んひ、エロいやつだったんすよんひひ。橋野さんブチ切れて椅子ぶん投げるし香本さんひぃひぃ笑い転げてどんだけ苦しかったのか顔に変な汗掻き出したんでちょっと心配なるくらいでした。んでこんな鬼盛り上がってんのにいつまでも時計が八時のままでおかしくね？　ってスマホ見たらもう三時。あわててイヨーパン！　やって部屋戻りました。

ピンポン鳴って起きたら朝でした。やべえ寝坊したと思ってスマホ見たら朝の七時四十分。玉城ズとの約束は午後イチなんで余裕でしたけどじゃあピンポン誰よってドア開けたらお巡りが二人でちょっとよろしいですかと来たんでちびりました。やっぱ悪いことしたらばれんだなって虚しくなってちょっと泣いたけど一向に手錠《ワッパ》かけらんないから早くしろって言おうとしたら一階のレストランで置き引きあって犯人がこっち逃げたから順番にピンポンしてるだけだったっていうサプライズ！　しかも念のため一階からコンコンやってるけどもっと上の階に逃げたのほぼ確らしくてまじ余計なことすんじゃねえよデコ野郎毒貝食って死ね！　って話。つってもその犯人腕にネズミのタトゥーしてたらしくておれそんなのいないから即攻で無罪確定。聞き込みしてる間にそいつ逃げちゃわない？　って思ったけどホテルの警備員に怪しいやつ出てこないか玄関で見張ってもらってるらしくてそれ袋のネズミじゃんって感じでした。念のため部屋見してって言われてどうぞって見せたのも含めて体感二時間くらいだったけど本当は三分とかだったと思います。

あーびびったわって脇拭いてたら隣りの２０３のほうからピンポン聞こえたんでおれは香本

さんに電話かけました。なんでかってゆうと香本さんいつも自分用のハッパ持ち歩いてておお巡りに見つかったらジ・エンドだからです。でも電話出た香本さんふーんそうなのって感じでおれが何かできることありますかって聞いたら部屋で大人しくしてろって言われてそうしました。

さっきのネットニュースにも書いてあったけど玉城ズが撃たれたのは午前八時十五分のことでした。近くの人が銃声聞いてるんでこれは確定です。温釜スクエアホテルから蛤荘までは車飛ばしても片道十分、往復二十分かかる。だから八時五分から二十五分までホテルにいたって証拠があれば犯人じゃないことになります。けどおれはずっと部屋に籠もってたせいで誰とも会ってなかったからノーアリバイでフィニッシュでした。


「待て」手を挙げる代わりに、千代倉はうんと眉を持ち上げた。「あとどれくらいかかる」

「もう終盤ですよ。あとは香本さんと橋野さんのアリバイの話だけ」

「九時から対局が再開するんだ。もう少し簡潔に話してくれないか」

顎で壁の時計を指す。針は七時三十四分を指していた。

「あと一時間半ってことすね」かーくんが太腿を打つ。「余裕っしょ」


まず香本さんから。この人おれに部屋にいろって言ったくせに自分は外出てました。どこにいたと思います？　一階のサウナです。玉城ズに会う前に気合入れとこうと思ったらしいすけどおれなら逆にバテちゃいますね。二十四時間営業で朝なら空いてるかなって思ったら先客のジジイがいてしかも誰彼構わずサウナで免疫力が上がる仕組みを説明しようとするアウトなジジイだったらしくておれなら口にタオル詰めちゃうけど香本さん仏だから全部聞いてあげたらしいです。そのジジイがサウナ出たのが九時過ぎ。そんで警察に香本さんと喋ってたよサウナで一時間くらいって証言したから香本さんのアリバイは鬼でした。やっぱ年寄りの話は聞いとくもんだなって教訓です。

橋野さんはおれと同じお巡りのピンポンで目覚ましてそれが七時十分くらい。それからシャワー浴びてコーヒー飲んだところで携帯ないのに気づいたそうです。橋野さん携帯二台持ちで一個は古着屋のスマホもう一個は裏の仕事に使ってる飛ばしのガラケーで失くしたのはガラケーのほうでした。客の連絡先もメッセージも全部入ってるんでお巡りに見つかったら死にます。さすがの橋野さんもやべってなってすぐ捜しにいきました。まず一階のフロントで元ヤンっぽいバタフライ眉毛のおばちゃんに落とし物なかった？　って聞いてないですねって言われてそれがちょうど八時。それからエレベーターホール見回してたら香本さんがエレベーターから降りてきて、うす、おはよ、実は携帯なくしちゃって、まじ、大丈夫？　たぶん、どこ行くの、サウナ、まじ？　まじ、じゃ、後で、的な益体《やくたい》もない話したのが八時三分くらい。そんでロビーも一通り捜してから二階のGINGER CAT行ったらマスターのなべちーさん酔い潰れて死んでた。それ尻目に携帯捜そうとしたらなべちーさんむくりと起き上がって、うえ、吐きそう、あれ、お前ら何とか兄弟んとこ行くんじゃなかったの？　いやまだ八時二十分だし、約束は午後イチだから、香本なんてサウナ行ってるよ、あいつがサウナ？　干物なるぞ、まじだって、さっきエレベーターホールで会った、嘘じゃねえ、ホテルの羽織着てた、サイズ合ってなくて七五三みたいだったけど、うっ、どうした、やばい、むかつく、違う、胸が、吐く、吐く、おええ、て感じでなべちーさん吐き出したんで橋野さん裏からバケツ持ってきてなべちーさんにあげました。そんで気取り直して携帯捜したけど見つかんなくてくそって椅子蹴ったらその下の荷物置くとこに落ちててヨシャッ！　その携帯から香本さんにありましたってメッセ送ったのが八時四十分のことでした。

まとめると橋野さんは八時十五分ジャストのアリバイはないけど八時にフロントで元ヤンのバタ眉、八時三分にエレベーターホールで香本さん、八時二十分にバーでなべちーさんと会ってるから往復に二十分かかる蛤荘で八時十五分に玉城ズ撃つのは無理ゲーって結論です。

え？　GINGER CATのなべちーさんはさすがに関係ないすよ。そもそも玉城ズのことよく知らないし二日酔いで自分の店とエチケット袋の区別もつかないくらいだったんすから。橋野さんが出てってすぐの八時四十五分にホテルの支配人がバー訪ねてきてその後休憩室に運ばれたみたいです。支配人は例の置き引き犯が隠れてないか捜してたっつう話すね。

おれら三人ともデカちゃんにたっぷり絞られました。夜にやっと三人で話したんすけどそこでようやく自分が超崖っぷちなのに気づきました。デカちゃんがおれら疑うのは当然だし香本さんと橋野さんはアリバイあるからノーアリバイのおれに的《まと》絞んのも当然です。仏の香本さんは仲間疑ったりしないけど橋野さんはおれが勇み足でやったと思ってる。でもそれが本当だったらガチでやばです。おれが懲役食えば済む話じゃない。玉城ズはミャンマーのマフィアとマブだからちゃんとケジメ付けないとバターズは全員攫われて死ぬ。だからおれがふけたって気づいたら橋野さんはおれ捕まえて無理やりゲロ吐かそうとするはずです。んで締めはセメントカクテル。最悪です。でもおれは死にたくない。だってホヤバーガーのクーポン残ってるしDVDも返してないしぶりたんは超ラブだしそもそもやってないんだから当たり前ですよね。

5

「いくつか質問しても？」

千代倉は口早に切り出した。

「もちろんす」

かーくんがぶんぶん頷く。犬っころのように目を輝かせながら。

「一昨夜、きみたち三人は黒のオフロード車で温釜スクエアホテルにやってきた。翌朝、玉城兄弟が殺され、現場から黒のオフロード車が走り去るのが目撃された」

「うぃ」

「三人の中でその車の鍵を持っていたのは？」

「それは」かーくんは一つ、二つ、と指を立て、「三人とも、ですね」三つの指を千代倉に向けた。「皆で使ってたんで」

次。

「玉城兄弟は頭を撃たれていたそうだが、きみたちの中で拳銃を手に入れられたのは？」

「それも」かーくんは三つの指を見て、「全員かなあ」

「きみも拳銃を持ってるのか」

「いやいや。でもマカロフは売り物の一つだし、例のおつむよわ男くんたちが台帳燃やしちゃったから、誰かが倉庫からくすねてたとしてもばれなかったと思います」

駄目か。

チッ、と時計の針が鳴る。時刻は七時五十八分。九時の対局再開まであと一時間だ。とにかく勝ち目のありそうな筋をぶつけるしかない。

「きみたち三人の中に犯人がいるのは間違いない。でもきみ以外の二人にはアリバイがある。それでもきみが犯人じゃないというなら、真犯人は何らかの方法でアリバイを偽装していることになる」

「おお」かーくんが背筋を伸ばす。「それで？」

「この局面は些《いささ》かできすぎてる。きみにアリバイがなかったのは偶然じゃない。玉城兄弟が撃たれたとき、きみが一人で部屋にいたのは、ボスの香本さんにそうするよう言われていたからだ。そのくせ当の香本さんは柄にもなく朝からサウナに出かけていた」

「香本さんが犯人だったってこと？」仙台大観音よろしく右手を立てながら、「仏の香本さんが？」

「問題はアリバイだ。例のお喋りじいさんは九時過ぎにサウナを出るまで一時間、香本さんと一緒だったと証言している。それが本当なら香本さんが八時十五分に玉城兄弟を撃ち殺すことはできない」

結論を言えば、この証言は間違っていた。じいさんがサウナで香本さんと一緒にいたのは本当だろうけど、それは香本さんが犯行を終えてホテルに戻った八時二十五分以降のことだった。二人が喋ったのはせいぜい三十分ほど。でもじいさんは、聞き上手な若者と一時間近く一緒にいたと思い込んでいた。なぜならサウナが熱かったからだ」

ぶりたんが「は？」と首を突き出す。チョーカーが肉に沈む。

「時間は意地が悪い。ここぞという局面ではあっという間に過ぎていくのに、早く過ぎてくれと祈っているときは一向に進まない。

このじいさんはサウナが好きじゃなかった。それでも朝からサウナにいたのは免疫力が上がると信じていたからだ。面識のない香本さんに話しかけたのも熱さから気を逸らすため。時よ早く過ぎ去れ、というのがじいさんの腹の中の願いだったんだ。

するとサウナにいる間、時間は実際よりも遅く流れているように感じられたはずだ。そのため本当は三十分ほどしかそこにいなかったにもかかわらず、じいさんは一時間近くそこにいたと思い込んでしまった」

「それはおかしいよ」ぶりたんが眉毛の跡地に皺を寄せる。「香本さんにはそんなの読めなかったはずだもの」

何？

「そりゃお喋りじいさんが時間を勘違いする可能性はあると思う。でも事実に即した証言をする可能性のほうがずっと高かったはずでしょ。そんなおじいさんに自分の運命を委ねるなんて馬鹿げてるよ」

「香本さんは前からこのじいさんを知ってたんじゃないか。それで時間を長く勘定する癖があることも知っていた」

「一億歩譲ってそうだったとして、他に客がいたらどうすんの。その人が本当の時間を証言したらお終いじゃない。それともまさか、香本さんはすべての宿泊客の朝の行動を読み切っていたとでも？」

さすがに無理筋だったか。

「オーケー。香本さんのアリバイは固い。すると残る容疑者は一人だけ。玉城兄弟を撃ち殺したのは橋野さんだった、ということになる」

「やっぱり？」か一くんの声が弾んだ。「おれ、そんな気してたんだ」

「そもそも橋野さんには犯行時刻ちょうどのアリバイがない。八時にフロントのスタッフと、八時三分に香本さんと話した後、すぐにホテルを出て車を飛ばせば、銃声の鳴った八時十五分までに蛤荘にたどりつける。問題はその五分後、八時二十分にホテルのバーを訪れていたというなべちーさんの証言だけど、これもかなり怪しい。というのも、この日のなべちーさんは二日酔いで、まともに脳味噌が働いているとは思えない状態だったからだ。

人は何でも自分の頭で判断してると考えがちだけど、実際は周りからいろんな影響を受けてる。この一手、と自分で決断したつもりでいても、実は研究会で誰かが言った言葉に引き摺られていた、なんてことはよくある」

「何の話」

「なべちーさんは橋野さんが八時二十分に携帯を捜しにきたと思っていた。でもそれは橋野さんに刷り込まれた偽りの情報だった」

そもそも、とか一くんに目を向けて続ける。

「きみたちはなぜ深夜三時まで酒を飲んでいたのか。バーの時計が止まっていて、宴を切り上げるのが遅れてしまったからだ。

橋野さんはそれをアリバイ作りに利用した。玉城兄弟を殺してホテルへ戻ると、二階のバーへ足を運び、物音を立ててなべちーさんを起こす。そして会話の中でさりげなく嘘の時刻を口にすることで、二日酔いのなべちーさんにそれが実際の時刻だと信じ込ませたんだ」

「おれ、分かった」か一くんが膝を打つ。「おれのホタテバーガー、ぶりたんが食ったと思った、みたいな感じだ」

「無理でしょ」ぶりたんの眼差しは冷ややかだった。「八時十五分に蛤荘で玉城兄弟を殺した後、十分でホテルに戻ったとして、すでに八時二十五分。それから時間の帳尻が合うように二十分間バーに滞在したとすると、それだけで八時四十五分。これ、支配人が泥酔してるなべちーさんを見つけた時間だよ。でも支配人は橋野さんとは顔を合わせてない」

「その人が来る前にバーを出たんだろう。なにせ相手は二日酔い。滞在時間が少し短くたってばれやしない」

「だから、おかしいって」ぶりたんは襖に頭を打ちつけた。「なんで橋野さんに支配人の行動が読めるのよ」

あ。

「自分が口にしたより短い時間でバーを出ていくには理由があるはず。支配人が八時四十五分にやってくるのを予想していたとしか思えないけど、なんで一宿泊客に支配人の行動が分かるの」

さっきの反論と同じ理屈だった。無理やり詰みを見つけようとしたせいで、つい頭の中の駒を都合よく動かしていたらしい。

「こいつ、本当に日本一の棋士なの?」

ぶりたんは怪訝そうに千代倉の名刺を眺めて、はあ、と息を吐く。

「お前、この野郎」

かーくんがぶりたんから名刺をひったくろうとするのを、

「彼女の言う通りだ」千代倉は声で制した。「橋野さんのアリバイは固い。となると、結論は一つ」

二人がこちらを見る。

「わたしにきみを救う力はない。警察署へ行きなさい」

かーくんは二度瞬きしてから、

「それは大悪手ですよ。お巡りは信用できません。誰が玉城ズと繋がってたか分かんないすから」

「それでも世間知らずの棋士を頼るよりはましだ」

チッ、と時計の針が鳴る。時刻は午前八時四十一分。対局再開まで、あと十九分。十中八九、もう間に合わない。

「どうか、この通り」それでも千代倉は首を垂れた。「わたしを自由にしてくれ」

二日制の対局の場合、二日目の定刻に遅れても反則にはならない。騒ぎにはなるだろうが、それで負けが決まったり、ペナルティを付されたりすることはない。

ただし千代倉の封じ手を受けて猪鹿野が一手指せば、そこで千代倉に手番が戻る。昨日、思わぬ大長考をしたせいで、千代倉の持ち時間は二時間四十分しか残っていなかった。仮に猪鹿野が十分で次の手を指せば、昼食休憩前の十一時五十分には千代倉の持ち時間がなくなる。

そのときが本当のタイムリミットだった。

「ふざけんな、人でなし」

ぶりたんが千代倉の胸ぐらを摑む。

「かーくん、死ぬんだよ。それでもいいの？」

目尻から頰へ黒い線が伸びていく。思わず胸が締め付けられたが、奥歯を嚙んで心を殺した。

「どうか、将棋を指させてくれ」

あと少しで、夢にまで見た名人の座に手が届く。そしておそらく、チャンスはもうない。

「ショーギショーギうるせえよ。こっちは命かかってんだぞ」

「やめよう」

かーくんがぽつりと言った。ぶりたんが、はあ？　とピアスを揺らす。

「先生は何も悪くないよ」

ごめん、とぶりたんの肩を押して、千代倉の後ろに回り込む。

「もとを正せば、おれがあんな連中とつるまなきゃ良かったんだ。仕事が嫌で、でも父ちゃんみたいになりたくなくて。それで甘い誘いに乗っちまった。その罰が当たったんだ」

ナイフを左右に引き、手首を縛ったビニール紐を切る。

「だから、先生を責めるのは筋違いだ」

千代倉は手を前に出し、指をぐーぱーさせた。

「ぶりたん、先生送ってあげて。おれ、見つかるとやばいからさ」

まじごめん、と乱杭歯を覗かせる。

ぶりたんは怒りと呆れと悔しさが綯い交ぜになったような顔で立ち尽くしていたが、ああ、もう、とおかっぱを掻き毟って、

「どんだけ勝手なんだよ」

パーカーの袖で頬を拭った。

6

携帯を開くと着信履歴が並んでいた。将棋連盟の職員からのものが大半だが、なじみの観戦記者や立会人の旗畑《はたはた》九段からのものもあった。

時刻は十一時十六分。カーナビによれば、あと二十分ほどで貝吹庵に到着するという。軽ワゴンに乗って早々、これから九十羽山《くつわ》と草里山を越えると聞かされたときは涙が出そうになったが、このまま行けばなんとか時間切れだけは避けられそうだった。

「かーくん、前からよく言ってました」右手でハンドルを操り、左手でサングラスを開きながら、ぶりたんがつぶやく。「千代倉八段は日本一の棋士なんだって」

「全然違うよ」

千代倉は苦笑いした。

なんとかA級にしがみついているものの、自分より強い棋士はたくさんいる。日本一という言葉がふさわしいのは猪鹿野名人や浅利《あさり》二冠、あるいはタイトル獲得数歴代一位の井守《いもり》九段あたりだろう。

「運は良かったけど、実力は十人並みだ」

後部座席にもたれてぼやくと、ぶりたんはかけようとしたサングラスを目から離し、「いや、そうじゃなくて」うちわみたいに振った。「千代倉八段は日本一優しい棋士なんだって。あいつはよくそう言ってました」

ふと、七年前の記憶がよみがえった。

――何か困ったことあったら連絡して。

千代倉はそう言って、かーくんに名刺を渡した。

自分は優しかったのか。あの少年を気遣って名刺を渡したのか。そうではない。あれは千代倉のエゴだった。弟子がおらず、教室も道場も開いていないのに、どうしてもあの子に将棋を教えてみたくなった。それで何か手はないかと考え、とっさに名刺を渡したのだ。

我ながら呆れるほどの惚れっぷりだった。あんなやつのどこに惹かれたのだろう。

――おれの四間飛車、けっこう良かったでしょ。

そう口にしたかーくんの顔を思い出す。鼻をくしゃっと潰し、がちゃがちゃの乱杭歯をひん剝いた、あの笑顔。自分はあれに心を奪われたのだ。

七年前の盤面が脳裏に浮かぶ。千代倉は飛車を交換した後、取ったばかりの飛車を8九に打ち込んだ。一見、自然な7九ではなく8九を選んだのは、先手が次に角を成るのが見えたからだ。

はたして千代倉の読み通り、かーくんは9一に馬を作った。次いで5五馬、2六香とされると後手玉は寄ってしまう。そこで先手が馬を引けぬよう、千代倉は8二に歩を打った。八筋に打っておいた飛車の利きを生かし、一歩で馬を封じ込めたのだ。

かーくんが笑ったのはそのときだった。

自分の手が読まれていたこと、さらにはそれを受ける手がすでに指されていたことに気づいて、あの笑みを浮かべたのだ。まるで魔法でも見せられたような、真っすぐで澄んだ笑みだった。

「――――ん」

喉から声が洩れた。ぶりたんが怪訝そうにバックミラーを覗く。

玉城兄弟を殺した犯人は、あのときの自分と同じことをやったのではないか。

そうだとすれば、犯人はあの男しかいない。

ポーン、とカーナビが鳴った。まもなく目的地周辺です。つづら折りの道を登ったところに貝吹庵の瓦屋根が見えた。時刻は十一時二十九分。もう時間はない。

――おれ知ってるんす。

どこからか声が聞こえた。

――千代倉八段は日本一の棋士だって。

くそ。

「かーくんの番号を教えてくれ」携帯を握り締め、「早く！」

ぶりたんが戸惑った顔で番号を口にする。それを携帯に打ち込み、発信ボタンを押す。

数秒後、

「誰だ」

嗄れた声が聞こえた。かーくんではない。後ろから、あぅっ、あぅっ、と小型犬を蹴るような音が聞こえた。

「かーくんの友人です」

あぅっ。

「香本さんですか」

あぅっ、が止まった。

違うなら違うと言うだろう。こいつは香本だ。サングラスとアームカバーがトレードマークの、ガラの悪い仏様。かーくんが姿を消したことに気づいて、ぶりたんのアパートへ乗り込んできたのだろう。

「切らずに聞いてください。あなたはそこにいるかーくんが玉城兄弟を殺したと思っているでしょうが、それは間違いです。そこにもう一人、あなたの右腕の男がいますね。犯人はそいつです」

ざざざっ、とスピーカーからノイズが溢れた。こら。どけ。やめろ。野太い声が飛び交う。

「とにかく聞いてください。橋野さんは大変狡智に長けた方のようですが、この事件は決して綿密な計画に基づいて行われたわけではありません。凶器の拳銃は護身用に持ち歩いていたもの。昨日の朝、ホテルの部屋で目を覚ますまでは、よもや二人に向かってトリガーを引くことになるとは思ってもいなかったでしょう。それがどうして突然の凶行に至ったのか。鬱陶しい兄弟を殺し、かつその容疑を下っ端のかーくんに擦《なす》り付《つ》ける方法を見つけてしまったからです」

喧騒が静まった。とりあえず話を聞くことにしたらしい。

「橋野さんの主張しているアリバイを確認しておきます。レストランで発生した置き引き事件の捜査のため警察官が訪ねてきたのが午前七時十分ごろ。携帯が見当たらないことに気づいて一階のフロントを訪れ、落とし物はなかったかと尋ねたのが八時ちょうど。エレベーターホールを見回していたところに香本さんが降りてきて、どこ行くの、サウナ、と短いやりとりをしたのが八時三分。さらにロビーを一通り捜してから二階のバーへ足を運んだのが八時二十分。そこで二日酔いのなべちーさんを介抱しながら携帯を捜し、無事に見つけて香本さんにメッセージを送ったのが八時四十分のことでした。

玉城兄弟が撃たれたのは八時十五分。温釜スクエアホテルから現場の蛤荘までは車を飛ばしても片道十分、往復二十分かかります。橋野さんが香本さんと話した後に蛤荘を訪れていたとしても、犯行から五分後の八時二十分にバーのマスターと顔を合わせることはできない。よって橋野さんに犯行は不可能だった――ように思えます」

でも、と携帯を持つ手に力を込める。

「よく考えてください。今のタイムスケジュールにはおかしな点があります。あなたが橋野さんだったとして、バーで携帯を捜すのに何分かかると思いますか」

回答を待つ気はなかったが、

「知らねえよ」香本がすぐに答えた。「勘が良けりゃ十秒で見つかるだろうが、十五分、二十分かかってもおかしくはない」

「いえ。二十分もかかることはありえません。橋野さんは携帯を二台持っていたからです」

ぶりたんが「あっ」と首を伸ばした。ハンドルを切り、車道に飛び出した野良猫を避ける。

「橋野さんが失くしたのは裏の仕事に使っていた飛ばしのガラケーですが、彼はもう一台、古着屋の仕事に使うスマホを持っていました。そのスマホでガラケーに電話をかければ、着信音やバイブで場所が分かる。二十分もあちこち見て回る必要はなかったはずです」

沈黙。

橋野本人も聞いているはずだが、口を挟む様子はない。

「ガラケーの充電が切れてたんじゃないの？　それで電話かけても反応しなかった」

大声で言ったのはぶりたんだった。

「それはないよ。橋野さんはガラケーを見つけた後、すぐにその端末から香本さんにメッセージを送ってる。充電が切れてたらメッセージは送れない。といって仕事のために持ち歩いていたガラケーをサイレントモードにしていたとは思えないし、バーの電波が悪くて電話が繋がらなかった、なんてこともない。前の日の夜、酔って馬鹿になった橋野さんが、中学時代の恋人に電話をかけていたはずだからね」

あいにくその番号はどこぞの風俗店のものになっていたようだが——それはさておき。

「では橋野さんがガラケーに電話をかけなかったのはなぜか。一度でも電話を鳴らせば端末に履歴が残りますね。そこには発信元の番号と時刻が記録される。すると万一、後で警察に調べられたとき、その電話が本当は何時何分にかかってきたのか分かってしまう。それは都合が悪かった。なぜなら橋野さんはなべちーさんに嘘の時間を告げていたからです。

というと玉城兄弟を殺した後に急いでホテルのバーを訪れ、実際よりも早い時間を口にしてアリバイを作ったかのようですが、それでは辻褄が合いません。八時四十五分に支配人がバーを訪れていますから、どれだけ急いでも橋野さんがバーにいられるのは二十分未満。時間の帳尻が合いませんし、なぜ支配人が来る前にバーを出られたのか、という疑問も生じます」

ぶりたんがぶんぶん頷く。ピアスのリングがタップダンスをする。

「それでも橋野さんがバーでアリバイを作っていたとすれば、その方法は一つしかありません。橋野さんは玉城兄弟を殺した後ではなく、その前にバーを訪れていたんです」

ほう、と香本が声を高くした。

「端的に言えば、橋野さんは時間をずらすんじゃなく、入れ替えていたんです」

軽ワゴンがカーブを曲がる。窓の外のブナ林がぐるりと回り、肩がガラスに押しつけられる。

「橋野さんがバーに足を運んだのは蛤荘へ行く前、警察官の訪問を受けて間もない七時半ごろでした。そこで八時二十分だよ、とさりげなく口にすることで、二日酔いのなべちーさんにそれが実際の時刻と思い込ませた。それからしばらく携帯を捜す振りをした後、一階へ下り、フロントのスタッフや香本さんと言葉を交わす。これが八時過ぎ。そして蛤荘へ車を飛ばし、玉城兄弟を撃ち殺すことで、犯行から間もない八時二十分にホテルのバーにいたというアリバイを作ったんです。わざわざ二十分も携帯を捜す振りをしたのは、二日酔いのなべちーさんにそのときのことを確実に覚えてもらう必要があったからでしょう」

「ありえません」

スピーカーから、妙に貫禄のある声が聞こえた。

「確かにわたしはひどい二日酔いで、トイレにも行けないような状態でした。でも意識が飛んでたわけじゃない。あのとき橋野くんと話したことはよく覚えています」

なべちーだった。

「わたしが、何とか兄弟のとこ行くんじゃなかったの、と聞くと、橋野くんは、約束は午後イチだから、香本なんてサウナ行ってるよ、と笑って答えました。

あなたの言う通り、橋野くんがGINGER CATに来たのが七時半ごろだったとすれば、あんなこと言えるはずがない。だってそのときはまだ、サウナへ向かう香本くんと会ってないんですから」

ギギィ、とブレーキがかかり、つんのめった身体にシートベルトが食い込んだ。

「それとも一か八か、香本はサウナに行ってる、とあてずっぽうを言ったら、それが現実になったと言うんですか」

ぶりたんが振り返り、ついたよ、と口を動かす。時刻は十一時四十一分。あと数分で持ち時間がなくなってもおかしくない。

「もちろん、あてずっぽうじゃありません」

ありがとう、と口を動かして、千代倉はシートベルトを外した。

「橋野さんは、駒の動きを読んだんです」

ドアを開け、車を飛び降りる。

「橋野さんは午前七時十分ごろ、１０３号室で警察官の訪問を受けました。聞けば腕にネズミのタトゥーを入れた置き引き犯を捜しているといいます。警察官が１０４号室へ向かうのを見送った橋野さんは、素早く頭の中の駒を動かし、それからの数時間で起きることを予想しました」

軒先でＩＱＯＳを咥えた男に見つからぬよう、腰を屈めて腕木門を潜る。足音を殺し、前庭を駆け抜ける。

「聞き込みにかかる時間は一部屋あたり三分ほど。温釜スクエアホテルは九階建て、一層あたりの客室は九つで、この日は満室でした。橋野さんの１０３号室からかーくんの２０２号室にたどりつくまでに彼らは七つの部屋を訪ねることになります。所要時間は３×７で二十一分、移動や報告などの時間も合わせれば三十分ほどでしょう。すると彼らは七時四十分ごろにかーくんの部屋を訪ねる、という読み筋が成り立ちます」

サンダルを脱ぎ、素足で框《かまち》に上がる。

「では警察官の訪問を受けたかーくんはどうするか。しょっ引かれなくて良かったと胸を撫で下ろしたのも束の間、すぐに香本さんのことが頭に浮かぶでしょう。肝が据わっているのか不用心なのか知りませんが、香本さんは平然と大麻を持ち歩いていました。警察に見つかったら現行犯でしょっ引かれてしまう。かーくんはすぐ彼に連絡を入れるでしょう」

廊下を駆ける。ギッ、ギッ、と床が軋む。

「では警察官が部屋を回っていると知らされた香本さんはどうするか。まずは部屋を片づけるでしょうが——それだけでは済みません。香本さんは大麻の他にも違法薬物を常用していたからです」

ざざっ、とスピーカーからノイズがこぼれた。なべちーが息を吐いたのだろう。

「十中八九、覚醒剤でしょうね。暖房の利いた車の中で一人震えていたのも、GINGER CATで酒を飲みながら顔に汗を掻いていたのも禁断症状でしょう。そんな状態の香本さんが深夜、一人で部屋に戻った後、目の前の薬に手を出さずにいられたとは思えません。翌朝、かーくんから連絡を受けたときはまだ薬が抜け切っていない状態だったはずです」

香本が薬物依存症らしいことは、かーくんの話を聞いている途中で察しが付いていた。病気の妹に血を分けていると善人ぶった言い訳をしていたようだが、注射の痕は薬物を打ってできたものだろう。トレードマークのアームカバーも日除けではなく注射の痕を隠すためのもの。古着屋で飯を食えていたのに違法な商売に手を出したのも薬を買う金を稼ぐためだったのだろう。

「薬が抜けないまま警察官と顔を合わせるのはまずい。ではどうするか。香本さんの部屋は909号室ですから、警察官がやってくるまでには時間があります。そして幸いなことに、温釜スクエアホテルには二十四時間利用可能なサウナがありました」

廊下の向こうから仲居が歩いてくるのが見えた。口元を手で覆い、つまり、と言葉を継ぐ。

「警察官が202号室のかーくんを訪ねる。かーくんが909号室の香本さんに電話をかける。話を聞いた香本さんが一階のサウナへ薬を抜きに行く。ここまでが橋野さんの読み筋でした。

橋野さんはこの筋に沿って、香本なんてサウナ行ってるよ、となべちーさんに告げることで、実際はまだ七時半ごろだったにもかかわらず、それが香本さんがサウナへ向かった八時よりも後の出来事だったかのように思い込ませたんです」

「橋野くんはこうも言っていたよ」なべちーの声が速くなる。「エレベーターホールで香本くんと会った。ホテルの羽織を着てたよ、と。本当はまだ会っていなかったのなら、なぜあんな具体的な様子まで口にできたんだ」

「だから読んだんですよ。階段では上の階へ上ってくる警察官と鉢合わせする恐れがありますから、香本さんは必ずエレベーターで一階へ下りてくる。警察官が疲れてエレベーターを使ったとしても、九階から一階まで下りの籠に乗っていれば顔を合わせることはありません。服装も同じ。警察が腕にタトゥーを入れた置き引き犯を捜しているところにアームカバーを着けていくのは飛んで火に入る何とやらです。かといって袖の短い甚平では注射の痕が隠せない。羽織に腕を通すのが香本さんの唯一の選択肢だったんです」

記憶を遡る。

七年前、しおさい将棋まつりの指導対局でのこと。千代倉はかーくんが角を成り込んでくるのを予想し、先に八筋に飛車を打っておくことで、先手の馬の利きを封じ、自玉を守った。

橋野のやったことは、あのとき千代倉のやったことと似ている。駒の動きを読み、先にそれを踏まえた手を打っておくことで、警察の追及を躱し、自らを守ろうとしたのだ。

「あんた、何者《なにもん》だ」

盤面の敵が口を開いた。

この男に読みの力があったのは確かだろう。とはいえ世界は9×9ではない。人は駒よりずっと複雑な動きをする。かーくんや香本の数手先の動きを読み切ったこの男も、よもや濡れ衣を着せられそうになったかーくんがホテルを抜け出し、棋士を攫って真相を推理させようとするとは想像もしていなかっただろう。

「日本一の棋士ですよ」

中庭の向こうに海燕の間が見えた。猪鹿野名人がじっと盤を見つめている。記録係の稲子三段が顔を上げ、「あ」と腰を浮かせる。

「話は以上です。セメントを飲ませるのは真犯人だけにしてください。では」

素足で中庭に下り、池の橋を渡りながら携帯を投げ捨てた。縁側から海燕の間に上がり、盤の前で足を止める。

「寝坊しました。誠に申し訳ありません」

名人防衛が決まる瞬間を待っていたカメラマンたちが一斉に千代倉にレンズを向ける。

「な、何かあったんですか」

立会人の旗畑九段が爪先から頭のてっぺんまでを見回して言う。千代倉の浴衣は服の体を成しておらず、胸毛どころかブリーフまで丸見えだった。

「寝相が悪いんです」

「職員が何度も呼びにいったはずですが」

「寝起きも悪いんです」

猪鹿野名人が千代倉を一瞥し、すぐ盤に目を戻す。封じ手の5九香を受け、後手が飛車当たりの銀を8三へ逃したところだった。

形勢は良くない。大半の棋士は後手持ちだろう。おまけに持ち時間も足りない。

それでも千代倉の胸は高鳴っていた。この世は何が起こるか分からない。あのかーくんが崖っぷちから力ずくで運命を捻じ曲げたように、自分も最後の瞬間まで、死に物狂いで名人の喉に食らいついてやる。

「ち、千代倉八段、残り五分です」

稲子三段の声が響く。

千代倉は唇を噛んで笑みを堪え、駒音高らかに飛車を成った。

なれなかった人

橋本長道

1.

青柳竜司《あおやぎりゅうじ》が東京・将棋会館四階の高雄の間に入ったのは、九時四十五分のことだった。

今日行われるのは棋王戦の予選二回戦である。

青柳は上座に座ると、鞄から小物を取り出し、盆の上に置いていった。ミネラルウォーター、目薬、眼鏡ケース、扇子――。モノも配置も三十年前から変わっていない。心を落ち着かせるためのルーチンと言えばそれらしいが、ただの惰性に過ぎなかった。

顔を上げ、盤を挟んで向こう側の下座へと目をやる。誰もいない。鞄もなく、盆の上も空である。先に来て席を外しているというわけでもなさそうだった。

青柳もデビューして数年は対局の三十分前に入室していた。早く入り過ぎて、畳の上に直に座って待っていたこともある。あの頃は一刻も早く将棋が指したかった。

記録係の少年が戻ってきて、文机の前に腰をおろした。白のワイシャツに黒のスラックスというでたちで、顔付きは幼い。記録用紙を覗き見ると「4級」と書かれている。どの対局の記録をとるかは上位者から選んでいくのだが、興味を持たれているカードではないらしかった。

三十年前、青柳は十五歳で棋士になった。中学三年生の時の話だ。

中学生棋士というのは将棋史上最も成功したブランドのひとつとされている。中学生のうちに四段に上がった棋士は全員がタイトルを複数期獲得し、名人位に就いていた。

青柳も先人たちに倣い、早くから才能の片鱗を見せた。十七歳でタイトルに初挑戦し、十八歳で棋聖を獲得した。天才と呼ばれた。瞬間的に棋界で一番強いと言われたし、その評価は間違っていないと思っていた。

だがそれも二十歳までの話だった。棋士になって六年目に本物の天才・狩野康通《かのうやすみち》がデビューし、狩野と彼を取り巻く「四騎士」によって栄光の舞台から駆逐されてしまった。そして、一度天才という看板が外れると同世代や上の世代の強者にも勝てなくなっていった。

タイトル戦登場五回、獲得二期、A級在籍一期というのが青柳のキャリアのすべてだった。順位戦は長い年月をかけてゆっくりと落ちていき、現在のクラスは下から二番目のC級1組だった。ここ十年、年間勝率は五割を切っている。慢心のせいか、そもそも将棋の作りが本物ではなかったせいかはわからない。「将棋史上最も失敗に終わった中学生棋士」というのがデビュー三十年を経て固まった青柳への評価となっていた。青柳自身も負けることに慣れすぎて、みくびられることに何の感情も抱かなくなっていた。

段真人《だんまさひと》が現れたのは、対局開始時刻の五分前のことだった。

濃紺の作業着にキャップという対局には似つかわしくない格好である。スーツの青柳とは対照的だった。胸元にはオレンジ色の糸で社名が刺繍されている。鞄などは携えていない。

体つきは中肉中背。頬は垂れ、顔は全体的に土気色をしており、髪は肩まで垂れていた。

「どうも先日はお世話になりましたなぁ」

段は青柳に向かって頭を下げた。声はしゃがれており、口元には卑屈な笑みが浮かんでいる。イントネーションは関西のそれだった。

青柳は目をそらした。

段は下座に腰をおろすと、流石《さすが》に失礼と思ったのかキャップを脱いで盆の上に置いた。顕わになった頭頂部は薄く禿げ上がっていた。

青柳は駒箱から巾着に入った駒を取りだすと、盤上にあけた。四十一枚の駒から王将を選び、大橋流という流儀で駒を並べていく。江戸時代から伝わる由緒ある駒並べの作法だった。対する段は無手勝流で、手に取った駒を適当に並べていく。青柳が眉をひそめたのに気付いたのか「少し緊張しとりましてね」と言い訳をした。そして、「なんてったってまた棋聖と指せるんですから」と続けた。元棋聖というのが正しいが訂正する気は起こらなかった。この呼び方は明らかな揶揄だからだった。

駒を並べ終わると段は何かを思い出したかのように、自身の胸や尻のポケットをまさぐり始めた。しばらくして出てきたのは黒いハッカ飴である。段は膝で文机ににじり寄ると、「よろしくたのんま」と言って記録係の少年の手に握らせた。少年は困惑した表情を浮かべ、飴を文机の上に置いた。

「棋聖もいかがです？」

青柳は首を振った。無視すると寄ってきて手に握り込ませてくるように思われたのだ。

少年は盤前に進み出ると、青柳側の歩を五枚取った。手の中で振り、畳の上に放り投げる。将棋ではこの振り駒と呼ばれる行為で先後を決めるのだ。歩が一枚、と金が四枚表を向いた。段の先手番である。

少年は味が悪いと思ったのだろう。文机の前に戻ると、先ほど段から押しつけられた飴を机の端へと押しやっていた。

「それでは時間になりましたので、段アマの先手番でお願いいたします」

呟き込みながら少年は言う。遅れてはいるが、そう言う決まりなのだ。

段はなかなか初手を指そうとしない。棋王戦では四時間の持ち時間が与えられるが、序盤で考え込むと難解な中終盤で時間切迫に泣くことになる。段は落ち着きなく、キョロキョロと対局室を見回しながら「よいものですな」とひとりごちた。首を伸ばして、隣で行われている対局を覗き込み「やはりプロは違いますな」とぼやいた。

「若林《わかばやし》4級。熱い茶を一杯もらえますか」

「お茶……ですか」

少年は口ごもった。

数年前の規定変更によって、記録係は対局者に茶を出さないことになっていた。先日一回戦を指した段が知らないわけはないだろう。難癖を付けるつもりなのかもしれなかった。

青柳は少年に向かって小さく頷く。

少年は頷き返すと「はい、ただいま」と言って席を立った。

「棋聖の前で申し訳ないのですが、崩させていただきます。足がよくないものでしてね」

段は正座から胡座に足を組み直した。そして、盤から顔を上げると声を潜めて言った。

「先日の僕のお願い、忘れてないですよね」

青柳は答えなかった。既に牧歌的な昭和・平成の時代ではない。対局中の会話はマナー違反なのだ。それに露骨な心理戦に付き合う義務もない。

少年が戻ってくる。

手にした盆の上には湯飲みが二つ並んでいた。それぞれを段と青柳の盆の上に置く。

「サンキュー、ありがとう。若林4級」

段は言ったものの、茶に手を付けようとはしなかった。人払いがしたかっただけらしい。

盤上に手が伸びる。

ゴツゴツとした皮の厚い中指と人差し指が歩を挟んだ。粗い所作にもかかわらず、高く澄んだ駒音が響く。

――▲2六歩。

何の変哲もない初手である。

考慮時間は十三分だった。

2.

五日前のことである。

「やぁやぁ、棋聖やないですか」

青柳は誰かから声を掛けられた。

東京・将棋会館の正面玄関から出てきたところだった。

作業着姿の中年男が目の前に立っていた。男はにやにやとした笑みを浮かべている。

気味が悪い。

知人だろうか。記憶を漁るが該当する人物はいなかった。

ファンである可能性が高いのだろう。会館前であるし、何よりも青柳のことを棋聖と言ったのだ。

「どこかでお会いしましたか」

青柳が無難な返事をすると男は「困ったなぁ」と言って足をもじもじさせた。

「忘れてしもうたんですか。ひどいなぁ」

「いえ、記憶が……」

「僕、昔、棋聖と対局したこともあるんですよ」

指導対局を含めれば膨大な数の人と指している。

「段ですよ。段真人」

男の言葉に青柳は固まってしまう。

あの段なのか。

青柳の記憶の中の段は、締まった体と顔付きをしていた。頬は弛んでおらず、顔色もこんなに悪くはなかったはずだ。三十年の時の経過はこんなにも人の外見を変えてしまうものなのだろうか。

「怖がらんといてください。昔のことなんてなんとも思っちゃいませんから」

「何をしにきた」

身を固くしたまま問う。

目の前の男が段であるなら、次の公式戦の対局相手であるはずだった。

「ご挨拶に伺おうと思いまして。少し話でもできたらええなって」

「待っていたのか」

「ええ、ご迷惑でしたか」

悪びれずに段は言う。

青柳が指導対局で会館に来ているのを把握して、玄関で出待ちをしていたのだ。

「あんたと俺は数日後には対局をすることになっている」

「その通りです」

「棋士は対局前に二人で会ったりはしない」

「そうは思いません。それに僕は棋士やないですしね」

引いてはくれなかった。

極端に物わかりが悪いのか、あるいは確信的にか。

会館前の路上である。これ以上ここで段と一緒にいるところを見られると外聞が悪い。

青柳は露骨に溜め息を吐くと、

「いいだろう。喫茶店にでも入ろう」

と告げた。

段は「ええんですか。棋聖とお茶。うれしいなぁ」と言ってその場で小さく手を叩いた。

しばらく歩く。段は散歩を楽しむかのようにゆっくりと歩き、立ち止まっては口を開いた。

「あそこの神社、僕は信用しとらんのです。熱心に手を合わせた時に限って負けてしまう。日頃の行いのせいなんですかねぇ。悪いことはなーんもしとらんつもりなんですが」

通りから外れた喫茶店を選んで入る。千駄ヶ谷から遠く離れない限り無理な話ではあるが、関係者やファンの目の届かない場所がよかった。

店内はテーブル席が七席あり、そのうち三つは既に埋まっていた。サラリーマンが一人、中年女性のペアが二組である。

残った席の中でできるだけ奥まった席を選ぶ。座ろうとすると、段が待ったをかけた。

「やっぱり棋聖が上座に座らんとあきません」

壁側の席に押し込まれる。

青柳はホットコーヒーを頼み、段はマンゴージュースとチョコレートパフェを注文した。長く居座るつもりなのかもしれなかった。

段は将棋界において無名の存在ではない。ある意味では有名人とさえ言えた。『なれなかった人』というのが段の異名である。『なれなかった人』というのは十五年前に段に取材して書かれたノンフィクションのタイトルだった。

段はこれまでに二度、棋士になる寸前までいったことがあったのだ。

段は元奨励会員で、二十五歳の時の三段リーグでは、あと一勝で四段というところにまで迫った。

年齢制限で奨励会を退会した後はアマ棋界で活躍し、全国優勝十三回、準優勝七回という輝かしい成績を挙げている。銀河戦や朝日杯、新人王戦で固めて勝ち、四十歳の時に棋士編入試験の受験資格を満たした。編入試験では棋士五人と対局を行い、二勝三敗で合格を逃している。

これまで五人がアマチュアから棋士編入試験を受けたが、不合格となったのは段一人である。

『なれなかった人』は年齢制限にまつわる奨励会員の悲哀をベースとして書かれた作品だった。棋士養成機関の奨励会は満二十一歳までに初段、満二十六歳までに四段に上がれなければ退会させられ、強制的に夢を諦めさせる仕組みになっている。幼少期から将棋だけに打ち込みながら、何者にもなれないまま二十代半ばで社会に放り出されるドラマは悲劇的だ。この分野には『将棋の子』という名作があり、後発作品にとって越えることのできない壁となっている。『なれなかった人』を書いた作家は奨励会の悲劇に、棋士編入試験の悲劇を加えることで差別化を図ろうとしたが、『将棋の子』にある筆力や温かい視点が欠如しており、売り上げもいまいち振るわなかった。作中での描写に取材対象の段が激怒したというトラブルもあって現在では絶版になってしまっている。タイトルであった『なれなかった人』という言葉だけが段の二つ名として残ったのだ。

パフェが届くと、段は付いてきた長いスプーンをグラスに突っ込み掻き混ぜはじめた。アイスが溶けだし、砕けたフレークがチョコレートと混ざり合う。積み重なった甘味のタワーは瞬く間に崩れ、得体の知れないドロドロとした液体に変わっていった。おそらく段はカレーも混ぜて食べるタイプの人間なのだろう。

「棋聖と指すのは三十年ぶりのことですから、楽しみにしとるんです」

段はぐちゃぐちゃのパフェを口に運びながら言う。

「根に持っているのか」

「まさか。持つわけないやないですか」

三十年前、十五歳の青柳は三段リーグの最終十八回戦で段を破った。結果は十五勝三敗。一位での四段昇段だった。ただ、十七回戦の時点で二位以上が確定しており、十八回戦を前にして昇段が決まっていた。

「あれはすごい粘りでした。あんな凄味のある将棋を指されたのは人生であの一局以外ありませんでしたわ」

青柳は序盤で形勢を損ね劣勢になったが、今では考えられないような粘りの手を連発して耐え忍んだ。ただ単に中学生棋士になるだけではなく、一位で昇段したかった。十は年が離れているであろう二十代半ばのおっさんに負けるのはエリートのプライドが許さなかったのだ。

あの時、青柳は盤上で表現した。駒を通して語った。

「最後には間違えるんだろ」「間違えてきたからこそいまだにここにいるんじゃないのか」「迷っているのか」「こんな手も見えないのか」「寄せてみろよ」「逃げ切ってみろよ」

最終局に段の退会が懸かっていたことを知ったのは、感想戦が終わり、別室で昇段者インタビューを受けた時のことだった。

三段リーグは二十六歳の年齢制限にかかっていたとしても、毎期勝ち越しをすれば満二十九歳まで在籍を延長できる。段は二十六歳で、十七回戦まで九勝八敗の星だった。勝てば来期も夢を追え、負ければ強制退会という一局だったのである。

「やはり『哲学』を実践されたということなのでしょうか」

インタビュアーの質問の含意に気付くまでかなりの時間がかかったことだけは覚えている。哲学というのは数代前の名人による持論のことで「自分にとって消化試合でも、相手にとって人生の懸かった対局であるならば全力をもって叩き潰さねばならない」というものだった。その名人は「自分に敗れれば強制引退という棋士との対局にこそ全力を尽くさねばならない」とまで言い、公式戦において実践している。

なんと答えたかは覚えていないが、おそらく頷きはしたのだろう。だが、自分のことだけに夢中で段の置かれた状況など知るよしもなかったというのが実際のところだった。

曰く付きの『なれなかった人』では、青柳が感想戦でこんなことを言ったとされている。

「あんたもけっこう強かったよ。来期があれば棋士になれたかもしれないね。来期があればね」

段の窮地を知った上でひどい負かし方をした冷酷な天才少年として描かれたのだ。

事実、十五歳の青柳は段の首を切ったことに対し、一切罪悪感のようなものを覚えなかった。上しか見ていなかった。敗北し、落ちていく者の姿は視界に入らなかった。

あそこまで粘って勝ちに行く必要はなかったと少しでも思うようになったのは、自分自身が狩野世代に駆逐され、転落を始めてからのことだ。

記述を鵜呑みにした書評家は「彼のような人物が第一人者にならなくてよかった。将棋界は狩野らの出現によって救われたのだ」と論じ、少なくない数の同調者が出たが青柳は反論しなかった。落ちぶれた自分の言葉に誰も耳を傾けないということを知っていたからだった。

青柳はミルクだけを入れたコーヒーを啜る。

段はパフェを口に運び続けていた。

段は四十歳で棋士編入試験を受けた後も五年ほどは全国大会上位入賞常連だったようだが、この十年は棋界において名前があがることはなくなっていた。当然のことだった。プロであれ、アマであれ、将棋指しは年齢に勝つことができない。十代で基礎が作られ、二十代、三十代でピークを迎えた後は衰える一方なのである。四十代も半ばを越えれば一時代を築いた大名人でさえ勝率が落ち、順位戦でも降級候補に入ってくる。

近年はアマ棋界も競争の激化が著しい。毎年のように奨励会を退会した元三段が参入してくるし、四年間将棋漬けの生活を送った大学将棋上がりも強敵となる。ここ数年では人間の能力を遥かに超えたＡＩの普及・発展によって若いアマが急速に力を付けてきているという背景もあった。

ところが昨年、段は全日本アマチュア将棋名人戦で優勝した。若手、古豪をなぎ倒し、決勝戦では二十五歳年下の元奨励会三段を捻じ伏せた。五十五歳での快挙である。棋界の枠を飛び越え、ちょっとしたニュースにもなった。

アマ名人になるとプロ棋戦である棋王戦への予選参加資格が与えられる。段は一回戦で上原《うえはら》隆《たかし》五段に勝って、二回戦の青柳との対局に進んでいた。上原五段はC級2組で七年間燻っているとはいえ、まだ二十五歳の若手だった。他棋戦での勝率はよく、青柳の上原との対戦成績は〇勝二敗だった。となると段の快進撃は単なる奇跡では済まないということになる。

段はパフェを平らげるとゆっくりとした口調で語り出した。

「あのね、棋聖。いや、この呼び方はやめましょか。青柳先生」

テーブルに身を乗り出す。

「僕ね、実はもう一度編入試験を受けてみようと思っとるんですよ」

編入試験の受験資格を得るためにはプロの公式戦で直近十勝以上、勝率六割五分以上という成績を収める必要がある。

「十年前までの成績を足せば、あと三勝で足りるんです。先生、僕ね、前の編入試験に落ちてからもずっと棋士を目指し続けとったんです」

——諦めていなかったのか。

段の目を見る。口元に笑みが張り付いてはいるものの、目だけは笑っていないことに気付いた。

3.

段の先手番で始まった対局は、互いに飛車先の歩を突き合って相掛かりへと進んでいた。

青柳は生粋の居飛車党で、角換わり、横歩取り、相掛かりにおける急戦調の戦いを得意としている。瞬間的に全棋士の中で一番強いと思っていた十代後半の頃は、それらを原動力にタイトル二期を獲得した。

段が急戦を避けたことで、局面は持久戦の様相を呈していた。

段の指し方には、ある種の妥協が含まれていた。最新AIで研究しているような若手であれば積極的に咎めにいくのだろうが、青柳は今の時代の流れに付いていくことができていない。明確な反AI思想を持っているというわけではなく、単に新しい考え方を取り入れる気力がないだけなのだった。

青柳は昼食休憩の出前に「肉うどん」「おにぎり（梅）」を頼む。段は「うな重（松）」を注文していた。五千円近くする最上のものである。プロの公式戦というハレの日に張り込むのは段らしいと言えた。

互いの手の進みは早く、午前中に駒組みの臨界点へと到達していく。

三十代後半を過ぎてからの青柳は早指し・早投げで有名だった。

強い若手が相手だと少しでも形勢が悪くなると粘らずにさっさと形作りをしてしまう。十代後半の全盛期に培われた盤上の美学が、みっともなくもがくことを不可能にしていた。

正々堂々真正面から斬り合って、劣っていたほうは潔く腹を切る。「将棋の神様同士が戦えば、四十九手で先手が勝つ」というのが十八歳で棋聖を獲った時に青柳が吐いた言葉だった。

青柳と若手強豪の対局は奨励会員の間で人気のカードだった。記録係をすれば、うまくいくと午前中に仕事が終わるからだった。今日の対局の人気がなかったのは、相手がアマチュアの段だったからであろう。流石の青柳も体裁は保つと思われたのだ。そして、段が一回戦の上原戦で百五十手超えの死闘を演じたからという背景もある。

十二時から十二時四十分までの昼食休憩が明けると、段は小考を重ねるようになった。

あの時、段は「ずっと棋士を目指し続けてきた」と言った。十年後、青柳が今の段と同じ年になる頃にはおそらく引退の二文字がチラついているはずだ。定年の六十歳まで粘れれば御の字だが、年間一割も勝てる自信はない。人間、引き際が大切だ。今の棋風と同じように早投げをしようと考えている。

そんな青柳の目に五十五歳で棋士になろうという段の野望は純粋な狂気と映った。

この一局に懸かる重みは、青柳と段では比べるべくもない。職業棋士である青柳にとっては勝とうが負けようが大差なく、どうせ三回戦、よくて四回戦で敗退することを思えば消化試合と変わりない。一方、段は負ければ棋士への夢が絶たれてしまう。五十五歳でのアマ名人獲得は奇跡と言うよりなく、逃せば二度と機会は巡ってこないであろう。もう一度、編入試験受験の資格を得ることができれば、そのことだけで大きなニュースになるのは確実だった。

相掛かりの出だしから青柳は玉を矢倉に収め、段は中住まいに構えた。

青柳の矢倉というのは居飛車における堅く安定した囲いの名称である。とりわけ上部からの攻めに強く、縦の攻め合いとなる相居飛車戦において細い攻めを繋げての一手勝ちを狙うことができた。青柳の棋風と美学に合致した構えなのである。

対する段の中住まいは囲いとは名ばかりのバランス重視の構えだった。玉が盤面中央の5筋にいるために流れ弾に当たりやすい。守りの要となる金銀も玉の守りに利いているとは言い難かった。段は奨励会時代から右玉や中住まいといった「囲わずの囲い」を好んでいた。三十年前の段・青柳戦の時の段の囲いも右玉だった。

当時、段の将棋は異端で忌み嫌われていた記憶がある。段の金銀は玉の守りを放棄して上へ上へと盛り上がってくることが多かった。押さえ込みを図り、敵の首を真綿で締めるような勝ち方をした。当時、邪道とされていた指し回しだった。奨励会入会当初は玉を固めて攻め合う筋のよい将棋を指していたが、それでは勝てなかったようだ。才能の無さを異端に走ることで補ったのである。玉の囲いを放棄し、全軍をもって押さえ込みに走る。天才たちの読みをことごとく外し、通常の手筋や寄せが通用しない局面に誘導する。形で将棋を覚えた上っ面の勉強だけしかしていない並の奨励会員たちは、ぬるぬると逃げる段の裸玉を捕まえることができなかった。

アマ棋界での段の躍進に対し、青柳にはひとつ思い当たることがあった。かつて異端とされていた段の戦略は、AIによる序盤研究の進展によって再評価されていたのである。ここ数年、堅さからバランス重視へという戦術の革命が起きていた。異端がここにきて俄《にわか》に正統に変わったのだ。人はイメージに左右される。十年一日変わらない段の指し手が急にもっともらしく見えてきたらしい。

段は金銀を盛り上げ、玉を三段目に進出させた。段の将棋においては玉さえも一兵卒として守りに参加するのである。海外サッカー観戦を趣味とする青柳はそこに現代サッカー戦術との類似性を見いだしていた。洗練された現代サッカーでは、ゴールを守るキーパーでさえもボール回しに参加し、ゲームメイクを行う。点取り屋のフォワードが最終ラインまで戻って守備をする。すべての駒で守り、すべての駒で攻める。なるほど、段の将棋にも一理あるのかもしれない。

——あっさり負けてやってもいいんじゃないか。たとえそれが俺の棋士生命を終わらせることになったとしてもだ。見ろ。段のほうがよっぽど棋士に相応しい将棋を指すじゃないか。

4.

奨励会員が挫折する原因はいくつかある。

典型的なものとしては「飲む・買う・打つ」にハマるというのがある。特に大阪や東京に出て、一人暮らしを始めると目の前に誘惑がちらつきやすい。麻雀やパチンコは膨大な時間を費やすことになるので、将棋の勉強に支障が出る。辛い稽古の息抜きで始めた嗜癖《しへき》が奨励会員としての命取りになるのだ。とはいえ、こうした破滅型の奨励会員は年々減少の一途をたどっている。現代の若者たちの間では「飲む・買う・打つ」に憧れるようなライフスタイルが廃れてきているからだ。

段は中学を卒業してしばらくしてから大阪で一人暮らしを始めたが、「飲む・買う・打つ」とは無縁であった。ただ純粋に将棋に熱中していた。木の一寸盤を使っていたが、三年も経つと棋譜並べのしすぎで表面がボコボコになった。大阪は福島にある関西将棋会館の棋士室に日参し、練習対局を繰り返した。相手がいない時はじっと詰将棋を解いていた。『将棋無双』『将棋図巧』という江戸時代の天才兄弟によって編まれた難解な図式集を十年の時をかけて解いた。

そんな様子から段は関西きっての「努力家」と見做されるようになった。

真っ直ぐな褒め言葉ではない。

そこまで努力を積み重ねているのにもかかわらずその程度か、という侮蔑の意が少なからず混じっている。

段が初段昇段を果たしたのは十九歳の時だった。初段昇段は「入品《にゅうほん》」と呼ばれ、四段昇段、三段昇段に次いで特別視される。級位と段位の境であり、将棋の質がプロのそれへと変わると認識されていた。

十九歳初段は少し遅い。エリートに分類される棋士は少なくともこの年の頃には四段になっている。とはいえ、諦めるにはもったいない速度であった。

＊＊＊

二十六歳になる直前の三段リーグでは、気付けば首位を走っていた。最終日を前にして十三勝三敗の星だった。

最終日の二局のうちの一局でも勝てば自力で昇段を摑みとれるという千載一遇の条件だった。対局が公開されることはないが、一世一代の晴れ舞台だった。対局相手は二人とも指し分け付近におり、昇段戦線に絡んでいない。過去の対戦でも勝ち越していた。

段はその二人に負けた。

二連敗である。

二局とも終盤に絶妙手を指された。通常ならば段が勝っているはずの局面に偶然、奇跡的な手が落ちていたのである。

（お前は棋士になってはいけない）

将棋の神様のような存在が、最後の最後で段を拒んでいるかのようだった。

＊＊＊

退会後しばらくは魂の抜けたような状態だった。何をするにも手に付かない。それまでは記録係と大会の手伝い、指導対局によって生活費を捻出していたが、奨励会を辞めたことで絶たれてしまった。住まいを引き払って、実家に帰るというのが最善の行動なのだろう。肩身は狭いながらも、衣食住が保証された環境で次の人生を考えることができる。

段は実家に戻らなかった。

既に四歳上の兄が家を継いでいたからというのもある。兄は嫁を貰い、二人の子をなしていた。それ以上に段の頭にあったのは、十五歳で大阪に出るときにした決意である。棋士になるまで実家には帰らない。顔を見せない。事実この十年、盆や正月でさえ実家に帰っていなかったのだ。

師匠の三村《みむら》から指導棋士になって、指導や教室の手伝いをやってくれないかという話はあった。有り難い話ではある。しかし、段は三村の窮状を知っていた。トーナメントプロとして底辺にいる三村は、指導料を合わせることで何とか一家を食わせているというところがある。三村の支えの下で段を指導棋士にするということは、奨励会員でなくなった段に自分の分の仕事を振らなければならないことを意味していた。もちろん、段が独立して自分で仕事をとってこられればよいのだが、そうした方面における能力のなさの自覚はあったのだ。

夢破れ、気力もない。しかし、食うためには働かなければならなかった。

一月《ひとつき》も過ぎた頃、重い腰を上げ、仕事の検討をしはじめた。

まっとうな企業の正社員になることは難しいように思われた。大学の新卒でなければ入社する機会のない会社が多すぎる。

一念発起して、資格を取って独立した元奨励会員の先輩の話を聞いたことがあった。弁護士、弁理士、公認会計士、司法書士、行政書士……。いずれも難易度の高い試験に合格する必要がある。これも将棋以外の分野における学習経験のない段には無理な話であった。

自然、派遣やバイトの求人に目が向くことになる。

登録派遣バイトの会場に行き、仕事を探すことにした。チラシには「簡単なお仕事です」と書かれていた。いわゆる軽作業である。食品工場のライン作業、ティッシュ配り、看板持ち、倉庫作業……。対人の、特に接客のある仕事は無理である。黙々と単純作業をするだけの仕事であれば何でもいいと思っていた。

派遣登録会に行った三日後から、物流倉庫で働くことになった。時給は950円。深夜帯だと1050円になる。作業内容はベルトコンベアに流れてくる商品をパッキングして店舗毎に設けられた配達口に運ぶというものだった。

誰にでもできる簡単な作業である。

だが、段はすぐには身につけることができなかった。商品を指定された配達口以外のところに運んでしまったり、落として破損させたりした。現場責任者というよりは、古株の作業員にドヤされた。自分以外に大声で怒鳴られている派遣はいなかった。

とはいえ、一週間も続ければ大きなミスはなくなっていった。

単純作業に慣れてくると次に襲ってくるのが退屈である。通常の流れ作業とは違い、パッキングした荷物をカートに載せて運ぶという工程があるため、当初はそこまで退屈さを感じることはなかった。ただ、足はパンパンになった。一日に十キロほど歩くことになるからである。

奨励会時代は慢性的な運動不足に陥っていた。この十年、ワンルームマンションと連盟との往復の歩き以外に運動らしい運動をした記憶がなかったのだった。競技的には盤の前に座りっぱなしであるから、意識的に運動しようと思わない限り運動不足が解消されることはない。ウォーキングやジョギングを趣味にする棋士も多い。サッカー、野球、テニス、登山、筋トレ……。長期戦という意味では棋士の人生はマラソンに似ている。特に中年以降は不健康との闘いにもなってくるのだ。

足が腫れなくなってくると、バイトの時間は虚無になった。作業や痛みで手一杯だった頭の中にも余裕が生まれてくる。脳内に映像が再生されるようになる。子どもの頃の思い出、辛かったり、苦しかったりした瞬間。やはり、一番多いのは将棋を指している場面だった。やがて、頭の中が盤面で覆い尽くされるようになる。詰みを逃した局面。錯覚で大悪手を指してしまった局面。持将棋の大熱戦。退会の懸かった青柳との対局。そのすべてが克明に蘇るのだった。とはいえ、脳は過去の記憶の再生だけではすぐに退屈を感じ始める。結局、段は記録係をしていた時の裏技を使うことになるのだった。記録係も一日がかりの仕事で、特に戦いの始まっていない局面で長考されると眠気と退屈に襲われることになる。その時、段が何をしていたかというと詰将棋を解いていたのである。流石に問題集を持ち込むことはできないので、家で問題を覚えてくる。簡単なものでは退屈凌ぎにはならないため、三十手以上の難解作を用意したものだ。段はその頃と同じことを始めた。詰将棋専門誌を買い、問題を覚えてきてから仕事に出向くのだ。

＊＊＊

転機が訪れたのは、奨励会を退会して一年と三ヵ月後のことである。

『元奨励会員がプロ試験に挑戦!!』

そんな見出しの新聞記事が目に飛び込んできたのだ。

紙面には岡村浩《おかむらひろし》という元奨励会三段が取り上げられていた。岡村は現在三十五歳で、奨励会退会後にアマ大会優勝を重ね、参加資格を得たプロ棋戦において好成績を挙げていた。関東在住で、八歳年上であったため知己というわけではないが、顔は知っていた。

そして現役棋士たちと五番勝負を行い、三勝すればフリークラスではあるが棋士四段になれるという試験の場が与えられたのだ。

岡村は緒戦を落とすも、後は三連勝で見事に棋士の座を摑み取った。

そこには岡村の将棋の強さだけではなく、人間としての強さがあった。受験の実現に漕ぎ着けることができたのは、岡村を支えるファンと棋士がいたからだった。そして、大舞台で臆せず実力を発揮する胆力があった。岡村は一種のカリスマだった。

棋界を包む祝祭のような雰囲気の中、段は思った。

(そんな方法があったんか……)

年齢制限で奨励会を退会してしまえばすべてが終わりだと考えていた。

そもそも年齢制限というのは、連盟が用意した才能のない奨励会員に夢を諦めさせるシステムだった。将棋以外に何もできない人間を三十代で社会に放り捨てるようなことをしないための仕組みである。まだその年齢からなら社会復帰も間に合うだろうというのが二十六歳であり、二十九歳なのであった。それからもアマ大会に参加することはできるが、趣味の領域でしかないと思っていた。名のある全国大会で優勝すれば棋戦予選への参加資格が与えられるが、エキシビションマッチのようなものだと考えていた。

しかし、岡村の成し遂げたことによって前提が覆ってしまったのである。

茨の道ではあるが、奨励会を退会した後も、永遠に棋士を目指し続けることができる。身震いがし、動悸が速くなった。岡村の事績は自分の人生を大きく変えてしまう。そのことがわかったからである。

(『なれなかった人』より)

5.

「本気なのか。その年で本気で棋士になれると思っているのか」

青柳が言うと、段はマンゴージュースのグラスに挿したストローを咥え、恥ずかしげに俯《うつむ》いた。グラスの中に気泡が生じている。

段はジュッと一気に半分ほどジュースを吸い込んだ。

「ええ本気です。証明しろと言われると難しいのですが……。ええ、たとえば僕は倉庫の仕分けの仕事を続けてきました。編入試験に落ちた後、社長から直々に正社員で雇ってもいいと告げられたことがあったんです。十五年近く同じ現場に入っとりましたからね。でも断りました。正社員になれば週五で入らんといかんようになる。将棋の勉強に割ける時間がなくなってまうと思ったんです」

夢を追い続けている間は確実な負け犬にならずに済む。テーブルから降りずギャンブルの中に居続ける限り億万長者になれる可能性がある。メジャーデビューを夢見ながらバンド活動を続け、ついには夢を追うこと自体がアイデンティティとなった老人の物語を思う。彼らは諦めない。諦めた瞬間に何者にもなれなかったことが確定してしまうからだ。

段もそういう類いの人間なのかもしれなかった。

「あんたなら将棋を教えれば生活ができるんじゃないか」

青柳は将棋講師に就きながら棋士編入試験を目指している元奨励会員を知っていた。講師であれば将棋の勉強も仕事になる。

段はゆっくりと首を振った。

「素人と指すと自分の将棋が薄くなってしまう気がするんです。お客さんになってもらうには緩めなあきませんし」

流石の段もすぐに失言と気付いたのか、慌てて「いえ、他の人がどうとかいう話ではなく、僕がそうやというだけで」と言い繕った。

青柳は棋士編入試験制度の導入に際するある棋士の憂いを思い出した。

「新しいタイプの『将棋の子』を生むことにならなければいいんだけどね」

才能の無さに棋士になることを諦めて人生を立て直すことをせず、三十代四十代になっても夢を追い続ける存在のことを指している。

五十五歳になっても棋士の夢を追い続ける段の生き方は、その究極の形ということになるのだろう。

「この十五年、毎日どれぐらい勉強していたんだ？」

「興味がありますか」

「いや、なんとなくだ」

「仕事のない日は朝起きてから夜寝るまでです。まぁ、やっとることは詰将棋と棋譜並べと実戦だけで、奨励会時代から変わっとりませんけどね」

なるほど、『なれなかった人』で書かれていた将棋漬けの生活を五十五歳になった今でも送り続けているらしい。今も仕事中に詰将棋を解いているのだろうか。

青柳は日に一時間にも満たない自分の研究時間を思った。家庭を持ち、子が生まれれば、自分の時間が取れなくなる。青柳には妻と大学生の娘がいた。早くに妻が職場復帰したため、青柳は育児に追われることになった。保育園の送り迎え。遊ばせること。食事の準備。いや、それは将棋と向き合うことから逃げた言い訳だったのだろう。多少勝てなくなっても棋士で居続けることができる。手を抜いてもすぐには落ちていかない。青柳は環境に甘えたのだ。

将棋の勉強が手に付かなくなりだしたのはいつからだっただろう。狩野にストレートで棋聖を奪われた時だったろうか。いや、まだあの頃はリベンジに燃えていた。挑戦権争いの場で次々と四騎士に敗れた頃だろうか。確かに萎えたがまだ踏ん張ってはいた。そうだ。一気に変わったのではない。ゆっくりと時間をかけて落ちていったのだ。

気付くと周りから人が消えていた。VSの誘いが減り、棋士室や控え室にいても声を掛けられる機会が少なくなっていった。それが平凡な棋士の在り方ではあるのだろうが、青柳の場合、落差が大きすぎたのだ。中学生棋士の肩書きだけで飯を食っているかつて何者かであった人。棋士たちが自分に向ける目が憐れみや侮蔑であると気付くとさらに力が抜けていった。不調に耐えるプロとしての資質がなかった。一瞬でも頂点を獲ったプライドが他の棋士に「俺を鍛え直してください」と頭を下げることを許さなかった。李徴の孤高を守った青柳は虎のまま衰えたのだ。

店に入ってから一時間が経とうとしていた。

段の前にあるマンゴージュースが入っていたグラスも空になっている。コーヒーカップとパフェのグラスは既に下げられ、代わりに水が置かれていた。

もう充分に話しただろう。

そろそろ……と青柳が言いかけるのを察したのか段が慌てて口を開く。

「今日は先生にお願いしたいことがあって伺ったのでした。お話が楽しすぎて忘れるところでした」

青柳は考える。

今日ここで段が語ったのは、主に棋士になりたいという意思表明と、ここ十五年の苦労話だった。

考えられるのは……。

やはり、次の対局で緩めて欲しいということだろうか。今の勢いであれば、見る人が見れば段に分があると考えるだろう。しかし、段は違うのではないか。青柳にかつてタイトル二期を獲った中学生棋士の幻影を見ているのではあるまいか。三十年前の三段リーグの話を持ち出してきたのも気にかかる。罪悪感を覚えさせ、力を出させないようにしようと考えているのではないか。

「次の対局のことか」

「まぁ、そんな感じではありますな」

盤外戦術や八百長の匂わせなど持ち出すまでもない。この男は青柳を倒し、次の対局に臨むことになるだろう。中学生棋士と『なれなかった人』。三十年の時を経て両者の棋力は逆転した。慢心した者と積み重ね続けてきた者。段は若い頃と比べてわずかに強くなり、青柳は見る影もなく衰えた。

青柳は自嘲の笑みを浮かべて言った。

「それなら心配する必要はない。よっぽどへまをしなければ、あんたが勝つ」

瞬間、段は表情を変えた。

6.

十六時の時点で両者の残り時間は青柳が一時間五十五分、段が四十六分となっていた。

盤上では中央で段の金銀が美しい連結を作り、十分の態勢を築いている。聳え立つこの要塞を攻略するのは誰であれ至難の業であろう。

段は背を丸め、胡座のまま顎に拳を当てて盤面を睨み続けている。そして時々、呻くような声を発した。対局開始の前後、軽口を叩いていた男の姿とは思えない。

青柳の手番である。

——段の言い分を呑むとすれば、残り数時間が俺が棋士でいられる時間か。

そう考えると、今まで余るほどにあると思われていた時間が大切なものに思えてくるのだった。

あの時、青柳は段がやんわりと負けてくれと告げているのだと思っていた。

しかし、段は言ったのである。

「次の対局、僕に負けたら引退してください」

負けてくれとの懇願や、八百長の誘いではなかったのだ。

段は続ける。

「中学生で棋士となり、タイトルを獲られた先生が、棋士になれなかった五十五歳のアマチュアに負けてのうのうとしているのはおかしいです。制度や人が許しても将棋の神様は許してはくれまへん」

声は低く、それまでの軽薄な態度は消え失せていた。

「そうか。それがあんたの本音か」

腑に落ちた気がした。

段はこれまでの人生において失敗を重ねてきた。チャンスを摑みながらもすべて逃してきた。人は人生を単純化したがる。すべての原因を何かひとつの出来事のせいにしたがるものなた。

のだ。段にとってのそれは奨励会を強制退会に追い込んだ青柳の存在だったのかもしれない。

「先生にはそれだけの責任があるいうことです」

段は言って自身の唇を噛み、恨めしそうな表情で青柳を見てくるのだった。


青柳は急に怖くなった。

つい先ほどまで、段に敗れたとしても願いを聞く必要などないと思っていたのだ。あまりにも一方的で、青柳に不利益をもたらす要求なのである。

しかし、段に敗れれば、落ちぶれたとはいえなんとか持ちこたえ続けていた棋士の姿を保てなくなるように思えてきた。今は長く考えることができず、粘れなくなっているぐらいで済んでいる。それが段に負ければ盤に向き合うことすらできなくなるとの確信を持つようになっていた。

段の盤外戦術という毒は既に青柳の全身にまわっていたのである。

手厚い段の陣形を見ると投げてしまいたくなる。微差ではあるが、実際気鋭の若手棋士に対しこれぐらいの非勢で頭を下げたこともあった。だが、これが本当に最後の対局になるかもしれないと考えると投げられなくなる。

――一時間だけ。いや、あと二時間だけでも頑張ってみるか。

青柳は正座に座り直し、背筋を伸ばして盤に正対した。久しぶりに見る景色だった。それだけで盤駒の色味がいつもより鮮やかに映った。

とにかく攻める。食らいついてなんとかする。形と感覚だけで惰性で指すようになっていたが、具体的な変化まで細かく読みこんでいく。

三十分集中して考えると脳の奥が痺れるような感覚が蘇ってきた。今日一番の長考である。しかし、頭の中で同じ局面がぐるぐると循環するだけで手応えを感じることはできなかった。わからないまま指すしかない。受け止め切られればそれまでだ。今の自分は棋士とは言えない。段のほうがよっぽどプロじゃないか。挑戦し、一発入れるつもりでいく。

盤に腕を振り下ろす。

駒音が高らかに響く。

青柳は次々に歩を突き捨てていき、飛車・角・銀・桂を段の作り上げた厚みに向かって突撃させていった。

段が盤から顔を上げ、こちらを睨みつけてきた。青柳も睨み返す。

——悪いな。少しだけ足掻かせてもらう。

この日の青柳は冴えていた。

数十年来の感覚が戻ってきたと言っていい。

手のことごとくが急所を突いた。

段が得意とする異形の布陣はマニュアルタイプの優等生には劇的に効いた。どこを攻めていいかわからなくなり、盤上で迷子になるのである。正攻法殺しでもあった。だが、天才だった頃の青柳は邪道の相手を苦にしなかった。邪道は突き抜けた王道には決して敵わないからだった。

青柳は思い出す。奨励会時代の段には相手の絶妙手を引き出す運の悪さがあった。ギリギリの勝負になった時に局面が負けるようにできていることが多かったのである。十五年前の編入試験第五局は最終盤での打ち歩詰めの筋に泣いた。将棋の神様に嫌われた男だった。

手厚かった段の陣形は、一枚、また一枚と金銀を剝がされ薄い玉が顕わになった。裸玉でのダンスは段の得意とするところとはいえ、築いていた優位は吹き飛んでしまっている。段の呼吸音が大きくなっていった。みるみるうちに残り時間が減っていく。攻める側よりも、耐え忍ぶ側のほうが時間を使わされるのだ。

青柳は時間攻めをしなかった。段に合わせ、腰を落として考えた。目の前の勝敗も、形勢もどうでもよくなっていた。久し振りに集中して将棋に没入する喜びに浸っていたのである。

双方秒読みでの殴り合いになった。

青柳の矢倉にも火の手が上がり、詰めろのかかる間合いになっていた。勝負将棋においては一方的に受ける展開は駄目としたもので、敵の喉元にも刃を突き立て、恐怖を与え続けなければならない。段は実戦における心の綾に精通しているらしかった。そうでなければ五十五歳で熾烈なアマ大会を勝ち抜いては来られなかっただろう。

段は腕を組み、歯を食いしばって、盤に齧り付くようにして考えている。おそらく彼は四十年以上そうやって将棋と向き合ってきたのだ。才能がないと言われようが、盤上で将棋の神様に嫌われようが、老いて棋力が衰えようが構いもせずに。

段の強靱な粘りと気迫のこもった勝負手に青柳は眩暈《めまい》を覚えた。周囲に天才と思われていた十代の頃は皆簡単に投げてくれた。だが、一度落ちて弱みを見せると執拗に粘られるようになった。棋士として信用されなくなったのだ。盤上で軽蔑されると力が抜けた。

——やはり、駄目なのか。

急に気合いを入れたところで長年の怠慢は誤魔化せない。切迫する時間の中で正解手を見つけ続けるのは到底無理な話なのだ。

息を吐き、顔を上げ、再び段のほうを見る。

段も青柳を見ていた。

段の目には軽蔑の色を感じなかった。下卑た笑みも消えていた。唇を噛みしめながら青柳を睨みつけており、そこには怯えの感情を読み取ることができた。盤上において怯えというのは敬意の一種である。

段の目が青柳に最後の一秒まで考える勇気を与えた。段と同じように歯を食いしばり、膝の上で拳を握り込み、駒を睨め据《ねす》えて盤に向かった。息は苦しく、盤上の風景は霧がかかったかのように先が見えない。軽快に盤上を走り回ることができたのは遠い昔の思い出話だ。

青柳が指す。段が指す。ギリギリまで考える。霧の向こうに光が見える。

銀捨ての妙手があった。

——こんな手が成立するのか。

青柳は自分で見つけて驚いていた。この局面においてしか成立しない例外的な一手だった。唯一の逆転の筋だった。限られた時間の中で何度も繰り返し確認する。

銀を置く時、指先が震えた。

しばらく段は玉の斜め下に置かれた銀をじっと見つめていた。そして「さんじゅうびょう」と読まれた後、声にならない喉の奥で絡まるような呻きを発した。目を閉じ、笑みを浮かべる。将棋の神様はまたしても自分を見捨てたのか——という自嘲が含まれているように思えた。

銀打ちから十七手後、青柳が玉頭に金を打つと、段は居住まいを正し、五十九秒まで読まれた後に頭を下げた。

終局後しばらくの間、互いに動けずにいた。段は放心したかのように盤上を見つめていた。時間が止まっているようだった。首元が汗で湿っていた。

主催紙の記者が来て、段に質問をした。五十五歳での公式戦参戦はニュースではあったのだ。段は短い言葉で淡々と答えていた。

感想戦は約一時間行われた。会話はなく、駒を動かして互いの読み筋を披露し合った。駒音は言葉よりも雄弁だった。

駒箱に駒を仕舞った後も青柳は段にかけるべき言葉を見つけることができなかった。段の棋士への挑戦の道は断たれた。『なれなかった人』は本当になれないままで終わってしまったのだ。

去り際に段が口を開いた。

「僕はもう一度ここに帰ってきます。十年後、二十年後になったとしてもです。だから先生はここで待っといてください」

十年後の段は六十五歳、二十年後は七十五歳だ。どう考えても不可能なのだが、段の言葉には不思議な真剣さがあり、強がりを言っているようには思えなかった。

「だが俺は……」

言い淀む青柳に被せるように段は言う。

「先生ならやれます。あなたは何者かになれた人。本物の天才なのですから」

段は立ち上がると、酔ったようなふらふらとした足取りで対局室から出て行った。

7.

青柳が段の死の報《しら》せを受けたのは、三年後のことだった。

葬儀の手配は段と最後まで関わりのあった支部会長の山内章吾《やまうちしょうご》が行った。市のセレモニーホールで一日葬を執り行うのだという。山内から連絡を受けた青柳は新幹線で大阪に向かった。

出迎えた山内は「まだ若いのに」と目頭を押さえた。七十八歳の山内からすれば、段も青柳も若い部類に入るのだろう。

山内によると、段はアパートの固いせんべい布団の上で発見されたらしい。死後数日が経っていた。腐敗が進んでいなかったのは季節が冬だったからだろう。死因は心筋梗塞ということである。

山内は「安心してください。自殺やないです」と付け加えた。

広さ十畳ほどの部屋の端には古い棋書と専門誌が積み上げられており、一部は雪崩を起こし散乱していた。部屋の中央には薄い板で作られた将棋盤があり、その上にはプラスチックの駒が整然と並べられていた。

段が最後に並べていたのは三年前の青柳との将棋だった。また、デビュー以後の青柳の棋譜の切り抜きを収めたバインダーも見つかったのだという。

山内は意外なことを言う。

「段は昔からあなたのことを尊敬しとりました。もう一度棋士編入試験が受けられるなら、青柳先生に師匠を引き受けて貰いたいと思っておったみたいです。三村先生は亡くなられていましたからね。先生のところにお願いに行きませんでしたか？」

「私を憎んでいたんじゃないんですか」

「ああ、三段リーグのことですか。段は言っていましたよ。あなたに本気で負かされたことが数少ない自分の人生における誇りなのだとね。本や雑誌であなたが悪く書かれた時は本気で怒っとりましたし、三年前の対局の後はやっぱり青柳は本物の天才やったと笑っとりました。本物には敵わない。敵わないからこそ追いかけるんやと」

棺には研究ノートをばらしたものと棋譜用紙が入れられた。そのうちの数枚に目を通す。最期の瞬間まで段は棋士を目指し続けていたらしい。

山内は「記念に持ち帰られてもええですよ」と言う。断るつもりだったが、ある一枚から目が離せなくなってしまった。

古い棋譜用紙である。余白に走り書きで「死ね」「くそ」「なんで僕やないんや」「なんであいつだけ」「うらやましい」「ねたましい」といった言葉が綴られている。

青柳は折りたたむと、上着のポケットにしまった。

持ち帰らずにはいられなかった。綴られていた段の叫びは、青柳の叫びでもあったからだ。

火葬場に移る。棺が炉へと入っていく。扉が閉まる。

青柳は昨年、順位戦でB級2組に昇級した。年間勝率も六割台に乗り、「天才復活か」との声も聞かれるようになっていた。中学生棋士ブランドの一員としては物足りないが、まだしばらくはこの世界で生きていけそうだ。六十代、七十代まで棋士にしがみつき、落ちてきた狩野を倒すというのが今の目標である。十代、二十代での才能比べでは奴に負けたが、人生後半戦の勝負は決まっていない。
――段さん。今度は俺があんたみたいな生き方をしてやるよ。
青柳は昇り立つ煙の行方をじっと見つめた。

王手馬取り

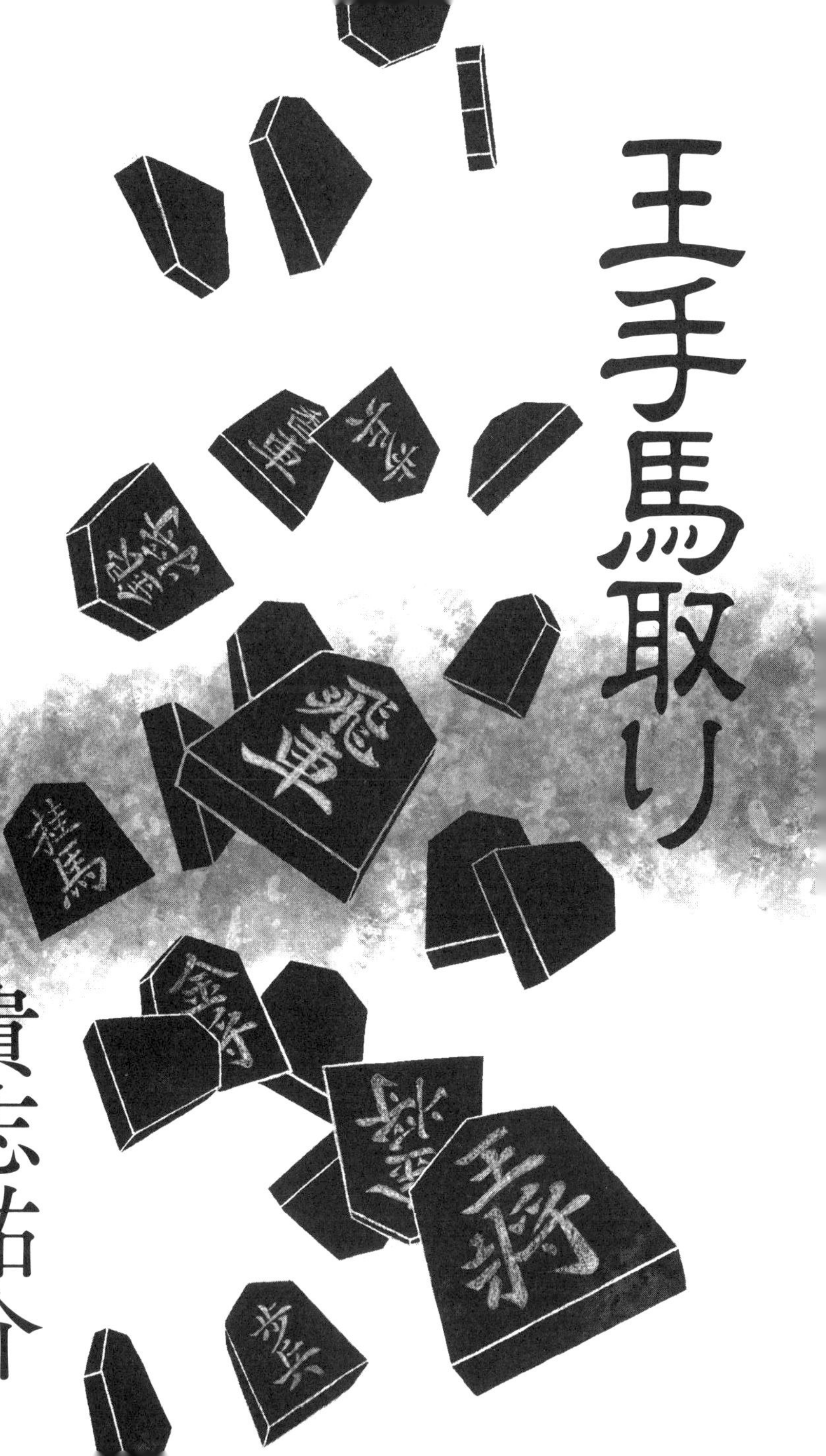

貴志祐介

1

井上良美《いのうえよしみ》は、昭和レトロな型板ガラスの嵌まった、割烹『井くち尾』の引き戸を開けた。

「いらっしゃい！」

板前の清水谷辰也《しみずだにたつや》の、いなせな声が響く。髪は半白になっても、この声だけは若いときから変わらない。

「五名で予約していた井上です。……精進落として」

他の客の耳を気にして小声で告げると、清水谷が、両手を手ぬぐいで拭き、神妙な面持ちで立つ。

「良美さん。お待ちしてましたが、たいへん申し訳ありません。えらく不調法なことになってしまいまして」

「え？　どういうことですか？」

予想外の返答に、良美は、狐につままれた思いだった。

「それが、せっかくご予約いただいていたお座敷が、使えなくなってしまったんです。本当に、なんとお詫びしてよいか」

辰也の妻で仲居の綾《あや》が、そばに来て、深々と頭を下げる。

「どうしてですか？」

責めるつもりはなかったが、話が違うという思いが声音に滲んでしまった。

「それが、ついさっきまでいたお客さんたちが……一見の方ですが、万馬券を当てたとかで、やたらと気が大きくなってて、無理なことばかり言われて」

綾は、半分涙声で言う。

「座敷には、ご予約が入ってるからと言ったんですが、どうしても使わせろとおっしゃって。挙げ句の果てには、勝手に上がり込んで、どんちゃん騒ぎを始めようとしたんです。それで、辰也が追い出したんですが、大立ち回りになって、襖にも穴が開いてしまって」

「ひどい……そんなの、警察に届けた方がいいですよ」

良美は、眉をひそめた。最近、急に常識の通じない輩が増えたが、そういう手合いに限って、酒が醒めると、別人のようにしゅんとするのだろう。

「それで、もしよろしければなんですが、カウンターでってわけに参りませんでしょうか？井上様とお父上も、いつもカウンターの決まった席にお座りになってました。皆様で井上様をお偲びになるには、ぴったりじゃないかと思うんですが」

清水谷は、真摯な態度で勧める。

「あら、いいじゃない、カウンター」

義母の井上三枝子《みえこ》が、良美の後ろから顔を覗かせて言った。今年で七十七歳になるのだが、声や表情には艶がある。

「でも、他のお客様に、ご迷惑じゃありませんか？」

良美は、店の中を見回す。見たところ、客はカウンターの一番奥に一人いるだけだったが、葬式帰りの客がぞろぞろ入ってきて、横に座ったら、あまりいい心持ちはしないだろう。

「先に、ご了承いただいてます」

清水谷は、にっこりする。

「……すみません。ありがとうございます」

良美は、カウンターの奥に向かって声を掛けた。

「いやあ、かまいやしません」

古びたツイードのジャケットを着た老人は、こちらを見ずにお銚子を持ち上げて応じる。

「じゃあ、お言葉に甘えさせていただきます」

五人は、めいめい店外で清めの塩をふりかけてから、中に入った。男二人は、さりげなく、黒いネクタイを外す。

老人も、テーブル席に移ってくれれば、余計な話を聞かれないですむので気が楽なのだが、カウンターの隅が俺の居場所だとばかり、動く気配もなかった。

本来なら、喪主である義母は末席だが、話し合って、上座に着いてもらうことにしていた。だが、二席隔てたところに見知らぬ老人が頑張っているので、良美が、衝立代わりに一番奥に入ることにする。その横に義母の三枝子、母の天野久子《あまのひさこ》、夫の井上俊樹《としき》、一番入り口に近い場所が息子の井上知樹《ともき》という並びで席に着いた。

「皆様。本日は、亡夫井上昌彦《まさひこ》のためにお運びいただき、本当に、ありがとうございました。井上もさぞ、泉下で喜んでいることと思います」

ビールが行き渡ると、三枝子が、深々と頭を下げた。

「本日は、たいへんささやかではございますが、精進落としの席を設けさせていただきました。お時間の許す限り、歓談していただければと思います」

五人で、静かに献杯をした。

義父が亡くなると、それまで疎遠だった親戚や、証文はないが金を貸していたと主張する、自称親友などが、大挙して押しかけてきた。何とかそうした連中を捌いて、葬儀は無事に終えられたが、三枝子には心労が溜まっていることが想像できたので、心静かに義父を偲ぼうと、精進落としは、この五人だけで行うことにしたのだった。

ここ『井くち尾』は、父と義父が永年馴染みにしていた、魚料理がメインの割烹だったが、良美は、数えるほどしか来たことがなかった。

「お義父《とう》様と父の定位置って、どのへんでしたっけ？」

良美は、清水谷に訊ねる。

「ちょうど今、良美さんと、井上の奥様がお座りになっている席です。調理している様子が、一番よく見えるからと」

清水谷は、小鉢を盛り付けながら微笑んだ。

「でも、三枝子さん。ごめんなさいね。この場に天野がいないのは、本人が誰よりも残念だと思ってるはずなんです」

久子が、三枝子に向き直って、頭を下げる。

「そんな、いいのよ。謝らないで。喜郎《よしお》さんの脚の具合のことは、よくわかってますから」

「お祖父《じい》ちゃんは、いまだにスーパーヘビー級だもんね。車椅子の耐荷重ギリギリだし」

知樹が、苦笑する。今は商社勤めも三年目になり、けっこうバリバリやっているらしいが、こんな表情は、高校生のときから少しも変わっていない。

「普通に歩けたときも、怖がって脚立なんかには絶対に乗らなかったよ。おまえたちとじゃ、重力に対する感じ方が違うんだって」

まるで死んだ人みたいな言い方しないで。良美は、むっとした。

「あれでも、いったんは減量したんだけどね」

久子が、溜め息をつく。

「十両にいたときは、160kgもあったんだから。引退して、このままじゃ長生きできないと悟ったのか、食事療法と運動を組み合わせた徹底的なダイエットに励んだの。そのおかげで、一時期100kgを切りそうなところまで行ったんだけど、立ち食いうどんのチェーン店を始めてから、どんどん付き合いが増えて、あっという間に元の木阿弥」

「そうは言っても、まさか、160kgまでリバウンドしたわけじゃないですよね？」

俊樹が、揶揄《からか》うような目で、こちらを見た。エンジニアって、ときどき無神経になるのは、なぜなんだろう。

「そうね。……まあ、130kgってあたりかしら」

久子は、自分で振っておきながら、夫の体重の話題に辟易したのか、故人に話を戻す。

「だからね、昌彦さんのことは、いつもすごく羨ましがってたのよ。まあ、相撲と野球じゃ、土台が違うけど、現役を引退してからも、ずっとスマートだったでしょう？」

「ええ。健康オタクだったから。運動は元々好きで、ゴルフのお誘いは絶対断らなかったし、ランニングやテニスも欠かさなかったわ。サプリなんか、毎朝山のように飲んでて、最近は、パワーストーンなんてものに凝って、変な数珠をしてたの。解説でテレビ局に呼ばれるときも着けてて、恥ずかしいから止めてって言ってたのに」

三枝子は、饒舌に語ってから、しんみりと言う。

「それが、こんなふうに、あっさり逝ってしまうんだから、人間わからないものね」

全員が、しばらく黙り込む。思い思いに、故人の冥福を祈っているようだった。

「だけど、やっぱり、今日だけは、お父さんにも来てほしかったな」

良美は、ポツリと漏らした。

「脚が悪いっていっても、車椅子に乗ればいいんだし」

「でも、ほら、あの巨体じゃ、車椅子を押すだけでもたいへんだから」

久子が、取りなすように言う。

「そのくらい、知樹がやるわよ。少しくらい体調が悪くったって、こんな大事なときに」

つい愚痴ってしまい、すぐに後悔した。しつこく、あのことを言っているように聞こえるかもしれない。

「良美さん。結婚式のときは、本当にごめんなさいね」

危惧していた通り、三枝子に謝られてしまう。

「お義母《かあ》さん。そのことじゃないんです。それに、もう三十年も昔の話ですし」

良美は、あたふたしたが、三枝子は、首を左右に振った。

「本当は、生きているうちに、井上本人が、きちんと謝らなきゃいけないことだったわ」

「そんなことありません。もう充分に、謝っていただきましたし」

「そうですよ。うちのも同罪ですから。こちらこそ、俊樹さんに謝らないと」

久子が、三枝子の腕に手を掛けながら、余計なことを言うなとばかり良美を睨んだ。

「結婚式に、両家のお祖父ちゃんが来なかったっていう話？」

知樹が、軟らかく煮た蛸《たこ》を頬張りながら訊く。

「そのときは、両家の父親だけどね」

良美は、訂正する。たとえ両家の祖父が結婚式に不在だったとしても、さほど気にする人はいないだろう。

「ハワイでは、ちょっとだけ不穏な空気になってたわ。自費で来てくれた人も多かったのに、新郎と新婦の父親が、揃って、いないんだから」

バブルの崩壊後、景気が少しだけ回復に転じた時期だった。穴場のクリスマスシーズンに、憧れのハワイでの挙式と披露宴の予約が取れたというのに。

もっとも、大半の費用を親に出してもらったという負い目があり、あまりあからさまには、怒るわけにいかなかった。

ところが、父はというと、一言「すまん」と言ったきり、それ以上は何ひとつ説明してくれなかったので、良美は、さらに怒りをつのらせることになり、一時は没交渉に近い状態にまで拗《こじ》れてしまったのだが。

「で、何で来なかったんだっけ？」

知樹は、日本酒のお品書きを見ながら、気のない様子で訊ねた。

「体調不良よ」

良美は、この話題を打ち切ろうと、素っ気なく答えた。

「体調不良？　二人が同時に？」

知樹は、ＫＹぶりを発揮して、素っ頓狂な声を上げる。

「そんな偶然って、ないわよねえ。食中毒じゃあるまいし。あら、ごめんなさい」

三枝子の最後の一言は、ちょうど鱧《はも》の椀ものを置いた綾に対する謝罪だった。

綾は、笑顔で「いいえ」と応じる。

「じゃあ、本当の理由は、何だったんだろう？」

知樹は、首を捻っている。

「おいおい。そんなふうに、追及するようなことじゃないよ」

俊樹が、息子をたしなめたが、例によって余計な一言を付け加える。

「喧嘩することくらい、誰だってあるだろう？」

「ええっ？　お祖父ちゃんたちは、喧嘩して、お父さんたちの結婚式をバックレたわけ？」

とても理解できないというように、知樹は、かぶりを振った。

「だってさあ、仲良かったんでしょう？　将棋友達で」

「たぶんなんだけど、その将棋で、仲違いしたんだと思う」

良美は、ずっと胸の奥に納めてきた思いを吐き出す。

「勝負事って、どうしたって熱くなるもんだし、二人とも、元プロスポーツ選手だったから、ものすごく負けず嫌いだったじゃない？」

だからといって、娘の一生に一度の晴れの日に、臍《へそ》を曲げて来ないなんて。

あそこまで父親に不信感を抱いたのは、生まれて初めてのことだった。喧嘩をしたせいで、顔を合わせたくなかったのなら、せめて片方だけでも来てくれたらよかったのに。

「ちょっと、それは信じられないなあ」

知樹は、眉をひそめながら、運ばれてきた日本酒を口に運んだ。

「どっちのお祖父ちゃんも、そんな子供っぽい人じゃなかったと思うよ」

たしかに、何かに夢中になることはあっても、拗《す》ねたり激高したりするところは見たことがなかったが。

「でも、将棋って、わりとよく喧嘩になるんじゃないの？　待ったするとか、しないとかで」

良美も、少し自信がなくなってきたので、久子に訊ねる。

「式の三日前だっけ、二人は、家で将棋を指してたんでしょう?」

「そうなんだけどね」

久子もまた、どこかあやふやな口ぶりだった。

「始まる前は、いつも通りで、和気藹々《わきあいあい》としてたし、将棋を指している間は、本当に静かで、わたしがお茶を持ってったのは、終わった後だったから」

「そのタイミングなら、雰囲気はわかるじゃん? 二人とも顔が赤くなってたとか、お互いに目も合わせなかったとか」

興味を引かれたらしく、知樹は、じっと祖母の顔を見る。

「それがねえ……。どう言ったらいいのかしら。たしかに、ちょっと様子はおかしかったわ。何だかぎこちないっていうか。でも、喧嘩してたふうでもなかったのよね」

「どういうこと? 二人は、どうしてたわけ?」

思っていた話と違うと思い、良美は、久子に問いただす。

「どうって言われても、ずいぶん昔の話だからねえ。でも、わたしの顔を見ると、あの人は、黙って将棋の駒を片付け始めたと思う。昌彦さんは、気を遣って、しきりに話しかけてくれたんだけどね」

その状況が示すものとは、何だろう。良美は、頭をめぐらせた。やっぱり、何らかの諍いが起きたが、母の手前、何事もなかったかのように取り繕ったとしか思えないのだが。

「そうだったか。うーん、まさかとは思ったけど」

知樹が、腕組みをして唸った。

「何？　まさかって」

何か思いついたのだろうか。良美は、息を呑んで息子の顔を見る。

「いや、まさか、お祖父ちゃんたち、愛し合ってたわけじゃないよね？」

知樹は、真面目な顔をして言う。

「やめてよ、気持ち悪い！」

良美は、腹を立てて叫んだ。

「気持ち悪いっていうのは、今どき、コンプラ的にどうなの？　娘だから、認めたくないのはわかるけど、ああ見えて、純愛だったかもしれないよ」

「うるさいわね。そんなの知らないわよ」

良美は、息子を睨んだ。こっちは、真剣に聞いていたのに。

「だけど、そう考えると、いろいろと筋が通るんだよ。様子が変だったけど、喧嘩したような感じじゃなかったこととか。結婚式をすっぽかしたのも、二人で温泉にでも行くためだったんじゃないかな」

「あんたねえ。それ全部、本気で言ってる？」

「そうだったら、もっとひっそりと、逢い引きするんじゃないかしら？　子供たちの結婚式を袖にして、親戚中から注目を集めたりはしないと思うんだけど」

三枝子の方は、別段、気分を害したふうでもなかった。

「それにね、井上は、どうしようもないくらいの女好きだったの。もう、骨絡みだったわね。よく年を取って宗旨替えをするとかいうけど、亡くなる直前まで、それは変わらなかったわ。だから、残念だけど、知《とも》ちゃんの想像は的外れね」

思わぬ形で夫婦の抱えていた闇が暴露されそうになって、残る四人は下を向いてしまった。何か空気を救うような発言をしたかったが、とっさに何ひとつ思いつかない。

「……その晩のことでしたら、実は、私も覚えています」

清水谷が、助け船を出すように口を挟んだ。

「え？　ここへ来たんですか？」

良美が訊ねると、清水谷はうなずく。

「ええ。いつものように、お二人でお見えになりました」

「でも、三十年も前のことじゃないですか？　そんなの、よく覚えてますね？」

知樹は、さすがに信じがたいという表情だった。

「そのことは、ちょっと、ご説明しなければいけませんね」

清水谷は、お造りの皿をカウンターに載せてから、五人を見た。

「当時、私は、見習いとして、ここへ入ったばかりでした。先代からは、お客様の会話には、しっかりと耳を澄ませ、しかし、けっして出しゃばるなときつく教えられました。お客様からお訊ねがあったときや、お話の接ぎ穂がなくなったときは、誠心誠意、おまえなりの言葉で、おもてなしするようにと」

そういう心配りが、この店の何とも心地よい雰囲気を形作っていたらしい。

「ですが、多くのお客様の話題は、職場の人間の悪口でした。正直に言えば、聞いているのも苦痛な類いの内容ばかりだったんです。そんな中、天野様と井上様だけは、違っていました。ともに元スポーツ選手ですが、お子様のご縁で出会い、お互いに将棋好きだったということで意気投合されたとか」

久子と三枝子が、うなずいて微笑み合った。

「わたしも、覚えています。本当に、お二人は、毎回、楽しいお話をされていたんですよ！ただの一度だって、誰かの悪口をおっしゃってたことはありませんでした」

綾が、口を添えた。あの二人らしいなと、良美は思う。

「良美さんと俊樹さんのご結婚が正式に決まり、お二人は、本当にお喜びになっていました。挙式をハワイで行うことになって、一転、かなり動揺されていたようでしたが」

「井上は、大の飛行機嫌いで、プロ野球の海外キャンプのレポートも、全部断っていたくらいだったわ。『あんな鉄の塊が宙に浮いてるのがおかしい』とか、『あれは飛んでるんじゃない。落ちていく間に少し前に進んで、ごまかしてるだけだ』だなんて」

三枝子が言うと、一同はくすくすと笑った。

「でも、あの日は、最初から、少しおかしかったんです」

清水谷は、遠い目をしていた。

「どこか沈んだご様子で、和やかに話されてはいたんですが、話題もいつもとは違っていて」

本当に、そんなに和やかだったのなら、喧嘩説は見当違いだったことになるが。

「どんな話をしていたんですか？」と、良美は訊ねた。

「それが、本能寺の変のことでした」

清水谷は、思いもよらない言葉を口にする。

「お二人がお帰りになってから、先代に教えてもらったんで、記憶に刻まれているんですが、本能寺の変の前日、織田信長の御前で打たれた碁で、何か凶兆があったんですよね？」

「ああ。三コウのことですね」

俊樹が、うなずいて、良美たちに向かって説明する。

「説明が面倒なんだけど、打っても打っても堂々巡りになってしまうような局面のことだよ。永遠に勝負が付かないので、引き分けになるんだけど、本能寺の変以降、凶事の前触れだって言われているんだ」

それが、いったいどうしたというのだろう。

「それから、お二人で指された将棋について、振り返っておられるようでした」

清水谷の言葉に、全員が身を乗り出す。どうやら、そこが鍵になりそうな気がする。

「さすがに詳しくは思い出せないんですが、お二人とも、ひどく困惑されているようでした。ただ、『王手馬取り』という言葉が出てきたのは、覚えています」

「だけど、やっぱり、すごい記憶力ですね」

知樹が、鮑《あわび》の肝に舌鼓を打ちながら、舌を巻く。

「いくら耳を澄ましていても、三十年前の、そんな一言を覚えているなんて」

「それが、一度きりじゃなかったんです」

清水谷は、苦笑した。

「それからというもの、お二人でお見えになって、酔いが回ると、毎回のように、そのときの将棋を話題にされていました。『最後の一手が、王手馬取りになるのを、うっかりした』とか、『あの手が見えて、有頂天になりすぎた。まさか、あんなことになるとは』といった感じの、ぼやきばかりでしたが」

「じゃあ、相変わらず、仲はよかったんですね?」

久子が、少し安心したというように訊ねた。

「ええ。それはもう」

清水谷は、請け合う。

「天野様が、よく『あれ以来、娘が口を利いてくれない』と溜め息をついていたら、井上様が、『うちも同じです』と慰めていましたね」

何、それ。良美は、開いた口がふさがらなかった。いい年をした男が二人して、酒を飲んで傷口を舐め合っていたわけ？　そうなるくらいだったら、あんな自分勝手なドタキャンなんかしなければよかったのに。

「結局、謎は解けずじまいかー」

知樹が、杯を干して、天井を仰いだ。

「手がかりになるのは、やっぱり、そのときの将棋だと思うんだけどなあ。……お父さんは、一応、有段者なんでしょう？　何かさあ、それっぽい仮説とかないの？」

「皆目わからんね」

俊樹は、顔をしかめる。

「それに、たとえ、盤上で何かあっても、それが原因で結婚式に行かなくなるっていうのは、飛躍しすぎているよ」

たしかにそうだと、良美も、夫の意見に同意する。

父は、未だに、何一つ説明しようとしない。お義父さんが亡くなり、父も、真相を墓場まで持って行こうとしているようだ。何があったにせよ、正直に教えてくれればいいのにと思う。このままでは、とうてい納得ができないし、死ぬまで父を許せそうになかった。

さっきから懸念するような目で良美の表情を窺っていた清水谷が、ついに意を決したように言い出した。

「たまたまなんですが、こちらに、将棋の専門家の方がいらっしゃいます。どうでしょうか。ここは一つ、ご意見を伺ってみては？」

将棋の専門家？　一同は、狐につままれたような思いで、その言葉を聞いた。

ここにいる五人以外で、清水谷と綾さんも除外すると、残りは一人しかいない。

カウンターの隅に陣取る老人は、聞いているのかいないのか、相変わらず、チビリチビリと杯を舐めていた。

2

「オオタケさん。こちらの皆様がお困りでして。ぜひ、お力を貸していただけませんか？」

清水谷は、きわめて丁重に、老人に声を掛ける。

「いやあ……私なんぞが、しゃしゃり出るような幕じゃございません」

オオタケと呼ばれた老人は、にべもなかった。

「だけど、将棋の専門家って、つまり、プロ棋士ですよね？　初めて、お会いしました」

知樹が、少し興奮気味に言う。

「違います」

老人は、皺だらけの顔の前で、掌を振る。

「あの方たちは、日の当たる場所を歩んできたエリートですから。私は、しょせん、裏街道でくすぶっていた半端者です。とても、偉そうに人様に講釈を垂れる身分じゃございません」

どういうことだろう。良美には、老人の正体が見当もつかなかった。

「あの……もしかしたらなんですが、真剣師の、オオタケエイジさんでしょうか？」

俊樹が、はっとしたように言った。

「まあ、過去には、口過ぎのために、そのようなことも、やって参りました」

老人は、激しく瞬きをした。チック症状のような震えが混じる。

「お恥ずかしい限りです」

「この人のこと、知ってるの？」

良美は、夫に向かって、小声で訊ねる。

「うん。最後の真剣師であり、花村元司《はなむらもとじ》や、加賀敬治《かがせいじ》、小池重明《こいけじゅうめい》なんかと並んで、史上最強の真剣師の一人と謳われている方だよ」

誰一人として、聞いたことがなかった。そもそも、真剣師って何？　居合いの名人だとか、刀鍛治のような人のことだろうか。

「もしかして、私たちがしていた話は、お聞きになっていらっしゃいましたか？」

俊樹の質問に、老人は、眉を八の字に寄せる。

「まあ……聞くとはなしに聞いていたとでも、申しましょうか」

「そうですか。でしたら、本当に、小さなことでもけっこうです。何か気がつかれたことは、おありでしたでしょうか？」

何なの、その最上級の敬語のオンパレードは？　良美は、心の中で、夫に対し突っ込んだ。あなたはふだん、誰に対しても、そんな喋り方はしたことないじゃない？　このお爺さんは、そんなに偉い人なわけ？

「それは、まあ。私なりに、少し思うところはございますが」

老人は、唇を震わせながら言う。

「ひょっとして、両家の父親が、子供たちの結婚式を欠席した理由についても、見当が付いているんじゃないですか？」

「ああ。そうですね。まあ、だいたいのところは」

老人は、事もなげに言う。え、嘘でしょう？　本当に、真相がわかったっていうの？

「よろしければ、お教えいただけませんか？」

俊樹は、懇願するように言う。

「それは、まあ、かまいませんが」

老人の言葉に、たちまち、一同の期待が膨らんだ。

「……しかし、またの機会にいたしましょうか」

老人は、膨らんだ期待を一気に萎ませる。

「ちょうど、お酒もなくなりました。私は、このあたりで、失礼させていただきます」

老人は、空になったお銚子を持ち上げてみせると、カウンターに手をつき、よっこらしょと立ち上がった。

「あ。でも、お酒、もう少しいかがですか？」

知樹が、自分のお銚子を持ち上げる。

「このお酒、凄く美味しいです。何でしたっけ？」

「純米大吟醸、『黒埜《くろの》』です」

清水谷は、すばやく一升瓶のラベルを見せて、知樹をアシストする。

「オオタケ様。どうでしょう？　燗もいいですが、香りが最高ですので、冷やでお試しになりませんか？」

「それは、まあ……是非にとおっしゃるなら」

老人は、席に戻りかけたが、思い直したように言う。

「ですが、生憎なことに、ふくしものの方が、払底しております。やはり、日をあらためて」

どうやら、ツマミがないと言っているらしかった。

「この、カラスミの湯葉巻き、絶品ですよね」

知樹が、打てば響くように、明るい声を上げる。

「そうだ！　ぜひ、こちらに、味わっていただきたいなあ」

「かしこまりました」

清水谷は、有無を言わせず、酒肴の調理に取りかかる。

「……そうまでおっしゃられては、むげにお断りするのも、かえって失礼かと存じますので、お相伴にあずからせていただくとしましょうか」

老人は、のろのろと座ると、内ポケットから名刺入れを取り出した。

「申し遅れましたが、私は、こういう者です」

一番近くにいる良美に、名刺を手渡す。そこには、墨痕黒々と、こうあった。

きずな囲碁将棋クラブ　将棋指導員　大嶽影治

見るからに、恐ろしげな名前という印象を受ける。

「かつては、真剣師《くすぶり》や大道詰将棋屋《ギショウ》を生業としておった、ヤクザな人間ですが、今は、細々と子供やお年寄りに将棋を教えております。もしもご興味がおありでしたら、一度、遊びに来てやってください」

くすぶり？　しかも、偽証が生業のヤクザ？　さっぱり意味がわからない上に、関わってはならない人間という気がしたが、良美は笑顔で頭を下げた。

あ。良美は、名刺を持った手が、墨で黒く汚れたのに気がついた。どうやら手書きらしい。

その後、全員が順繰りに名刺を見たが、やはり、なんと言っていいかわからないようだった。

「大嶽さん。どうぞ」

綾が、升に入った冷や酒のグラスを置く。大嶽は、待ちかねたように取り、口を付けた。

「ああ……こいつは美味い」

うっとりと目を閉じ、感に堪えないように、何度もうなずいている。

「あの。それで、いかがでしょう？　やはり、二人が将棋を指しているとき、何かあったんでしょうか？」

俊樹が訊ねると、大嶽は、「そうです」とだけ答える。

「カラスミの湯葉巻きです」

綾が、大嶽の前にガラス皿を置く。大嶽は、驚くほど敏捷な動作で箸を取ると、湯葉巻きを口に放り込み、また酒に口を付けた。

「いやあ、口福……これに勝《すぐ》るものはございませんね」

呂律《ろれつ》が怪しくなるほど感激している様子なのはけっこうだが、早く話を聞きたくて、良美はうずうずしていた。

「その日の、将棋のことなんですが」

大嶽は、周囲の空気の圧を感じ取ったのか、急に顔を上げる。

「奥さんが、お部屋にいらしたときの、盤面はどうなっていました？」

久子に向かって訊ねる。良美は、呆れた。そんなもの覚えているわけがない。当然ながら、久子も、「わかりません」と言って首を横に振る。

「もう終盤だったか、駒台に駒がたくさん載っていたか、くらいでかまわんのですが」

だから、そんなのって、覚えてる方が異常でしょう？

「ごめんなさい。何ひとつ思い出せません」

大嶽は、想定内だというようにうなずくと、二個目の湯葉巻きを口に入れ、また酒を飲み、一人にんまりしてから質問する。

「盤駒は、どういうものでしたか？　高価な品だったろうと、推察しますが」

「盤は、本榧天地柾《ほんかやてんちまさ》の七寸盤です。値段は知りませんが、おそらく、軽自動車一台分くらいでしょうか」

俊樹が、代わって答えた。え、あんな木の塊がそんなにするのと、良美は驚いた。

「駒は……そうですね、何組かあるようですが、岳父《ちち》が愛用していたのは、虎斑《とらふ》の駒ですね。御蔵島《みくらじま》の黄楊《つげ》を使った彫埋駒《ほりうめごま》で、昭和の有名な駒師の作品でした。よく使い込んでいたんで、美しい飴色になっていましたよ」

ホリウメゴマって何と、良美は、知樹に訊ねた。知樹もよくわかっていないようだったが、スマホで検索し、「駒に文字を彫り、溝を錆漆《さびうるし》で埋めて平らにした」ものだと教えてくれる。

どうせ平たくするなら、彫ったりせずに最初から駒に文字を書くのと、何が違うんだろう。

「ふうむ……そうですか」

大嶽は、なぜか、納得がいかないように首を傾げている。

「問題の晩、使われたのは、間違いなく、その駒でしたか？」

何気ない質問のようだったが、俊樹には、何か思い当たることがあったらしい。

「あ、ひょっとしたらですが、別の駒だったかもしれません」

別の駒だったら、どうだっていうの？　良美は、あくびをかみ殺していた。

「岳父《ちち》に、家宝の駒を見せてもらったことがあるんです。江戸時代の作とかで、天野家に代々伝わっているものだとか」

そうか、と良美は思い出す。俊樹が、交際の挨拶で初めて家に来たとき、将棋の有段者だと聞いた父が、自慢げに家宝の駒を披露していたっけ。

天野家は、素封家というほどではなかったが、蔵には代々伝わる古い品物が残されていて、将棋の駒もその一つだった。父は、家宝とばかり崇め奉り、めったに使わずに床の間に飾っていたような記憶がある。

「……言われてみると、たしかに、あの黒い駒だったかもしれませんね」

久子も、それで、何かを思い出したようだった。

「黒い、駒ですか？」

大嶽は、眉を上げた。

「ええ。普通、将棋の駒って、黄色っぽいですよね？　でも、あの駒は黒かったんです」

久子の言葉で、良美も記憶がよみがえるのを感じた。漆黒の駒にうっすら銀色に光る文字。黄色い将棋盤に映えて、何とも美しかったっけ。

「わたし、音大のピアノ科出身でしたので、あの駒は、ピアノの黒鍵と同じ木でできているんじゃないかって、前々から思っていました」

「エボニー……黒檀《こくたん》か」

知樹が、つぶやく。

「最初に二人が駒を並べているとき、盤の黄色と黒い駒のコントラストが美しくて、ピアノの鍵盤を連想しました。勝負事というより、これから二人で音楽を奏でようとしているみたいに見えたんです」

ポール・マッカートニーとスティービー・ワンダーの『エボニー・アンド・アイボリー』という歌を思い出す。黒人と白人の調和を歌った、懐かしいデュエットだ。

「なるほど。ひと昔前は、黒檀や紫檀《したん》の駒も、たまに目にすることがありました。どちらも、非常に硬くて重い木です」

大嶽は、記憶をたどっているように目を閉じる。

「その駒の書体は、何でした？　水無瀬《みなせ》か、錦旗《きんき》、菱湖《りょうこ》……」

「うーん、そこまでは、さすがに覚えていません。帰ったら、確認してみます」

俊樹は、首を捻る。

「彫りはどうです？　彫埋とか盛上駒《もりあげごま》ではなかったろうと思いますが」

質問しながら、大嶽は、カラスミの湯葉巻きを平らげた。

「ええ、おっしゃる通り、普通の彫り駒でしたよ。……かなりの深彫りだったような」

「最近、その駒を、目にしたことがありますか？」

「いいえ」と、俊樹。

「元々、たまにしか使っていなかったようですから。私は、一回見せてもらったきりだったと思います」

「そういえば、わたしも、あれ以来、一度も見ていませんね」

久子も、不思議そうに言った。

「今は床の間にもないようだから、もしかしたら、蔵にしまい込んだのかも」

さっきから、このお爺さんは、やたらと細かいことばかり訊いてくるなと、良美は思った。父と義父の間に起こったことと、いったい、どんな関係があるというんだろう。

「……天野さんのお好きなプロ棋士ですが、もしかして、加藤一二三《かとうひふみ》さんでしょうか？」

大嶽は、一転して質問の方向を変え、グラスの酒を旨そうに飲み干す。

「よくおわかりですね。その通りです」

俊樹は、目を丸くした。

「好きが嵩じたのか、仕草までそっくりでした。顔を紅潮させて考え、ここぞというときには、膝立ちになって盤に覆い被さり、体重を乗せながら駒音高く打ち付けるところなんか、特に。僕などは、それで圧倒されてしまい、ほとんど勝ったためしがありません」

父が将棋を指しているところはあまり見たことがなかったが、元力士だから、相当な迫力があっただろう。

「ですが、加藤さんと違って、振《ふ》り飛車党《びしゃ》だったんじゃありませんか？」

「驚きましたね。どうして、そこまでおわかりになるんですか？」

どういう手品で言い当てたのかわからないが、占い師の使うコールド・リーディングという手法かもしれない。俊樹は、すっかり感心してしまったようだった。

「岳父《ちち》の得意戦法は、昔ながらの石田流《いしだ》や、わりと今風のダイレクト向かい飛車でした」

良美は、知樹が清水谷に目配せをしていることに気づいた。どうやら、酒と肴のお代わりを出そうとしているようだ。

もう止めて、と良美は思う。全部、このお爺さんの策略だということが、わからないの？

舌先三寸で煙に巻いて、タダ酒と肴にありつこうとしているだけかもしれないのに。

大嶽は、清水谷の様子を確認すると、また別の質問を始める。

「さっき、三十年前とおっしゃっていましたが、正しくは、何年のお話でしょうか？」

「一九九四年です」

良美が、代わって答える。結婚した年だから、間違えようがない。

「なるほど。で、季節は冬ですね？」

良美は、大嶽の質問に意表を突かれた。クリスマスシーズンに挙式したことまでは、話していなかったはずだが。

「ええ。十二月でした」

「どうぞ。特別純米酒、『猛者《もさ》』です」

綾が、大嶽の前に、また升に入ったグラス酒を置いた。大嶽は、当然のように口を付ける。

「これはまた……けっこうな御酒《ごしゅ》です。いや、こいつは、さっき以上の迫力だ」

大嶽は、すっかり、ご満悦だった。

「どうぞ。季節の蟹真薯《かにしんじょ》です」

綾が、続いて、湯気の立つ一皿を置き、大嶽は、目を輝かせて箸を取った。

「もう、そろそろ、真相を教えていただけませんか？」

俊樹が、さすがに焦《じ》れたように言う。

「その将棋で、いったい何があったんでしょう？」

大嶽は、しばらくは蟹真薯に夢中だったが、ややあって顔を上げる。眼瞼下垂《がんけんかすい》気味なので、ちゃんと見えているかどうかも定かではなかった。

「何があったのかについて、私の推測をお話しする前に、誰の目にもはっきりしていることが、一つあります」

全員が、固唾を呑んで聞き入っていた。

「それは、その将棋が、決着していないということです」

その言葉の意味を理解するのに、一拍の間があった。

「指し掛けになった、ということですか？」と、俊樹が訊ねる。

「さしかけ？」と、良美が小声で訊くと、「中断したってことだよ」と、知樹が答える。

「お二人の話を聞くと、最後に指された一手は、『王手馬取り』だったようですね。その手を見た相手の方は、『最後の一手が、王手馬取りになるのを、うっかりした』と言っております。それだけ聞けば、王手馬取りを食らい、あっさり投了したようですが、一方で、指した方は、『あの手が見えて、有頂天になりすぎた。まさか、あんなことになるとは』と、言う」

大嶽は、さっき清水谷が話した内容を、一言一句正確に記憶しているようだった。

「『有頂天になりすぎた』は反省の言葉ですし、その後、想定外の事態が起きたというのなら、普通に勝ったんじゃないでしょう。とはいえ、『王手馬取り』が最後の一手だったんだから、そこから逆転負けを喫したわけでもない」

「『王手馬取り』が、何かの反則になった可能性はありませんか？　そのため、指した側が、気がついて投了《とうりょう》したとか？」

　ひらめいたというように、俊樹が、身を乗り出す。

「だったら、指された方が、『王手馬取りになるのを、うっかりした』とは、言わんでしょう。反則手に対して、うっかりもへったくれもありませんから」

　大嶽は、俊樹の仮説を一蹴してから、清水谷の方を見やる。

「ひとつ確認しておきたいんですが、『王手馬取り』をかけたのは、天野さんの方ですね？」

　清水谷は、少考して答えた。

「ええ、たしか、そうだったと思います」

「なるほど。そうだろうと思いました」

　大嶽は、うなずくと、悠々とグラスを口に運んだ。

「……待ってください。将棋は、なぜか指し掛けになった。二人は、その後飲みに行ったが、本能寺の変の前日譚である、三コウ無勝負の話をしていた」

　俊樹は、また何かを思いついたらしく、興奮気味に言う。

「だったらもう、何が起きたのかは、ほとんど明らかじゃないですか？」

「どういうこと？　お父さんは、真相がわかったの？」

　半信半疑な面持ちで、知樹が訊ねた。

「ああ。つまり、三コウ無勝負とよく似た状況が、盤面に現れたんだと思う。だから、二人は、そこで指し掛けにしなければならなかった」

「でも、三コウ無勝負って、囲碁の話でしょう？」

　知樹は、眉根を寄せた。

「将棋には、そもそも、コウなんてないし。……だったら、千日手《せんにちて》だったのかな？　そんな、悪い言い伝えなんか、別にないと思うけど」

「いや、その手の伝説なら、将棋にも、ないことはありません」

大嶽は、冷や酒を飲み干すと、こっそり、手振りでお代わりを頼んだ。

「駒柱といって、将棋盤に敵味方の駒が縦一直線に並ぶ形ですが、どういうわけか、古くから凶兆とされておるんです。古い将棋の本にはよく、『もし駒柱ができたら、指し掛けにして、そっと盤面を崩しましょう』などと、書かれておりました」

「ええ、駒柱のことです。そう考えると、いろいろ説明がつくんですよ」

俊樹は、勝ち誇ったような表情で、知樹を見る。

「大嶽さんが、お義父さんは振り飛車党だと当てたことも、そういうことなら、納得できる。なぜなら、振り飛車対居飛車《いびしゃ》の対抗形では、駒柱ができやすいからだよ」

「マジで？　どうして、そうなるの？」と、知樹。

女性三人は、話から取り残されて、顔を見合わせていた。

「たしかに、縦に九つのマス目が埋まるのは、双方の玉が同じ側にいる戦型が多いでしょう。それが真相だったかとなると、話は別ですが」

大嶽は、含みを持たせた言い方をして、お代わりのグラスに口を付けた。

「でも、それで、いったい何の説明がつくわけ？」

良美は、今までにたまった鬱憤を晴らすべく、反撃に転じた。

「だから、今言ったじゃないか」

俊樹は、笑みを浮かべたが、それ以上、言葉が続かない。

「どうして、その、コマバシラとかいうものができたら、お父さんたちは、大事な子供たちの結婚式を欠席するという決断に至るのかしら？」

「いや、それは、だって」

俊樹は、口ごもる。

「縁起が……悪いからじゃないかな？」

3

「さっき、誰かさんは、盤上で何かあっても、結婚式に行かないというのは飛躍しすぎだって、言ってなかった？」

良美の追及に、俊樹は、ぐうの音も出ないようだった。

「昔から、俊樹さんは、そういうところがあったわね。理屈ばっかり先走って、一番肝心な、人というものを見ていないの」

三枝子が、呆れたように溜め息をつく。

「いくら天野さんや、お父さんだって、験担ぎのために、周りの人たちにひどい迷惑をかけるようなことはしないわ。……あら、ごめんなさい」

久子に向かって謝ったのは、天野喜郎を「いくら」呼ばわりしたことに対してだろう。

「いいんです。天野には、たしかに、昔からそういうところがありましたから」

久子は、笑った。

「現役時代、黒星続きだと、浴衣や雪駄だけじゃなく、部屋から国技館《こくぎかん》に行く道筋も変えて、わざわざ遠回りしてたみたいです。逆に、勝ってる間はひげを伸ばしっぱなしにしてました。立ち食いうどんの新店舗を建設するときにも、地鎮祭には毎度大盤振る舞いをしていました。余分なお金があるなら、厨房設備にかけた方がいいって、いつも言ってたんですけど」

「井上も、そうでした。もしかしたら、そんなところも、気が合ったのかもしれませんね」

三枝子は、懐かしそうに目を細める。

「ルーティンって、言うのかしら？　朝起きて、歯を磨き、着替えて、家を出るまで。本当に、事細かに決まっていて、まるで強迫観念でした。球場に着いてからも、さらに、やらなければならない手順が多かったみたいです」

「……あれも、そうだったよね。黒猫」

妻と母から集中砲火を浴びて小さくなっていた俊樹が、顔を上げて三枝子に言う。

「そうそう。近所のおうちで黒猫を飼ってたんですが、井上が球場へ行く途中で、黒猫が前を横切ったら、いったん家まで戻って仕切り直しをするんですよ？　信じられます？」

店内に、暖かい笑いが起きた。

「それだけじゃないんです。そのうち、黒猫がまっすぐ歩いていたから、今日はストレートを狙うとか、塀から飛び降りたから、フォークだとか、もう、わけがわかりませんでした」

黒猫って、いつから、神様のお使いになったんだろうか。

「まあ、験担ぎは、勝負師にはつきものですからね」

大嶽が、グラスを傾けながら言った。

「特に、角界と球界には、昔から、御幣を担ぐ御仁が多いとは聞きますね」

「でも、そろそろ、正解を教えてください」

知樹が、身を乗り出した。

「祖父たちは、まさか、何かのジンクスで、結婚式を欠席したわけじゃないんでしょう？」

「いやあ、その憶測は、あながち、見当外れでもないんですよ」

大嶽の答えに、一同は、えっという表情になる。

「私がこれからお話しすることは、ただの想像です。しかし、この後お宅にお帰りになれば、それが正しかったかどうかは、すぐにわかると思いますよ」

「どういうことですか？」

良美は、ポカンとした。

「さっきお話に出ていた、江戸時代の黒い駒です」

大嶽は、またグラスを口に運ぶ。

「見当たらないなら、さっき奥さんがおっしゃった通り、蔵にしまい込まれているはずです。ぜひとも、駒箱を開けて、駒袋の中をあらためてみてください」

「何があるんですか？」

「なに、四十枚の黒い、将棋の駒ですよ。……ただし、一枚だけは、奉書紙《ほうしょがみ》か半紙に包まれているかもしれませんけど」

何を言っているのか、さっぱりわからない。

「あ。まさか」

俊樹は、はっとしたようだった。

「割れてしまった……ということですか？」

「その通りです」

「割れる？　将棋の駒がですか？」

久子が、信じられないというように訊く。

「そんなことがあるんですか？　すごく硬そうに見えましたけど？」

大嶽は、うなずいた。

「最近では、まずありませんが、以前は、稀に、将棋の駒が割れることがありました」

大嶽の話では、冬場、空気が極端に乾燥しているときには、どんな木材でも割れやすくなるのだという。

「王将戦でしたでしょうか、かつて、タイトル戦の真最中に、駒どころか盤が割れてしまうという椿事《ちんじ》がありました。それも、やはり真冬の出来事だったように記憶しています」

分厚い脚付きの将棋盤が割れるというのは、もっと想像しにくかったが。

「とはいえ、日頃からよく手入れがされている駒の場合には、まず割れることはありません。少量の椿油を付けて磨けば、表面の割れ止めになりますし、上質な黄楊の駒には充分な油分が含まれていますから、乾いた布で磨くだけで、油分が均等に行き渡り、永年愛用するうちに、きれいな飴色になるんです」

「岳父《ちち》の虎斑の駒みたいにですね」

俊樹が、深くうなずいた。

「ところが、問題の黒檀駒の場合は、使われる頻度がかなり低かったため、磨かれる機会も、少なかったんでしょうな。だから、表面に油分が回らず、乾燥しきっていたんです」

大嶽は、訥々《とつとつ》とした語り口ながら、よどみなく説明する。

「それに、深彫り駒というのが、致命的だったかもしれません。彫埋駒とか盛上駒だったら、文字の溝は錆漆で完全に埋められ、補強されています。しかし、深い溝が彫られたままだと、どうしたって、そこが割れの起点になりやすいんですよ」

「ですけど、まだちょっと、信じられませんね」

久子が、納得できないという表情で言う。

「黒檀っていうのは、すごく硬くて丈夫な木のはずですよ？　百年前のスタインウェイでも、ピアノの黒鍵が割れたなんて話は、聞いたことがないんですけど」

「たしかに、黒檀は、硬いだけでなくて、たいへんに堅牢です。適切に保管さえしていれば、千年でも保《も》つでしょう」

大嶽は、グラスを握りしめて、笑みを浮かべた。

「しかし、一つ弱点があります。えらく重いんですよ。ものによっては、水に沈むほどです。ピアノの鍵盤みたく叩かれるだけなら、黒檀は充分な耐久性を発揮するでしょう。ところが、持ち上げられ、硬い面に叩き付けられるとなると、自重が災いするんですな」

父は、若い頃は、大相撲で鍛えた強靱な肉体を誇っていたが、重すぎる体重のせいなのか、脚立に乗ることも怖がっていた……。

「近年、駒が割れることが、ほとんどなくなったのは、将棋を指す人のマナーに負う部分も、大きいんでしょう。昔は、アマプロ問わず、勝負所では自然に駒音が高くなったもんですが、昨今は、相手を威嚇しているように受け取られたくないらしく、あまり音を立てない人の方が多いようです」

大嶽は、グラスを持ち上げ、升にこぼれた酒を飲む。それを見た綾が、すかさずお代わりの用意をする。

「ところが、天野さんは、昭和の将棋指しの流儀で、ここぞというときには、渾身の力で駒を打ち付けたようですね。元力士ならば、膂力《りょりょく》も人一倍だったでしょう。そして、最後の一手は、いかにも力が籠もりそうな、『王手馬取り』でした」

カウンターは、しんと静まりかえった。

たしかに、大嶽の推測には、リアリティがあった。実際に将棋の駒が割れたに違いないと、全員に確信させるくらいに。

「待ってください。……だとしても、全然、説明になってないじゃないですか」

良美は、沈黙を破って、真っ向から異議を唱える。

「将棋の駒が割れたって、我が子の結婚式を欠席する理由にはならないでしょう？」

「家宝だと言って大事にしてた駒だから、ショックだったのはわかるけどねえ」

久子も、同調する。

「あ、でも、割れるっていうのは、結婚式には縁起が悪いんじゃ……」

俊樹は、そう言いかけたが、良美の視線を見て、口をつぐんだ。

「おっしゃることは、よくわかります。問題は、割れたのは、何の駒だったかということなんですよ」

大嶽は、にこやかに応じる。

はあ？　良美は、二の句が継げなかった。何の駒って何？　それが、どうして重要なの？　いくら将棋馬鹿だからって、ピントが外れているにも程があるでしょう。

「割れた駒が何だったかなんて、わかるんですか？」

知樹は、信じられないことに、食いついてしまっている。

「まあ、お帰りになって、しまってある駒を見れば一目瞭然でしょうがね、今ここでだって、だいたいの見当は付きますよ」

大嶽は、自信満々の様子だった。綾が目の前に新しいグラスを置くと、待ちかねたように、手を伸ばす。

「駒が割れたのは最後の一手で、王手馬取りでした。そのとき、天野さんが手にしていた駒は何だったかですが、生憎なことに、王手馬取りは、すべての種類の駒でかけられます」

「え？　たとえば、玉や歩でもですか？」

知樹が、少々意地悪く訊ねる。

「はい。玉だったら、移動して、陰になっていた香車で敵玉と馬を田楽刺しにすればいいし、歩の場合は、馬取りに突いたとき、角で開《あ》き王手になるような図が考えられます。あるいは、王手で歩を突いて、馬を素抜いてもかまいませんが」

大嶽は、酒でゆっくりと喉を潤した。

「しかし、その大半は、見え見えの手筋です。玉と馬が接近していたり、相手の香車の利きや角筋に入っていたら、自ずと警戒するものですよ。むしろ、単純だが盲点になりやすいのは、玉と馬の位置が離れているときです。井上さんが、うっかりしたのは、一段目への銀捨てで、玉の横っ腹をこじ開けられるような順だったのかもしれません」

「あっ、そうか！」

俊樹が、叫んだ。

「つまり、最後の一手は、飛車打ちだったんですね？」

「十中八九、飛車でしょう。盤上の飛車による十字飛車の可能性もないことはないが、たぶん、持ち駒の飛車を打ったんだと思います」

男たちが言っていることは、ちんぷんかんぷんだし、どうして盛り上がっているのかも、良美には、さっぱりわからなかった。

「でも、それだけの理由では、百パーセント飛車だったとは言えませんよね？」

知樹は、まだ納得していないようだった。

「たしかに、少し、根拠が薄いかもしれません」

大嶽は、皺だらけの顔で笑った。

「しかし、種を明かせば、そもそも、割れる駒ってのは、飛車がほとんどでね」

「どうしてですか？」

「まず、大きい割には、ほんのわずかですが、薄いんですよ」

見た目でもわかるが、何十年も様々な将棋の駒を手にしていると、見かけ以上に感触の差があるのだという。

「それに、『飛車』という文字も、かなり不運にできていましてね。『飛』と『車』の縦棒が、駒の中央を走っているため、木目も同じように縦に入っていると、そこから左右に割れやすくなるんですよ」

あまりにも話が細かすぎて、とてもついて行けない。

「しかも、『飛車』の裏には、『龍王』という、きわめて画数が多い上に、縦棒が目立つ文字が彫られていますからね。特に、深彫り駒だと、あきらかに一番強度が低くなるはずです」

男たちは、馬鹿みたいに、うなずいている。

「かてて加えて、飛車打ちというのは、盤上この一手という華々しい一打であることが多い。

勝負の決め手とか、反撃の狼煙《のろし》になるような。しかも、たいがいは敵陣深くに打ち込むので、動作は大きくなりがちです。昭和の時代には、『どうだ、参ったか！』とばかり、力いっぱい打ち据えたもんですよ」

「……あ、そうか！　岳父《ちち》が振り飛車党だとわかったのは、対抗形だと飛車交換になりやすいからだったんですね」

俊樹は、一人で納得している。

「あの。いろいろとおっしゃられてますが、割れた駒が飛車だったら、いったい、どうだって言うんですか？」

良美は、たまりかねて遮る。これ以上、無意味な将棋談義にだらだら付き合わされるのは、願い下げだった。

「お二人は、どうしても、無視できなかったんだと思いますよ」

大嶽は、こともなげに答える。

「なにしろ、飛ぶ車ですからねえ」

良美は、はっとした。

「それが、あろうことか、目の前で真っ二つに割れたんです。めったに起こらないことだし、江戸時代から、先祖代々伝えられてきた駒です。常日頃から験担ぎをされていたようですし、天野さんは、ご先祖様からの警告だと、深刻に受け止めたんじゃないでしょうか？」

大嶽は、グラスを口に運んで喉を湿す。

「井上さんには、もしかすると、黒い駒が、黒猫のように見えたのかもしれませんし」

「呆れた」

力が抜けたように、久子がつぶやく。

本当に、そんな理由で、娘の結婚式を欠席したんだ。

良美も、開いた口がふさがらない思いだった。

馬鹿じゃないの。しかも、理由が下らなすぎるからか誰にも言えず、長い間、二人だけで秘密にしてきたなんて。

しかし、同時に、と胸を衝かれてもいた。

わたしが、ハワイで挙式したいと言い出したとき、父は、嫌がるそぶりこそ見せなかったが、本音では、飛行機になんか金輪際乗りたくないと思っていたはずだ。

憧れのハワイでの挙式というバラ色の夢に浮かれ、周りの人の気持ちを考えなかったのは、自分の方かもしれない。

「それから、少々記憶が曖昧なんですが、一九九四年というと、重大な航空機事故が相次いで起こった年じゃなかったでしょうか？」

大嶽の言葉に、知樹は、さっそくスマホで検索を始めた。

「あっ、本当だ！」

呆然とした表情になり、俊樹らに画面を見せている。

「ちょっと、待って。ひどくない？　自分たちだけ、こっそり逃げたくせに、わたしたちは、平気で飛行機に乗せたわけなの？」

久子が、怒りの声を上げた。

「本当！　わたしたちのことは、いったいどう思ってたんでしょう？　二人で示し合わせて、体調不良だなんて、嘘までついて」

三枝子も、いつになく、なじるような口調になっていた。

「二人とも、験担ぎと現実との違いは認識していて、実際には、飛行機が落ちたりはしないとわかってたんじゃないかな？　それなのに、どうしても飛行機に乗れなくなっちゃったのは、強迫性障害の一種だから」

俊樹が、懸命に、二人を宥《なだ》めようとする。

「それに、僕らは一足先にハワイに行ってたけど、両家の両親が揃って欠席したら、結婚式が成り立たなくなっちゃうし」

「そりゃあ、そうなんだろうけどね」

三枝子には、どうしても、亡き夫に対する不信感が拭えないようだった。

「皆様。今日こうして三十年越しの謎が解けたのも、もしかすると、井上様のお導きがあったからではないでしょうか？」

清水谷が、穏やかに、声をかける。

「たまたま座敷が使えなくならなければ、こうしてカウンターでお話をされることもなかったわけですし、そこに偶然、大嶽さんがいらっしゃらなければ、謎は解けなかったと思うんです。何だか、見えない力が働いたような気がしませんか？」

「そうですね。やっぱり、昌彦さんの、お導きだったのかしら」

久子は、深く嘆息すると、諦めたように微笑んだ。

「一人で秘密を抱え込むことになった天野のことを、天国から心配してくださったような気がします」

「きっと、井上も、長い間、気が咎めてたんでしょうね」

三枝子も、溜め息とともに水に流したようだった。笑顔になって、大嶽の方に向き直る。

「本当に、ありがとうございました。おかげさまで、胸のつかえが下りました」

「いやあ、私は何も、大したことは……」

大嶽は、もごもごと言った。

このお爺さんは、たぶん、タダ酒アジャースとしか思っていないだろう。

良美は、シニカルに考える。

それから、俊樹と知樹が、不思議そうな顔で、自分を見ているのに気がついた。

「ん？　何？」

「いや、別に、何でもないけどね」

俊樹は、にやりとした。

お前レベルの話はしてない（大島）

芦沢央

上申書の文面を練りながらエレベーターに乗り込み、五階のボタンを押したところで間違えたことに気づいた。

慌てて二階を押し直すのと同時に三階を通過し、せめてもと四階を押したが間に合わない。結局五階で降りて下ボタンを連打したものの数秒で待つのが嫌になり、法律書が並んだいつもの棚を横目にエスカレーターへ向かった。

スマートフォンで二階のフロアマップを調べながら一階分下り、位置を把握し終えると、残りの二階分は右側のスペースを歩いて下りる。

〈将棋〉の棚は、趣味コーナーの一番奥にあった。

入門書、名局集、戦術書、勝負哲学本、詰将棋の問題集、観戦記者による棋士へのインタビュー集――見たことがない背表紙の中に混ざった、かつて読み込んだ棋書の上で目が滑る。

腹の底で何かが蠢くような感覚があった。引きずられるようにして蘇りそうになる記憶の輪郭を曖昧にしたまま、大島《おおしま》は手前の陳列台に積み上げられているスポーツ誌を手に取る。

表紙には〈究極の頭脳スポーツ！　将棋特集〉と書かれていた。将棋に詳しくない人でも顔と名前くらいは知っているだろう和服姿の棋士が、険しい顔で盤を見下ろしている写真が使われている。

ざっと目次を確認すると、数人の棋士のインタビューや対談、「勝負メシ」にまつわるエッセイ、ここ数十年の将棋界の覇権史をまとめた記事が掲載されているようだった。

楢崎謙吾《ならさきけんご》という名前の横に振られたページを開いた途端、こちらを鋭くにらみつけてくる謙吾と目が合い、大島は小さく苦笑を漏らしながらわずかに視線を逸らす。

いや、何だよそのポーズ。

謙吾は将棋会館の対局室らしき部屋の窓際に立ち、カメラに向かって手を伸ばしていた。指先には駒が挟まれていて、将棋盤へ打ちつける直前のような雰囲気を出しているが、当然のことながら彼の前に盤はない。

現実的にはこの構図変じゃないですか、と謙吾がカメラマンに文句をつけているところが想像できた。けれど実際にこの写真が撮られているということは、案外特に意見はせず、淡々と指示に従ったのかもしれない。

知り合いのよそゆきの写真を見る気恥ずかしさが薄れていき、目がAIについての話題を探し始めた。棋士同士の対談記事にAIをどのように研究に使っているか語っている箇所を見つけ、ページを覚えてからレジへ向かう。

会計を終えて書店を後にし、事務所に戻って該当ページのコピーを取った。研究について詳しく触れられている文面にマーカーを引き、パソコンを立ち上げて起案中の上申書を開く。

〈破産申立人瀧口雅治《たきぐちまさはる》氏の子息、瀧口太一《たいち》氏が所属している新進棋士奨励会は公益社団法人日本将棋連盟のプロ棋士養成機関であり、6級から三段までのクラスで構成されています。昇級・昇段規定に基づいて三段まで昇段し、さらに規定の成績を収めると四段昇段となって棋士としてプロ入りできる仕組みです〉

どこから説明すればいいかわからず、ひとまず大前提の話からまとめた文面を読み返し、〈子息は現在、三段に在籍し、プロ入りまであと一歩というところまで来ており、〉と続きを打ち込んだところで手が止まった。

弁護士として、書くべき内容はわかっていた。

事業を畳むことになり、代表者として自己破産もすることになった申立人の最も強い希望は、「お金のせいで息子に夢をあきらめさせるようなことにだけはしたくない」というものだ。

そのためには、まずは破産者の財産を管理、処分して債権者への配当を行う管財人に、申立人の行動の妥当性を認めてもらわなければならない。

現時点でネックになりそうなのは、申立人が息子にしていた月十一万円の仕送りと、約一年前に息子に買い与えたという購入金額百万円弱のパソコンだった。

調べたところによると、都内で一人暮らしをする子どもへの仕送り額の平均は約九万円だという。依頼人いわく、差額の二万円は一般的なものよりかなりスペックの高いパソコンで将棋の研究をする際にかかる電気代だそうだが、現在の将棋界においてＡＩを使った研究が主流になっていることが説明できなければ、到底理解はされないだろう。そもそも一般常識として、高額のハイスペックパソコン自体が無職の二十歳には分不相応な品だと判断されるに違いない。

購入時には既に資金繰りが悪化していたことからして、どちらも故意による財産減少行為だと誤解されかねず、免責不許可事由に当たると見なされる可能性がある。

大島先生ならわかってくれると思いまして、と依頼人である申立人は言った。

――息子の師匠に相談したら、元奨励会員で弁護士になった方がいるって大島先生の名前を教えてもらったんですよ。

たしかに、奨励会の内情を知らない人間には、依頼人の主張を正確に言語化することは難しいだろう。

奨励会は、入会して真面目に取り組んでさえいれば昇級昇段し続けてやがてはプロになれる、というような組織ではない。

三段に上がればプロとなる四段まではあと少しのように思われがちだが、三段リーグに在籍する三、四十人の中で四段に昇段できるのは半年にたった二名のみ。しかも、続々と集まってくるのは幼い頃から全国各地で神童と称えられ、青春時代をひたすら将棋だけに費やしてきたような天才ばかりだ。

そんな彼らが文字通り人生を懸けて励んでも、満二十六歳の誕生日を含む三段のリーグ戦終了までにプロになれなければ退会を余儀なくされる。つまり、結局プロになれずに退会することになる人間がほとんどなのだ。

一人暮らしもハイスペックパソコンも必須ではないとはいえ、二十六歳までという限られた時間の中でできることはすべてやりたいという思いは痛いほどによくわかる。

大島は書きかけの一文の前に年齢制限についての説明を加え、〈即ち、申立人が生活を立て直してから再開するという方法は現実的ではありません〉と続けた。

改めて〈プロ入りまであと一歩〉というフレーズを見つめ、デリートキーを叩いた指でこめかみを揉む。

大島が、どうしても二段から三段へ上がれずに奨励会を退会したのは、今から九年前——高校二年生の三月のことだった。

前年の夏の終わりには、もう自分には無理だろうと悟っていた。このまましがみつき続けていても、自分がプロになれる日は永遠に来ないだろう。自分には、そこまでの才能も胆力もな

らだ。

それでもすぐに言い出せなかったのは、やめれば何もかもなくなってしまうと思っていたかい、と。

小学六年生で奨励会に入って以降、過ごす時間と人間関係の大半が将棋の中で完結していた。放課後はクラスの友達と遊ぶことなく将棋教室へ通い、中学でも部活には入らずに延々と将棋の勉強を続けた。修学旅行を休んで例会を選び、高校は特に受験勉強せずに入れるところで済ませて都内で一人暮らしをさせてもらい、毎日のように他の奨励会員たちと集まって将棋を指した。

ここでやめたら、そのすべてが無駄だったことになってしまう。

けれど、ずっと応援してくれていた両親に相談することもできないまま半年が過ぎたある日の朝、やめるなら今しかない、とふいに思ったのだった。

大島はバスのつり革につかまっていて、隣には英単語帳をめくっている同級生がいた。手持ち無沙汰で横から英単語帳を覗き込み続けていて、その同級生が何度も手を止めることに焦れていた。

単語帳が二巡して、自分がすべての英単語を覚えきったことを認識した瞬間、身体に詰まっていた重たい泥が抜けていくのを感じた。

今ならまだ、大学受験にもぎりぎり間に合うのではないか。

決断してからは早かった。大島はその日のうちに親に電話をかけ、師匠に報告し、将棋連盟への連絡も終えた。退会届を出したその足で予備校へ向かい、参考書を買い、勉強を始めた。

一気に進めてしまわなければどこにも進めなくなる、という予感だけがあった。とにかく新しい目標を定め、そこに邁進しなければならない。

東大を受けることにしたのは、東大が、日本一の大学だからだった。

それは、ある種の強迫観念のようなものだった。誰もが認めるような新しい目標がなければ、あきらめることは許されない気がしていた。元奨励会員が本気を出せば東大なんて高三からの勉強でも行けるのだと、そうした人間が他のあらゆることを犠牲にして打ち込んでもプロになれないくらい将棋の世界は厳しいのだと証明したかった。

弁護士を目指すことにしたのも、同じ理由からだったように思う。

現役で大学に入学するなり司法試験の勉強を始め、三年次で予備試験をクリアし、四年次で司法試験に合格した。大学卒業後すぐに司法修習を受け、二十三歳で今の事務所に就職した。

これで人生を挽回できたのだ、と思った。

遅れを取り戻し、むしろ人より早く将来を決め、下手な棋士になるよりよほど稼げる職に就いたのだ、と。

かつて奨励会にいたことは、就活においてもセールスポイントの一つになった。実際、こうやって元奨励会員だからという理由で依頼も来ている。

大島は削除したばかりの文章をショートカットキーで復元し、〈申立人による子息への援助は学費に相当するものであり、不当に債権者を害する意思はありません〉と続けた。

現代将棋におけるAIを活用した研究の重要性を裏付ける資料と、息子のパソコンを一日八時間使用した場合の電気代の概算を添付し、奨励会における研究競争に置いて行かれないようにするためにはアルバイトをすることは難しいと説明する文面を加えて頭からざっと目を通す。

一読して、少し弱いな、と思った。故意による財産減少行為ではないことを証明する論旨は一応通っているものの、これだけでは結局パソコンは換価可能な財産と見なされ、破産財団に組み入れられてしまうかもしれない。

破産手続き終了後に改めて研究に必要なものを購入する余地を残せるよう、自由財産拡張の申し立てを行うことはできるが、これまでの判例として、子どもの学費を理由に自由財産の拡張が認められたケースはあまり多くなかった。息子の特殊な事情を強調したとしても、この線では心許ないだろう。

大島は凝った首を鳴らして瀧口用のファイルをめくる。

開いたのは、瀧口の心療内科への受診記録だった。

山形県内で小さな建具店を個人経営していた瀧口は、懇意にしていたリフォーム業者が倒産したことで資金繰りが悪化して以降、不眠に悩まされるようになったという。

何らかの診断書を出してもらうことは可能かと尋ねた際には、たぶん鬱病のならと答えられたが、下手に診断書を出してもらうと今後保険の契約や再就職に支障が出てくる可能性があるため、一旦保留してもらっていた。

だが、やはり確実性を重視するなら、病気療養中のため今後の就労に不安があるという線で主張した方が話が通りやすいはずだ。

大島は拡張が認められた事例の詳細を読み込み、傷病を理由にした論理構成を組み立ててから席を立つ。

自席でパソコン作業をしている事務バイトの元へ歩み寄り、「すみません、瀧口さんの通帳記帳してもらえましたか」と声をかけた。

井野《いの》が椅子をぐるりと回して振り返る。

「あれ、管財人面談の直前に記帳するんじゃなかったでしたっけ」

悪びれない口調だった。

「いや、まあ直前というかもう三日前なので……」

「今日必要なんだったら、ちゃんと日付を指定して頼んでもらわないと」

気圧されながらも言い返した大島の言葉を、井野が遮ってため息をつく。あーもう今日忙しいのに、とひとりごち、デスクの引き出しから気だるそうに通帳を取り出した。

「あ、じゃあ自分で行くんでいいです」

大島が手を出すと、「そうですか」と涼しい顔で通帳を渡される。

「次から急ぎの場合は期限を決めて頼んでくださいね」

自分より歳上で事務所歴も長いだけで弁護士資格を持っているわけでもないバイトに注意され、おまえ何のためにいるんだよと言いたくなった。

だが、大島は「すみません」と頭を下げて席を離れる。

事務所が入ったビルを出た途端、蒸した空気が全身を包んだ。エアコンの室外機が並んだ裏道を顔をしかめて通り抜け、駅近くにある銀行へ入る。

冷えた空気を肺一杯に吸い込むと、ほんの少しだけ生き返る心地がした。ハンカチを取り出して汗が滲んだ額を拭い、五人ほど並んだＡＴＭの列を通り過ぎて通帳繰越機へ進む。

やるべきことをリスト化して優先順位をつけながら、機械に吸い込まれていく通帳を眺めた。二週間ほど前に記帳したばかりだから何も記入されない可能性があるとは思っていたものの、しばらくして印字する動作音が聞こえ始め、来た甲斐があったなと頬を緩める。

管財人に提出する資料としては、できるだけ最新の情報を用意した方が申立人の誠実さが伝わるはずだ。

申立人は財産調査にも協力的であり――何となく報告書の体裁で思考しながら通帳を回収し、鞄にしまう前に一応確認だけしておこうと最終ページを開いたときだった。

え、という声が喉から漏れる。

五日前の日付で新しく印字されていたのは、フリマアプリ会社からの四十二万円の入金。

そして、同日に同額を出金したという記録だった。


通帳を持つ手が微かに震えた。

何だよこれ、と大島は心の中でつぶやく。フリマアプリということは自宅にあった何らかの財産を売ったのだろうが、売却額が四十万円にもなるような財産は、既に破産財団へ組み入れていて残っていないはずだ。

まず浮かんだのは、最悪の想像だった。

もし換価対象となりうる財産を申告していなかったのだとしたら、財産隠し――免責不許可事由に当たる行為になる。

大島も資産目録の作成は手伝ったものの、それはあくまで瀧口の自己申告に基づいたものだった。保険や有価証券、不動産や車の有無を確認するチェックリストは渡したが、家の中の物をすべて確認したわけではない。

大島は業務用のスマートフォンを取り出してイヤホンをはめ、着信履歴に並んだ瀧口の名前を指先で叩くようにタップした。

発信音を聞きながら深呼吸をし、落ち着け、と自分に言い聞かせる。まだ財産隠しだと決まったわけではない。所有が認められている細々とした日用品、たとえば安価な衣服や食器や化粧品などを売って地道に貯めていったとしても、数が多ければまとまった金額になることはありうる。問題は、それがこのタイミングで振り込まれ、さらに出金されているということだ。まずは状況を確認して、改めて禁止事項について説明して――

「はい、もしもし」

「お世話になっております、古居《ふるい》法律事務所の大島です」

大島は手早く挨拶を済ませ「ちょっと至急確認したいことがあるんですが、今お電話よろしいでしょうか」と畳みかけた。

「え、あ、はい」

電話の向こうからバタバタと動き回る音が聞こえ、「はい、大丈夫です」という声が続く。

おそらくメモを取る準備をしていたのだろう。瀧口は話を聞くとき、いつも必ずメモを取っていた。自己破産における注意点や禁止事項について説明した際にも、うなずきながら書き留めていたはずなのに。

大島はもう一度息を吐いてから、「今、お預かりしている通帳を記帳したんですが、そちらにメルカリからの入金記録があるようでして」と切り出した。「前にもお話ししましたが、所有が認められている自由財産というのは生活必需品や九十九万円以下の現金など、非常に限定的なものなんです。それ以外の換価可能な財産は、すべて申告して破産財団へ組み入れなければならないんですよ」

「え？」

戸惑ったような声が返ってくる。

大島はため息を呑み込み、「売ってお金になるような財産の申告漏れがあったのだとすれば、財産を意図的に隠蔽したと見なされてしまいます」と言い換えた。「同額が出金されているのも問題です。使途不明金となれば……」

「ちょっと待ってください」

瀧口が慌てたように言う。

「何の話ですか」

「え？」

今度は大島が聞き返す番だった。

「メルカリで何かを売ったんじゃないですか？　瀧口さんが振り込み申請手続きをしたから、こうして入金されているんじゃないかと思うんですが」

通帳を開き直すと、やはり振込という文字の横にはメルカリと書かれている。

しかし、瀧口は「いや」と躊躇《ためら》いがちに答えた。

「私は、メルカリはやっていませんが……」

「奥様がやっているということはないですか」

「ああ、たしか妻はやっていましたけど」

大島は今度こそため息をつく。――妻が夫に無断でやったということか。

「家からなくなっているものはありませんか。四十二万円も振り込まれているんですよ。何か申告していなかった財産があったとか」

「財産については先生にも確認していただきましたし、申告し忘れてしまったものは特にないかと……」

大島は、痛み始めた額を拳で叩く。

「そうなると、おそらく細々とした不用品を大量に売却したということなんだと思いますが、衣類や家財などが自由財産として認められているのは生活に欠かせないものだと判断されているからで、現金化してしまえばその理屈は通らなくなってしまうんですよ。破産手続きが終わる前に現金化されたものは現金の枠に入れられてしまうわけですが、既に瀧口さんが所有できる現金枠は九十九万円まで埋まってしまっているので、これ以上は現金化されてもすべて債権者へ回されてしまうんです」

「そんな」

大島は、早口にならないように心がけながら言った。

「つまり、この売上金は破産財団へ組み入れないといけないお金なんですよ。たとえ自由財産の中から不用品を売ったのだとしても、そのお金は自分のものにはならないんです」

瀧口がようやく重要な話だと思い至ったような声を出す。

「妻も、たぶんよかれと思ってやったんだと思うんです」

「ええ、もちろんそうだと思います」

大島はひとまず同意してみせた。ここで無闇に依頼人の不安を煽ったところで仕方ない。

「この入金額をそのまま補填できれば、少しでも債権者への返済額を増やしたいと考えて現金化したという説明をつけることができますので、そこまで問題にはならないでしょう」

たとえ妻が既に全額使い込んでしまっていたとしても、約四十万円ならば瀧口の自由財産として分けておいた九十九万円の中から出すことはできる。

だが、何より怖いのは、妻が瀧口にも内緒で何らかの財産を隠し持っていたという可能性だ。

本来、自己破産における免責とは財産を債権者に公平に分配して残りの借金をチャラにする、という救済のための制度だが、もし財産隠しを理由に免責不許可の裁定が下されてしまったら、事業を廃業にした上で借金を返さなければならなくなる。

「まずは、取り急ぎ奥様に何を売ったのか、引き出したお金はどうしたのかをご確認いただけますか」

「あ、それは、はい」

瀧口は、状況がわかり次第折り返す旨を告げて慌ただしく電話を切った。大島は宙へ向けて長く息を吐く。

無性に煙草が吸いたくなった。

通帳を鞄にしまって駅前の喫煙所へと足早に向かい、箱に残っていた最後の一本を電子煙草のホルダーに押し込んで口にくわえながら、スマートフォンで奨励会三段のリーグ表を検索する。

成績順に並び替えると、瀧口太一という名前は四十二名のうち下から六番目にあった。

残り二戦で六勝十敗――もう今期は昇段の目はない。

さすがにしばらく勉強どころではなかっただろうしな、と思うと不憫になった。奨励会を続けられるかどうかもわからない中では、集中力を保つのも難しかっただろう。破産の件を知って以降、何度も実家に帰っているという話だし、特にここ二ヵ月は精神的にも肉体的にも落ち着かない日々を送っていたに違いない。

依頼人は最初に相談に来た際、息子には内緒にできませんか、と言っていた。今が大事なときなんです。家のことであいつの気持ちを煩わせたくないんですよ、と。

それに対して、ご家族に破産の件を隠すのはやめてくださいと告げたのは大島だ。

実のところ、自己破産を家族に隠したがる依頼人は少なくなかった。子どもに心配をかけたくない、ギャンブルをしていたことが親にバレたら怒られる、借金を作っていたことを知られたら離婚されてしまうかもしれない——依頼人たちが口にする理由は様々だが、ほとんどの依頼人が一度は隠し通せないかと尋ねてくる。

それでも大島が毎回、少なくとも家族にだけは必ず説明するようにと厳しく伝えるのは、家族に隠そうとすれば高い確率で破産手続きに支障が出るからだった。

自己破産においては、通帳や給与明細書はもちろん、課税証明書や保険の契約書、家計収支を証明する資料等の提出が義務づけられる。家族に伏せたままでは申告が漏れる恐れがあるし、家族が禁止事項を意図しないままに行ってしまうこともありうるだろう。

初めは渋っている依頼人たちも、最悪免責不許可になる可能性があると強調するとあきらめる。

だが、瀧口は「あいつはうちの仕事も保険のこととかもよくわかっていないと思いますし、同居しているわけでもないんですよ」と言ってなかなか引き下がらなかった。せめて今後の見通しが立つまでは何とか秘密にしておくことはできませんか、と粘られ、少し迷ったのも事実だ。

けれど結局、大島は「ご家族にお伝えしない場合はご依頼をお引き受けすることはできません」と突っぱねた。弁護士として力になってやりたいのは山々だが、だからこそ責任が取れないことはしたくなかったからだ。

受任するからには最善を尽くしたいのだと重ねて意図を説明すると、瀧口は数秒考え込むように黙った後、わかりました、とうなずいた。

——では、できるだけ早く方《かた》をつけられるようにお力添えいただけますか。

大島はもちろんですと答え、実際、可能な限り迅速に手続きを進めてきた。受任するや債権調査に着手し、依頼人の自宅にも出向いて必要書類を集めるのを手伝い、これまでに担当してきた案件の中でも最も早い期間で破産手続きを申し立てた。

息子の成績を見る限り、動揺はさせてしまったのだろう。しかし大島はむしろリーグ表を見て、やはり伝えたことは間違いではなかったのだという確信を深めた。

三段リーグに上がって四期目にして一度も昇段争いに絡んでいる様子がないとなると、親の破産がなかったとしても今期で上位二名に入れたとは考えづらい。どちらにしても奨励会在籍中に親の破産を知ることになるのなら、気遣って秘密にされていたのだと後になってから知ってしまう方がショックは大きかったはずだ。

大島は改めてリーグ表を眺め直した。

かつては知っている面々ばかりだったのに、今は半分以上が知らない名前に入れ替わっている。

年齢欄に二十六と書かれているのは三人——けれど、その中に昇段はおろか在籍延長の可能性が残っている人間すら一人もいなかった。

同い年の人間が、ついに奨励会からいなくなる。

彼らは二十六歳にして、何の学歴も社会経験もないまま、将棋界の外に追い出される。

こうならないために自分は正しい決断をしたのだ、と思った。自分よりも強かった三人がこんな結末を迎えたのだから、やはり自分には夢を叶えることなど到底不可能だっただろう。

だがそれでも、未だに大島の頭からは、奨励会を退会する際に言われた言葉が完全には消えない。

――逃げるのかよ。

当時、一番仲が良かった男が口にした言葉だった。一足先に三段へ上がり、二段に停滞し続けている大島のために戦略を考え、対策を練り、練習につき合ってくれた男だった。

退会を決めて親や師匠や連盟に連絡をしても、彼にだけは報告することができず、結局大島が例会に行っていないことに気づいた彼の方から電話がかかってきた。

やめたんだ、と告げると、彼はすぐに大島のアパートへ駆けつけてきた。泣きながらもったいないと繰り返し、逆にどうしておまえはやめないのかと大島が尋ねると、あきらめ方がわからないだけだと言葉を詰まらせた。

それを聞いて、こういう人間でなければ棋士にはなれないんだろうな、と妙に冷静な頭で考えたのを思い出す。

彼はその後、さらに三年かけて棋士になった。

大島は今でも、芝悠大《しばゆうだい》という名前を対局予定一覧の中に見かけると、自分が本当に彼を応援しているのかどうかわからなくなる。

手の中のスマートフォンが震え、画面に瀧口の名前が表示された。

大島は慌てて吸い殻を灰皿に捨て、喫煙所を離れながら電話に出る。

「はい、大島です」

「すみません先生、お忙しいところ……」

恐縮する瀧口に、「全然大丈夫ですよ」とわざと少しくだけて返してみせ、「それで、奥様から話は聞けましたか」と水を向けた。

瀧口は、それなんですが、と言い淀むような間を空ける。

瞬間、大島は嫌な予感を覚えた。

まさか、やはり隠していた財産があったのか。

だが、瀧口は困惑をあらわにした声音で「妻が知らないと言っていまして」と続ける。

大島の眉間の筋肉がぴくりと引きつった。鞄からボールペンとメモ帳を取り出し、「奥様にも心当たりがないと？」と聞き返す。

「ええ、メルカリのアカウントは持っているけれどここ数ヵ月は開いてもいなかったし、そもそも四十万円も売上金が貯まったことなんてない、と」

「ですが、通帳には出金記録も記載されているんですよ」

「それも何のことだかわからないと言うんです」

どういうことだ。

大島は口元にボールペンの頭を押し当てた。

たとえばメルカリ側の何らかの手違いで振り込まれたのだとしても、引き出した形跡があるということは、キャッシュカードを持っている人間が関わっているのはたしかだ。

「ちなみに、キャッシュカードを持っているのは」

「私です」

「五日前頃に誰かに預けたということもありませんか」

「大島先生に手続きを始めていただいてからは、うっかり使ってしまうことがないように財布から出して自宅の書類ケースにしまいっぱなしにしていたんです」

——ということは、誰かに勝手に持ち出されていたとしても気づけなかったということになる。

「そちらにしまってから五日前までの間に来客は」

「ありません」

大島はメモを取りかけた手を止め、ボールペンをカチカチと鳴らした。

瀧口さん、と語りかける声が低くなる。

「他人が持ち出す機会がなく、瀧口さんご自身にも身に覚えがないのだとすれば、やはり奥様が引き出したとしか考えられませんよ」

通帳の件を切り出した際や今の反応からしても、瀧口自身は本当に何も知らないのだろう。

だが、そうなると必然的に妻がやったということになる。

「失礼ですが、奥様が何か隠し事をされているという可能性はありませんか」

「妻が嘘をついているって言うんですか」

瀧口がムッとしたように言った。

は？　と尖った声を出しそうになるのを大島は寸前でこらえる。

「客観的な事実として出金記録がある以上、キャッシュカードを使うことができた方が引き出したと考えるのが自然だという話です」

苛立ちを抑えようとしたら、思いのほか突き放す口調になった。

「わざわざこのタイミングで売上金を現金化して引き出しているとなると、急ぎ現金が必要だったのではないかと思うのですが、仮にそれが借金の返済のためだったりすれば大変なことになります」

「大変なこと？」

「もし、申告していなかった財産を売って得た収入を特定の債権者へ勝手に支払ったとなれば、財産隠しをした上に偏頗《へんぱ》弁済をしたということになるでしょう」

現実的には、免責不許可事由があっても必ずしも免責不許可になるわけではなく、事由の程度や悪質性、破産者の手続きへの協力状況などを鑑みて、最終的には裁量免責が認められるケースが多いが、管財人や裁判所の心証は相当悪くなるはずだ。

申立人が破産手続きに協力的ではないと見なされれば、息子への仕送りや高額のパソコンを購入した件もさらに問題視され、交渉次第では認められたかもしれない自由財産の拡張も厳しくなる。

「私としても、できるだけ瀧口さんのご希望に添える結果になるように動いているつもりですが、何か事情があるなら正直に話してもらえないとそれも難しくなってしまうんですよ」

言いながら、どうしても歯がゆさが声に滲んでしまう。

「知らない、わからないじゃ済まないんです。もし偏頗弁済をしてしまったのだとしたら、管財人は否認権というものを使ってその債権者から返済された額を回収しなければなりません。だけど、支払った相手が不明なままでは、それもできないことになる」

「でも、本当に妻は何も知らないと……」

「三日後には管財人面談があるんですよ」

瀧口が怯えているのが伝わってきた。

本来ならば、依頼人を不安にさせるべきではない。だが、ここできちんと事の重大さを理解してもらわなければ、状況は悪化していくばかりだろう。

「私も、息子さんには夢を叶えてほしいんですよ」

大島は、ボールペンを握る手に力を込めて言った。

「瀧口さんも、今が大事なときなんだって言ってたじゃないですか」

もちろん、このまま夢を追い続けても報われる保証はない。けれど少なくとも、後悔するようなやめ方だけはしてほしくなかった。

自らの意思でやめると決めた自分ですら、九年経っても奨励会時代の夢を見るのだ。

あそこで間違えなければ三段に上がれたという局面で、夢の中では正しく指す。後になってから何度も何度も確かめた道を進み、けれど毎回勝ちきる前に目が覚める。

――元奨励会員として依頼を受けておいて、依頼人の息子が夢をあきらめざるをえなくなるような結果にするわけにはいかない。

大島は目をつむり、数秒してから口を開いた。

「免責不許可になったら、息子さんの夢を応援するどころではなくなってしまうでしょう」

電話の向こうから、息を呑む音が聞こえてくる。

「私が直接奥様からお話をうかがった方がいいですか？」

返事はなかった。

大島は沈黙の中で待ちながら、管財人面談をどう乗りきるかを思案し始める。三日後までに事態が進展しなければ、ひとまず後日追って資料を提出すると主張して時間を稼ぐしかないだろう。その間に一度山形にまで出向いて事情を聞き出し、対策を練らなければならない。

「とにかく、今の話を奥様にもしてみていただけますか」

はい、という消え入るような声がした。

大島は咄嗟にフォローする言葉をかけたくなったものの、明日またお電話します、とだけ言って電話を切る。

再び煙草が吸いたくなって喫煙所へ戻ったが、紙箱を開けたところで最後の一本を吸い終わっていたことを思い出した。

舌打ちをしてLINEを開き、トークに並んだアイコンの中から〈一心〉という色紙の写真が使われた芝のアイコンを選ぶ。

〈明日の夜あいてる?〉

既読はすぐにはつかなかった。

さらに大島は、〈あいてるなら謙吾の挑戦者決定戦観戦しようぜ〉と送りながら喫煙所を後にする。

事務所へ戻り、資料の整理をし始めたところで、スマートフォンが短く震えた。

〈おれも対局だからむり〉

そう言えばそうだった、と大島は目をしばたたかせる。数日前に芝の対局予定を調べたときにも、謙吾とかぶってんのかと思ったのだった。

だが、たとえ対局が入っていなくても、芝は話に乗ってはこなかっただろう。

自分でも、意地が悪いことをしているという自覚はあった。

芝と謙吾は、互いに四段に昇段してプロになってからも研究会を続けていたが、しばらくして順位戦のクラスが離れるようになると、謙吾がレベルの近い棋士を新たに研究相手として選ぶ形で解散したようだった。ようだ、というのは謙吾からも芝からも直接その話は聞いていないからだ。

大島が知ったのは一年前、まだ奨励会に居続けている他の同期たちの噂話によってだった。

二十五歳という中途半端なタイミングで奨励会退会を決めた同期の送別会の席で、彼らは謙吾に見限られ、対局でも負け続けている芝のことを笑っていた。

あいつ何で昇段できたのかわかんないよな。あの期は途中退会したやつも多かったし運がよかっただけだろ――奨励会ではよくある陰口だった。大島自身、奨励会にいた頃は似たようなことを言っていたし、彼らが本気で言っているわけではないこともわかっていた。

それでも気づけば大島は、おまえらも同じ期に三段リーグにいたんじゃないの、と口にしていた。

一瞬にして場が凍りついた。

数秒して、は、と鼻を鳴らしたのは、退会する同期だった。

――おまえは三段にも上がってねえだろ。

彼らは普段からよく、三段からが本当の地獄だよな、と言っていた。元奨励会員って肩書きでユーチューバーやってるやつとかいるけどさ、三段リーグの現実も知らないで奨励会は地獄ですとか言ってんの見ると、おまえ奨励会の何を知ってんだよって腹立つんだよ、と。

わかる、わかる、とうなずき合う声の中で、いつも大島は懸命に気配を消していたが、やがて大島の存在を思い出した人間が、あ、大島は違うよ？　とフォローし始めるまでがワンセットだった。

このときも、彼らはすぐに張り詰めた空気をなかったことにしようとした。まあまあ、みんな違ってみんなつらいってことで、と誰かが雑にまとめ、大島が黙ったまま うつむいていると、いいじゃん大島は弁護士になったんだから、と誰かが笑った。東大卒弁護士とか、普通に勝ち組でしょ。

それ以来、彼らとは連絡を取っていない。

だが大島は、芝から他のやつらとも交流があるのかと訊かれると、あると答えてきた。みんなとも未だに飲んでるよ、と。

すぐに嘘だとバレるだろうと思っていた。バレたらバレたで、別に構わない。けれど、謙吾と研究会をしなくなってから誰ともつるまなくなったらしい芝は、一向に気づかなかった。

すげえな、と芝は言った。

おまえのそういうとこ、ほんと尊敬するわ、と。

〈持ち時間的に先に終わるでしょ〉

大島が食い下がると、既読がついてからもしばらく返信が来なくなった。さすがに今回は断られるかもしれないな、と大島は思う。謙吾がタイトル戦への挑戦権をかけた戦いに挑むところなど、芝が観たいはずがない。

そもそも自分だって、明日の夜は時間が作れるかもわからないのだ。

だが、三十分ほど経って、スマートフォンが小さく震えた。

〈終わったら連絡する〉

大島は、芝からのメッセージを数秒眺める。

〈ゴネ得っ……！〉というギャンブル漫画のスタンプを送ると、芝は昔大島がふざけて買わせた、囚人が踊っているだけのスタンプを返してきた。

翌日、出勤してすぐに瀧口に電話をかけたものの繋がらず、昼にもう一度かけたが、今度は呼び出し音すら鳴らなかった。

大島は留守番電話サービスの電子音声を吐き出すスマートフォンを見下ろし、「嘘だろ」とつぶやく。井野がこちらへ顔を向けてくるのが視界の端に映り、耳の裏が熱くなった。

勘弁してくれよ、と今度は声に出さずに考える。

ここで連絡を断つのは、完全なる悪手だ。どんな状況にせよ、情報を共有してもらわなければこちらは動きようがないし、都合が悪い話があるのだとしたらなおさら対策する時間が必要になる。

――このまま逃げ回られ、管財人面談にも来ないようなことになったら、せっかく手間暇かけて準備してきた計画が台無しだ。

大島は席を立ち、事務所の隅に申し訳程度に設置された喫煙スペースへ向かった。見世物小屋のようなガラス張りのブースに入り、電子煙草を口にくわえて将棋連盟のライブ中継アプリを開く。

芝悠大五段という文字を見つけてタップすると、最新局面まで画面をスキップさせた。

現時点では形勢に差はついていないが、芝の方が持ち時間を若干多く消費させられている。

芝の対局を閉じ、続いて謙吾の挑戦者決定戦の様子をチェックした。こちらは形勢も持ち時間も完全に互角——まだ中盤にも入っていない段階で、どうやら長い戦いになりそうだ。

煙草を吸い終えて喫煙室を出ると、大島は思考を仕事に切り替えた。瀧口の件は現時点では動かしようがないとはいえ、他にも進めなければならない案件は山のようにある。

芝から連絡が来たのは、別の依頼人の破産申立書を作成し、離婚訴訟の裁判資料を準備し、SNSでの誹謗中傷に対する訴状を起案しているうちに十八時が過ぎ、瀧口に再び電話をかけて留守電を残していた最中だった。

とにかく一度連絡が欲しい旨だけを伝えて電話を切り、長く息を吐いてからプライベート用のスマートフォンを手に取る。

〈おわった〉

思考力を対局で使い果たしてしまったような文面だった。大島は一度LINEを閉じ、中継アプリを確認する。

芝は負けていた。

大島は手早く帰り支度をしながら、代々木のカラオケボックスのURLを芝へ送る。

奨励会時代、何度か研究会に使ったことがある店だった。将棋盤と駒を持ち込み、隣室から漏れ聞こえてくる歌声を聞きながら、黙々とひたすら将棋を指した。最終的に、一番負けたやつに絶対に歌えないだろう難しい曲を歌わせることになっていて、謙吾は音痴だったが、芝は意外にそこそこ上手かった。

あの頃は、謙吾や芝が最下位になることもあったのだ。

店に着き、受付で会員証を出すと期限切れだと言われ、改めて入会手続きをさせられた。研修中らしき店員がおぼつかない手つきで登録している間、スマートフォンで中継アプリを確認しながらそわそわと待つ。

まだ勝敗は決していないようだった。だが局面が複雑で、すぐにはどちらに形勢が傾いているのかも判断できない。

ようやく部屋に通されてノートパソコンでABEMAのライブ配信を開くと、ＡＩが導き出した最善手と、二人の形勢を示すパーセントが表示されていた。

謙吾の側に出ている数字は九十三——もうそんなに差がついていたのかと驚き、今後の展開予想の欄へざっと目を通して、なるほどなとうなずく。

だが、実際のところ、示されている最善手が棋士なら普通に思いつけるものなのかどうかがわからなかった。これが答えだと見せられればたしかにそれしかないと思うものの、盤面だけの情報でこの道筋がどこまで明確に見通せるのか想像できない。

芝が来るまでに終わってしまうのではないかと案じ始めたところで、芝が現れた。

「もう終わりそうだぞ」

大島が言うと、芝が間髪いれずに「6六角のところではそれなりに考えるだろ」と返してくる。

大島はパソコンの画面から顔を上げた。

「中継観てきた？」

「現局面だけ確認した」

瞬間、胸を軽く突かれたような圧迫感を覚える。

芝は何でもないことのような顔をしていた。備え付けのタブレットを手に取り、大島の前にあるグラスをちらりと見る。

「それ何」

「コーラ」

「飲まねえの」

「芝くんが飲むなら俺も飲むよ」

大島はタブレットを横から覗き込んでジンジャーハイボールをカートに入れた。芝くんは、と尋ねると「同歩で」と返される。

久しぶりに耳にする言い回しだった。自分はもう、将棋用語を普段使いすることはない。

タブレットを受け取った大島は適当に食べ物を注文しながら、配信画面を見つめている芝を横目で見た。

「謙吾が勝つのかな」

芝は画面から目を離さないまま、6六角で間違えたらわかんなくなるけど、とくぐもった声で言う。

ノックの音と同時にドアが開いた。テーブルに置かれたグラスをつかみ、「乾杯」と言って芝へ向ける。

「また連敗記念かよ」

芝は鼻を鳴らしながらグラスをぶつけてきた。大島は「ん?」と聞き返しそうになり、そう言えば前に会ったときにそんなことをふざけて言ったなと思い出す。

「ここは謙吾のタイトル戦初出場記念でしょ」

大島が言うと、芝はわかりやすく顔をしかめた。

「まだ決まってねえだろ」

「謙吾は決めるよ」

「もうそれファンじゃん」

カッと頭に血が上る。

けれど、なぜ身体がそんな反応を示したのかわからなかった。客観的に見れば、まさしくファンということになるのだろう。芝や謙吾の対局予定は欠かさずチェックしているし、たまに二人の名前をＳＮＳで検索してみることもある。今だって、こうしてリアルタイムで謙吾の対局を観戦していて、本人もいないのに勝手に祝杯を上げている。

大島は「たしかに」と笑ってみせ、「こんなん買ってきちゃったし」と続けながら、瀧口の件で購入した雑誌を鞄から取り出した。

芝の前に置いて謙吾のページを開く。

「今期Ａ級入りした注目の若手棋士だって」

芝は、気取ってんな、とどうでもよさそうにコメントしながらも、謙吾のインタビューを読み始めた。そのまま黙り込んでしまった芝の横顔を眺めているうちに、ふいに身体から力が抜けていく。

――俺は、何をやっているんだろう。

管財人面談まであと二日。

瀧口とも連絡が取れていないというのに、わざわざ芝を呼び出してまで、自分の人生とはもはや何の関係もない対局を観戦している。

自分から見せたくせに、そんなの読んでんじゃねえよ、と言いたくなった。だが、大島は口には出さず、芝ももう大島は見ない。

「あ、指した」

大島が言うと、芝が弾かれたように顔を上げた。

配信画面へ身を乗り出し、謙吾をじっと見つめる。

謙吾が指したのは、ＡＩが示していた最善手だった。芝がここで間違えたらわからなくなると言っていた岐路を正しく進み、自分の足取りを確認するように盤の上で視線を動かし続けている。

芝は「あーあ」と露悪的な声を出して雑誌を放り投げた。大島はマイクをつかみ、「ねえ、今どんな気持ち？」と芝へ向ける。

「煽ってんじゃねえよ」

芝が手を振り払い、マイクが床に落ちた。

それでも芝は、こちらを見ない。

「俺は、芝くんにもタイトル戦出てほしいと思ってるよ」

「大島っていいやつだよな」

芝は、画面へ顔を向けたまま言った。何だよそれ、と言い返す声が喉に引っかかる。

芝は、心底憎々しそうに謙吾をにらんだ。

「おれは謙吾に負けろとしか思えないし」

「芝くんはライバルなんだからそれでいいだろ」

「ライバルじゃねえよ」

ライバルだろ、という言葉が出てこなかった。二人とも棋士になって、同じ盤上で戦い続けていて、それでライバルじゃないんだったら、おまえのライバルは誰なんだ。

芝の目が動く。つられて画面へ顔を向けると、謙吾の対局相手が席を立ったところだった。表示されている評価値は、九十九パーセント対一パーセント。――ここまでくれば、さすがに自分でも詰みがあるとわかる。

唐突に、芝が選曲用のリモコンをつかんだ。大島は「え」と目を見開く。

「歌うの？」

芝は「流すだけ」と答えて、最近ドラマの主題歌にもなった曲を入れた。少しして前奏が流れ始めたが、芝はマイクを手に取るわけでもなく、ただぼんやりと宙を見ている。

パソコンの画面に、〈楢崎謙吾八段挑戦権獲得〉というテロップが表示された。その現実感のない光景に、六年前にスマートフォンで見た三段リーグの速報が重なる。

「俺さ、芝くんのときもここで待ってたんだよ」

一人でこの店に来て、一曲も入れず、スマートフォンで〈三段リーグ〉と検索して速報ページをリロードし続けていた。

ずっと心臓がどきどきしていて、やたらと喉が渇いてコーラばかり何杯も飲んだ。

「おまえは、少しも負けろって思わなかったのかよ」

芝の言葉に、速報に載った芝の名前を見た瞬間の感情が蘇る。

直前まで、負けたらいい、と思っていた。打ちひしがれる芝に惜しかったなと声をかけて慰める自分を想像し、いや友達なんだから応援しなきゃだめだろと思い直し、でもそんなに上手くいくはずがないと考えていた。いつ速報が出てもおかしくない時間帯になると、たぶん今回もだめだ、と祈るように心の中で唱えた。

だが、実際に速報で芝の名前を見つけた瞬間、やった、という声が腹の底から漏れたのだ。

「負けてほしい気持ちもあるけど、勝ってほしい気持ちもあるってのがふつうなんじゃないの」

声がわずかに上ずった。

「芝くんだって、少しは謙吾を祝う気持ちもあるんだろ」

「ないよ少しも」

芝は一秒も迷わずに答える。

——こう言いきれるような人間だから、プロになれたのだろう。

芝は、将棋の強さ以外の人間の価値を全否定する将棋界の論理を、信じて疑わない。

大島が大学二年生、芝が三段リーグ七期目を終えたばかりの頃、二人でファミレスのドリンクバーで粘りながら共通の知人ですらない他人の近況報告をしていると、幼い子ども連れの家族の席に花火付きの人形とケーキが運ばれてきたことがあった。

人形はバースデーソングを奏でていて、両親はメロディに合わせて歌いながら、花火に目を輝かせている子どもの写真を何枚も撮っていた。両親の『誕生日おめでとう』という言葉を、子どもは当然のような顔で受け止めていた。

芝は大はしゃぎでケーキを食べ始めた子どもを眺め、氷の溶けたメロンソーダを意味もなくストローで混ぜながら『俺も来週誕生日なんだよな』とつぶやいた。

大島は反射的に、へえ、と言い、おめでとうと続けかけて、そんな自分にぎょっとした。

芝とは小学生の頃からのつき合いだったが、芝の誕生日を知ったのはこのときが初めてだった。

なぜなら、奨励会においては、誕生日の話題はタブーだったからだ。

一つ歳を取れば、それだけ年齢制限に近づく。誕生日をめでたいものだと考えている人間など奨励会には一人もおらず、誰もがその忌まわしき日を心底恐れていた。

大島は祝いの言葉を口にする代わりに、でも今期惜しかったじゃん、と言った。

『来期こそいけるんじゃないの』

芝は、どうだろうな、と力なく答えた。

『まあ、どっちみちもう二十代になっちゃうけど』

それは、大島が奨励会にいた頃にも、何度も考えたことだった。

これまでにタイトルを獲ったトップ棋士のほとんどが、十代のうちにプロになっている。年齢制限の二十六歳までしがみつき続ければ、あるいは棋士になることも不可能ではないかもしれない。でも、その先は？　と。

大島が奨励会時代に誕生日を祝われた記憶があるのは、高校一年生の一度きりだ。

一人暮らしを始めてすぐの祝日で、電話をかけてきた母方の祖母に予定を聞かれて『特にない』と答えたら、祖母は『一人での誕生日は寂しいでしょう』と言って浜松から新幹線まで使って駆けつけてきてくれた。

祖母は『洸《こう》くんはチョコレートケーキが好きだったものね』と、写真の中にしか記憶がないほど昔の話をして、小さなローテーブルの真ん中にホールのチョコレートケーキを置いた。〈たんじょうびおめでとう〉と書かれたプレートの周りに、太いろうそくが一本と、細いろうそくが六本。

持参してきたライターで火をつけ、部屋の電気を消してからバースデーソングを歌い、大島が揺らめき続ける火を三回かけて吹き消すと歓声を上げて拍手をした。

四等分に切り分けられ、プレートを載せ直されたケーキを前に、大島は『すげえうまそう』とはしゃいでみせた。声が震えないように腹に力を入れ、けれどフォークを突き立てて口に運んだ途端、猛烈な吐き気が込み上げてきてトイレに駆け込んだ。

ごめんね、ごめんね、と祖母は涙声で繰り返しながら、大島の背中をさすり続けた。本当は洸くんのお母さんからはだめだって言われてたの。だけどおばあちゃん、どうしてもお祝いしたくて。だって、今日は洸くんが生まれてきた日でしょう。

もしかしたら、あの日の祖母の言葉がなかったら、自分は今でも奨励会をやめる決断ができていなかったかもしれない、と大島は思う。

「俺は芝くんが昇段を決めたって知ったとき、ほんとによかったと思ったよ」

大島は虚ろに濁った芝の目を見て言った。

芝の唇が、皮肉げに歪む。

「よかったのかな」

「それ、俺に言っちゃう？」

大島が苦笑を漏らした瞬間、芝がびくりと肩を揺らした。視線を忙《せわ》しなく泳がせ、だって、と幼い子どものような声を出す。

「今のおれ、終わってんじゃん」

芝が自虐を口にするのはいつものことだった。何でおれ、こんな頭悪いんだろ。ここで間違えるってマジでザコすぎだろ。ほんと生きてる価値ない。——こいつは、俺の前で自虐を言うのがどういうことなのか、わかっていない。

「芝くんってそういうところあるよな」

「どういうところ？」

芝が、久しぶりに真っ直ぐ、大島を見た。

大島は、絡んだ視線へ向けて、静かに答える。

「芝くん、自分にしか興味ないでしょ」

カラオケボックスを出て駅まで向かうまでの間、芝はずっとうつむいていた。大島は芝の隣に並んで歩きながら、「そう言えば福江《ふくえ》に新しい彼女ができたんだよ」と大学時代の友達の話を始める。

「ハルミちゃんは」

芝は、大島が前に福江の彼女として話した名前を口にした。大島は、知らないやつの情報なんて覚えてても仕方ないだろうにと思いながら、さあ、と首を傾げる。

「福江はもう新しい彼女の話しかしないし」

「新しい彼女は何ていうの」

どんな名前がいいかな、と大島は考えた。すぐにナナミという響きが浮かんだのでそう告げると、「微妙にかぶってんな」と芝がコメントする。

言われて初めて、たしかにそうだと気づいた。何となく似たような名前を考えてしまうのが、大学時代から去年までの四年間、自分自身がつき合っていた彼女の名前が夏海《なつみ》だったからだと思い至り、急に少し恥ずかしくなる。

「謎のミしばり」

大島は他人事のように言ってみせ、自分が芝にしてきた福江の話を振り返ろうとした。だが、何をどんなふうに語ったのか、上手く思い出せない。

福江は、東大将棋部の同期だった。

有名私立中高一貫校の出身で、両親が医者というエリート家系の一人息子だったが、本人は学歴にはあまり関心がないらしく、センター試験の点数や東大模試での順位を競い合う面々の中で、俺は満点は一個もなかったなあ、とのんびり言うようなやつだった。

授業にもほとんど真面目に出ず、可か不可ばかりの成績表を将棋部のパソコンを使って加工していた。親からチェックされるんだよと言うわりには悲愴感がなく、結局三年次の途中で突然ゲームの専門学校に行きたいと言い出して、あっさり退学してしまった。

初めは、芝に福江を棋力で判断されたくなくて、将棋部とは関係ない同じ学部の友達という設定に変えて話しただけだった。だが、やがて大島は、自分や他の友達の話も福江の身に起こったこととして話すようになった。

おそらく、全部の話を時系列順に並べ直してみれば、整合性が取れない部分がいくつも出てくるに違いない。けれど、芝は会ったこともない福江の話には何度でも耳を傾け、大島ももう連絡も取っていない福江の話をし続けた。

電車が乗り換え駅に着き、大島は「じゃあまたな」と言って電車を降りる。

階段を上りかけてから、解散するには早すぎることに気づいて振り返ったが、芝が乗っている電車は既に走り出していた。

どこかで一杯飲み直していくか、事務所に戻って仕事をするか――迷いながらパスモをつかんだ瞬間、鞄の中で業務用のスマートフォンが震え始める。

飛びつくようにして取り出したものの、画面を見ると知らない番号が表示されていた。

大島は小さく息を吐き、通話アイコンをタップする。

「はい」

「あの、大島先生のお電話でしょうか」

聞き覚えがあるのかどうか判断がつかない声だった。こちらのスマートフォンにかけてきたということは仕事絡みの誰かなのだろうが、依頼人や管財人であれば番号を登録してある。

「瀧口の家内です」

聞こえてきた言葉に、反射的に背筋が伸びた。ああ、とため息に似た声が漏れる。

「よかった、ご連絡がつかないから心配していたんですよ」

「すみません、ご連絡が遅くなってしまって……」

妙にかすれた声に、もしかして、と思った。

瀧口から話を聞いて、事情を話す気になってくれたということだろうか。

妻から直接かかってきたということは、まだ瀧口本人にも打ち明けていない内容なのかもしれない。

大島は口の中に溜まった唾を呑み込み、「それで」と圧力を感じさせないように気をつけながら先を促した。とにかく事情がわかれば、何らかの対策を取りようがある。まずはせっかく電話をかけてきてくれたこの機会を逃さないように、話を聞くことに徹した方がいい――

瀧口の妻は、駅のアナウンスにかき消されそうなほどか細い声で言った。

「……先ほど、主人が自殺未遂をしまして」

何を言われたのか、すぐには理解できなかった。

けれど次の瞬間、電話を切る直前の瀧口の声が蘇り、どん、と大きく心臓が跳ねる。

そんな、という言葉が声にならなかった。全身を叩くような鼓動に指先が痺れ、二の腕の肌が一斉に粟立つ。

――俺のせいだ。

粘ついた汗が、強張った背中を伝い落ちた。周囲の音が急速に遠くなり、スマートフォンから聞こえる声がくぐもっていく。

その後、瀧口の妻とどんな会話をしたのかは覚えていない。気づけば家に帰っていて、握りしめたままだった手帳には病院の名前だけが乱れた文字で書き殴られていた。

靴を脱いで水を飲んでも、震えが止まらなかった。頭の奥で、何かがガンガンと激しい音を立て続けている。

冷静に考えれば、あそこまで瀧口を追い詰める必要などどこにもなかった。管財人面談まで時間がないにしても、ひとまずごまかして乗りきることはできたし、どうしても事情がわからないのなら、メルカリ側に対してアカウントの情報開示請求をするという方法もあっただろう。

なのに、瀧口にプレッシャーをかけるやり方を選んだのは――それが一番簡単だったからだ。

彼が最も恐れている展開を匂わせれば、真剣になって動くだろうと考えていた。彼が破産手続きに対して常に誠実に取り組んできたことも、資金繰りに困って以降、睡眠薬がなければ眠れないほどに追い詰められ続けていたことも、自分は知っていたはずなのに。

一睡もできないままソファで頭を抱え続け、翌朝始発の新幹線に乗って山形へ向かった。九時前に山形駅のホームへ降り、東京よりも涼しい空気にたじろいだところで、面会が可能かも聞いていないことに気づく。

大島はベンチに座り込み、深呼吸を繰り返した。未遂ということは、亡くなったわけではない。まだ取り返しがつかないことは起こっていないのだと自分に言い聞かせる。

それでも腹の底が蠢くような落ち着かなさは、少しも和らがなかった。

立ち上がることもできずにいるうちに十時を過ぎ、職場に連絡を入れなければとスマートフォンを取り出したものの、どう説明すればいいかを考えることも上手くできなかった。

さらに十分ほど経ち、とにかく瀧口の容態を確認しなくてはならないと意を決して、着信履歴の一番上にある瀧口の妻の電話番号をタップする。

呼び出し音が大きく感じられた。一度は治まっていた動悸が再び激しくなり、口の中が渇いていく。

三コール目で繋がった。

「あ、大島先生」

瀧口の妻の声は、昨晩よりは落ち着いているように聞こえた。

「ごめんなさい、昨日は動揺して中途半端なご連絡をしてしまって」

いいえ、と大島は腹に力を込めながら口を開く。

「あの……それでご主人は」

「胃洗浄をしてもらって夜中のうちには意識も回復したんですけど、先生にご連絡できるような時間帯ではなかったので……」

オーバードーズ、という言葉が脳裏に浮かんだ。もしかしたら昨晩の電話で聞いていたのかもしれないが、よく思い出せない。

「あ、管財人面談というのは明日なんですよね？」

瀧口の妻が、ハッとしたように言った。

「すみません、ちょっと明日までに行ける状態になるかどうかわからないんですが」

「いえ、それはこちらで日程を調整しますので気になさらないでください」

大島は答えてから、違うだろうと自分を叱咤する。今口にすべきなのは、そんなことではない。

あの、と勢いを込めて出した声が裏返った。

「本当に申し訳ありません」

スマートフォンを強く握りしめ、背中を深く丸める。

「私が未熟なせいで、瀧口さんを不安にさせてしまって……」

「ああ、いえ、そんな」

瀧口の妻は困惑したように言い、「こちらこそ、先生にはご迷惑をおかけしてしまって」と続けた。

「元々いろんなことを気に病みやすい人ではあるんですよ。息子からも、もう奨励会はやめるからって言われたみたいで、そんなことを言わせるために今まで頑張ってきたわけじゃないって……今死ねば保険金が息子に下りるはずだからってそれしか考えられなくなってしまったみたいで」

——保険金。

足元から、冷たいものが這い上がってくるのを感じた。

たしかに、瀧口が加入していた生命保険は掛け捨て型だったため、解約されていなかった。受取人は息子で、死亡保障額は三千万円。

それでも大島は、自殺未遂をしたと聞かされてもなお、保険金のためだとは思いもしなかった。現在の保険法では被保険者が自殺した場合は保険金を支払う責任がないと定められているし、そもそも、そんな選択をしなくて済むように自己破産という制度があるのだ。

だが考えてみれば、瀧口が生命保険に加入したのは十年以上前のことで、自殺免責特約期間もとうに過ぎている。

「あら？」

ふいに、瀧口の妻が声のトーンを変えた。

「もしかして大島先生、こちらに来てくださってます？」

驚いたように言われ、大島は顔を上げる。駅のアナウンスが駅名を告げていた。

瀧口の妻は「わざわざすみません」と恐縮した声を出す。

「あ、そうしたらちょうど私たちもこれから面会に向かうところだから、駅まで迎えに行きますよ」

え、と大島は慌てて立ち上がった。

「そんな、もしお見舞いにうかがってもいいのでしたら直接病院にうかがわせていただきますので」

しかし瀧口の妻は「また山形駅に着いたらご連絡しますね」と言って、電話を切る。

大島はスマートフォンを呆然と見下ろした。

電話が繋がるなり罵倒されることも覚悟していた。けれど瀧口の妻はまだ夫から詳しい話を聞いていないのか、こちらを責める様子がまるでない。

大島は事務所に電話を入れて駅ビルで見舞いの品を買い、改めて瀧口本人への謝罪の言葉を考え始めた。

二十分ほどして電話が鳴り、指示された場所へ向かうと、ロータリーに滑り込んできた臙脂《えんじ》色のミニワゴンからクラクションが響く。

大島は後部座席に乗車し、やけに硬いシートベルトに苦戦しながら何とか締めた。

「息子の太一です」

瀧口の妻が助手席を示して言い、大島は「どうも、弁護士の大島です」と助手席に向かって会釈をする。

二十歳だという息子は、想像していたよりも随分幼く見えた。Tシャツとジーンズという服装もあるのかもしれないが、中学生だと言われても納得しそうなほど線が細い。

けれど、奨励会には少なくないタイプだった。将棋のことしか考えずに生きてきた者特有の、奇妙な浮遊感がある。

太一は銀縁メガネの奥の目を伏せたまま、じっと黙り込んでいた。

「東京はまだ暑いんですってね」

瀧口の妻が、ハンドルを切りながら話しかけてくる。

大島が「そうですね、こちらは思っていたより涼しくて」と答えると、「東京から来た方はみなさんそうおっしゃるのよ」といやに弾んだ声で言った。そのまま妻は、山形には何時に着いたのか、新幹線は混んでいたか、弁護士の仕事は大変か、休みの日には何をしているのか、と矢継ぎ早に質問を重ねてくる。

その姿は、ショックと緊張が混ざり合った結果として奇妙なテンションになってしまっているようにも、こちらから出金の件を切り出されるのを恐れているようにも見えた。

だが、もはや大島は、彼女を問い詰める気にはなれない。

たとえ嘘をつかれているのだとしても、そうせざるをえないよほどの事情があるのだろうという気がした。彼女としても、免責不許可になってしまうことだけは避けたいに決まっているのだから。

訊かれたことだけに答えを返していくうちに病院に着き、瀧口の妻が面会手続きをする間、大島は太一と二人で待つ形になった。

黙ったままでいるのも気詰まりに感じて「こちらへはいつ？」と尋ねると、太一は「昨日の夜」と短く答える。今は話しかけない方がいいだろうかと大島が口を噤んだ途端、「お母さんから、電話が来て」と続けられた。

「ちょうど、アパートに帰ったところで電話があって、悪いけどまた戻ってきてって」

ぽつぽつと付け加えられた散漫な説明に、大島は頭の中で情報を整理する。

「また、ということは、昨日実家から東京に戻ってすぐに連絡を受けて、とんぼ返りで再びこちらへ来た、と？」

「あ、そうです」

「それは」

大変でしたね、と続けようとした言葉を呑み込んだ。エントランスへ目を向けると、ほとんどのベンチが一見するとどこが悪いのかわからない人たちで埋まっている。

「帰れって言われたんです」

太一は、つぶやくように言った。

「おまえは何も心配しなくていい、こっちじゃパソコンがないから研究できないだろう、早く戻って勉強しろって」

大島は一拍遅れて、昨日実家から帰ろうとしたときの話かと理解する。

瀧口が言いそうなことだなと思った次の瞬間、瀧口がその直後に自殺を試みたのだという事実に思い至った。

瀧口は、どんな思いで帰っていく息子の姿を見送ったのだろう。

そして、父親の自殺未遂の報を受けて、太一はどんな感情を抱いたのか。

太一は、虚ろな目で宙を見ていた。大島はかける言葉が見当たらず、足元に視線を落とす。

やがて瀧口の妻が戻ってきて、面会者と書かれたシールを手渡された。大島がスーツの胸に貼りつけている間に、二人は歩き始める。

大島は、なかなか後に続くことができなかった。


エレベーターで三階へ上がり、ナースセンターの脇を抜けて二部屋通り過ぎたところに、瀧口の病室はあった。

大島は菓子折りの入った紙袋の持ち手を握りしめ、考えてきた謝罪の言葉を懸命に脳内でなぞる。シミュレーションを終えるよりも早く瀧口の妻が引き戸を開け、「あなた」と呼びかけた。

「大島先生が来てくださったけど、今大丈夫？」

ああ、とかすれた小さな声がする。けれど閉じられているカーテンが開く様子はなく、数秒して瀧口の妻が開いた。

現れた瀧口の姿に、大島は言葉を失う。

入院着に身を包み、手首に点滴の管をつけた瀧口は、痛ましいほどにやつれていた。前に打ち合わせで会ったときよりも格段に白髪が増えており、この姿が自殺未遂によるものだけではないことを表している。

こんな状態の人を追い詰めたのだと思うと、みぞおちを強く押されているような重苦しさを感じた。電話ではわからなかったというのは言い訳に過ぎない。自分は、瀧口が鬱病だと診断されていることも知っていたのだから。

ただ、何となくよくある診断書商売のようなものだと考えていたのだった。厳密には鬱病とは言えない症状でも頼めば診断書を出してくれる心療内科は少なくなく、以前大島が労働訴訟を担当したときにも、それで診断書を用意してもらったことがあった。だから、診断書は出してもらえそうかと尋ねて「鬱病のなら」と答えた瀧口の言葉も、そういう意味として受け取ってしまっていた。

大島は喉を上下させ、あの、と口を開く。

だが、このたびは、と続けかけた瞬間、こちらを向いた瀧口が目を見開き、「おい！」と妻へ向かって声を荒らげた。

「太一には連絡するなと言っただろう！」

「ちょっと、あなた」

妻が慌てたように瀧口に腕を伸ばす。瀧口はその手を振り払い、息子から顔を背けた。

「おまえは何も気にしなくていいんだ。大丈夫だから早く戻って勉強しろ」

先ほど、太一の口からも耳にした言葉だった。

自死を決意した瀧口が、息子に告げたという言葉。

瀧口は唸りながら頭を掻きむしった。数秒して動きを止めると、長く息を吐き出し、乱れたままの頭を上げる。

「大島先生、すみません」

いえ、と返す声が喉に絡んだ。

言おうと思って準備してきたはずのセリフが、すべて消えてしまっている。

「メルカリの件なんですけど、本当に何のことだかわからないんですよ」

瀧口は、ひどくしわがれた声で言った。

「私も妻もまったく心当たりがないんです。それでも免責不許可になってしまうんですか」

「瀧口さん、」

「自己破産までして借金が残るなんて最悪じゃないですか！」

再び唐突に激昂し、ベッドを拳で殴り始める。

「何でこんなことになったんだ！　何が悪かったんだ！　俺はいつだって真面目に……」

言葉が途切れてうめき声が混じった。身体を小さく縮め、ハッとしたようにベッドの上に座り直して大島に向かって土下座をする。

「申し訳ありません申し訳ありません見捨てないでください。お願いします。頑張りますから、次こそ上手くやりますから」

ひゅっと息を呑む音が、太一の方から聞こえた。

大島は何も言えないまま、強張った首を動かして音の方へ顔を向ける。

太一は、青白い顔で唇をわななかせていた。腹の前で、すがりつくように握り合わされている右手と左手が、塊となったまま細かく震え始める。

震えはみるみるうちに大きくなり、やがて太一はその場に膝をついた。

「……ごめんなさい」

「太一！」

瀧口の妻が飛びつくように息子の肩を抱く。

「そうじゃないのよ。あなたは何も悪くないの。子どもの夢を応援するのは親の務めなんだから」

太一は激しく首を横に振った。顔が、見えない力で握りつぶされたように歪む。

「僕がやったんだ」

絞り出すような声音だった。

「僕が、パソコンを売って、お父さんの口座に……」

ガン、と後頭部を殴られたような衝撃に、大島は息を詰める。

――まさか。

ほんの一瞬、頭が思考を進めることを拒絶した。しかし、考えてみればそれしかありえなかったのだという考えが、自動的に落ちてくる。

息子のアパートには売れば高額になるだろう約百万円のパソコンがあった。そして、瀧口にも妻にも心当たりがない以上、他にキャッシュカードを持ち出せたのは、息子しかいない。

来客はなかったと聞いたとき、大島は夫妻しかキャッシュカードを使うことはできなかったはずだと考えた。

だが、息子は、客ではない。

ああ、と瀧口が顔を歪める。

「おまえも不安になったのかもしれないが……」

「違うんだよ」

太一が、泣きじゃくりながら瀧口の言葉を遮る。だって、と続ける声が嗚咽に呑み込まれた。

太一はもう一度、だって、と繰り返す。

「倒産したってだけじゃ……あきらめさせてもらえないから」

今度は、先ほどよりも衝撃がなかった。

そのことで、大島は認めざるをえなくなる。

自分は太一が話し始めた時点で、既に何が理由だったのかを理解していたのだと。

大島自身、奨励会をやめようと心に決めてからも、なかなか親には言い出せなかった。失望されるのが怖かった。自分のせいじゃない形であきらめることができればいいのに、と心のどこかで思っていた。それなら自分が責められることもないし、いつか後悔することになっても誰かのせいにできるのに、と。

免責不許可だけは避けたい――それは、誰にとっても当たり前の話だと思っていた。

だが、そうではなかったのだ。

大島は、特に禁止事項については家族によく説明しておくようにと念押ししていた。だから太一が、パソコンを売って得たお金が口座に入金された上でなくなれば問題になると知らなかったわけがない。

むしろ太一は、知っていたからこそやったのだ。

奨励会をやめる理由を作るために。

僕はもう無理だよ、と太一は言った。

「僕は、次も……上手くやれない」

次こそ上手くやる。おそらく太一は、昇段を逃すたびにそう口にしてきたのだろう。

今期はだめだったけれど、次こそは――大島も、親に対して何度も言った言葉だった。

期待に応えられなかったことが申し訳なくて、恥ずかしかった。次の期の見通しなんて少しも立っていないのに宣言せずにはいられなかったのは、未来に先送りしなければ今が保《も》たなかったからだ。

守れない約束ばかりが積み重なり、回数が増えるごとに一つ一つがどんどん薄っぺらくなっていった。けれど、もはや穴が空きそうなほどに薄くなったそれを、両親は何度でも信じ続けた。

ぐらりと地面が傾くのを感じた。一瞬地震かと思ったが、誰も反応せず、ベッドサイドに垂れ下がったナースコールボタンのコードも揺れていない。

自分には、もっと早く気づけたはずだった。

だって、自分は知っていたのだ。

奨励会をやめる決断をするということがどういうことなのかも、二十歳を過ぎても棋士になれていないという事実が意味することも。

だが、通帳を見ても、瀧口から話を聞いても、太一の本心は想像することさえできなかった。

なぜなら自分は、そこまでしなくても、あきらめることができたからだ。

かつて、あきらめ方がわからないだけだと言う芝に、大島は『俺はわかるよ』と言った。

『逃げるのかよ』と言われ、『そうだよ』と答えた。

俺は逃げる、と。

日にちを再設定して行われた管財人面談は、問題なく終わった。

四十二万円は太一の一人暮らしのアパートに丸ごと保管されており、それを事情を説明した上で破産財団へ組み入れてしまえば、特に深く突っ込まれることもなかった。

免責許可決定が下りるのはまだ少し先だが、管財人からも特に連絡は来ていない以上、不許可になるようなこともないだろう。

大島は業務を終えて事務所を出ると、駅までの道を歩きながらスマートフォンを操作して三段のリーグ表を開く。

太一の奨励会人生最後の日には、黒星が二つ並んでいた。

退会を決めて不戦敗を選び、当日は将棋会館へも行かず実家で過ごしたという太一が、その一日をどんな思いで過ごしたのかは、大島にはわからない。

大島は最終日当日、普段通りに仕事をしていた。退会が正式に決まった同期たちに連絡をすることもなく、ただ彼らが言っていた、おまえ奨励会の何を知ってんだよという言葉を、ぼんやりと思い返していた。

目の前で言われたときには、くだらない線引きだと感じた。そんなふうにマウントを取らなければ自我を保てないのか、と侮る気持ちもあった。

けれど今は、そうなのかもしれないな、と静かに思う。

たしかに自分は、奨励会のことを本当に知っているわけではないのかもしれない。

大島は駅のホームに立ち、奨励会のリーグ表を閉じた。ライブ中継アプリで、芝の十三日ぶりの対局を選ぶ。

現局面は、もう終盤のようだった。大島はあえて初手まで遡ってから、一手ごとに短く添えられた解説を読んでいく。

中盤に差しかかったところで、芝五段としては珍しい奇手、というコメントを見つけた。研究の一手か、と評されているものの、そこで評価値が大きく下がっている。

大島自身には、いつもの芝とどう違うのかは判断がつかなかった。

だが、終盤まで進んでようやく、大島も微かな違和感を覚える。何だそれは、と思うような手がいくつもあった。

何となく、ここ最近の芝とは違う指し方な気がする。

こいつは、何を考えているんだろう。

ふいに、そんな疑問が頭に浮かんだ。

もう何年も、芝に対して抱くことなどなかった思いだった。

なぜなら、芝が考えていることは大体わかると思っていたからだ。

芝が使う将棋界の論理は自分だって知っているもので、こちらの世界を知らないのは芝の方だと思っていた。

自分は両方経験してわかっているけれど、将棋の世界の外に出たことがない芝は、その小さな世界の論理がどれほど特殊で歪なものなのかを知らない。

社会のほとんどの人間が将棋になど興味がなく、棋力を言われてもピンと来ず、誕生日を普通にめでたいものとして認識することも、夢を叶えられなくても人生は続くことも、想像すらできない。

だから大島も、芝に対して自分の話はしなくなった。最近どうなのと訊かれても、福江の話でごまかしながら思っていた。

話したところで、どうせおまえにはわからないだろ、と。

手の中の画面が動き、芝の投了で対局が終わった。

大島は中継アプリを閉じ、ＬＩＮＥを開く。

浮かんだ言葉は一つだけだった。

それは、挨拶でもあり、慰めの言葉でもあり、敬意を込めた励ましの言葉でもあった。

奨励会にいた頃、芝と互いに最も多くかけ合ってきた言葉。

だが、大島は奨励会を退会して以降、芝に対しては一度もかけたことがない。

断られるかもしれないと思った。今の芝と自分では勝負になるはずもないし、突き放された距離が余計に目立つだけだろう。

それでも、大島は芝へ送る文面を打ち込んだ。

震える指で、送信する。

〈将棋指そうぜ〉

女の戦い
綾崎 隼

1

小学五年生の女流棋士が誕生した。

十歳と十一ヵ月、史上最年少の女流棋士である。

宣伝文句としても、この上なく派手な肩書きと言えるだろう。それを分かっているから、日本将棋連盟も大仰な記者会見の舞台を用意した。

棋界の未来を担うスター候補の誕生なんて、いつだって喜ばしい話題に違いない。

しかし、艶やかな着物を纏い、金屏風の前で祝福される彼女を見て、私は怒りを覚えてしまった。腸《はらわた》が煮えくりかえっていた。

最年少記録を更新した少女である。同じ年齢だった頃の私より、きっと、彼女の方が強いだろう。ゆくゆくはタイトル戦にも登場するかも知れない。

悟性も、理性も、辿り着くべき感情を明示している。

しかし、私は素直に祝福が出来なかった。

考えてしまうから。低劣な僻《ひが》みと自覚しながら、恨みと嫉《ねた》みを振り払えないから。

女流棋士は対局料や賞金をもらう立派なプロだ。けれど、件《くだん》の少女は、研修会で、研修生として、B1クラスに昇級したに過ぎない。奨励会6級への編入条件すら満たしていない。

そう、プロなのに、今はまだ、奨励会で研鑽を積む私に、素人の女に、勝てないのだ。

女流棋士のすべてが弱いとは言わない。トップ・オブ・ザ・トップであるタイトルホルダーたちは、棋士とも対等に戦える。少なくとも女流名人や女王は、現在の私より遥《はる》かに強い。ただし、そんな女流棋士は一割にも満たない。

どうして彼女たちより強い私が、「女流棋士」ではなく「棋士」になりたいと願ってしまった私たちばかりが、こんなにも歯がゆい思いをしなくてはならないのだろう。


倉科朱莉《くらしなあかり》、二十歳。

私は、日本将棋連盟のプロ棋士養成機関、新進棋士奨励会に所属する数少ない女性の一人であり、現在の段位は初段だ。

報われる保証がない道をゆくのは、きつく、苦しい。

十四歳の時分に中学生将棋名人戦で優勝し、奨励会に入会した日から、もう六年間も、こんな愚にもつかない葛藤を続けている。

当時の私には、女流棋士になるという選択肢もあった。しかし、棋士になりたかったから。それが、父の破れた夢だったから。勇気一つを胸に、鬼の巣に飛び込んだ。性別を理由に高貴な挑戦から逃げることはしたくなかった。

奨励会では受験する級位を選ぶことが出来るものの、満十五歳以下の者は大抵、6級から闘いの日々をスタートする。6級と聞くと大したことがないように聞こえるが、アマチュアの段位で言えば、三、四段の実力者だ。さらに言えば、6級の入会試験であっても、女流棋士になるよりはハードルが高い。

5級、4級、3級と、歩みは遅くとも、着実に昇級を繰り返してきた。

絶不調に陥り、降級を経験したこともあったけれど、もう無理かもしれないと諦めそうになったことも一度や二度じゃないけれど、必死に歯を食いしばって、くらいついてきた。

規定では、棋士になるまでの壁は残り三つである。

現在戦っている初段、次の二段、そして、最後の難関である三段リーグ。それらを突破し、四段になれれば、晴れて私は「女流棋士」ではなく「女性棋士」となる。

満二十一歳の誕生日までに初段にならなければならないという、最初の年齢制限はクリアした。四段になるための年齢制限は原則二十六歳だから、チャンスはあと六年だ。

可能性はある。夢に挑戦するための時間は、まだ、たっぷりと残っている。

諦めるには、見切りを付けるには、早過ぎる。

とはいえ、真の問題は、葛藤の最たる原因は、制限時間ではなかった。

棋力が上がれば、大人になれば、周囲との実力差が嫌でも浮き彫りになる。

私は奨励会の中で年長者ではないけれど、もう若年でもない。既に年下の棋士が何人も生まれている。本当に実力がある者は、棋士という選ばれし職業につける天才は、二十歳にもなれば、才能の片鱗を開花させている場合が多い。

つらいのは、苦しいのは、期待するほど勝てないからじゃない。誰よりも私自身が、己の限界に気付くことに、思い知らされることに、怯えているからだ。


私は、元奨励会員である父の影響で、将棋を指すようになった。

挫折による苦々しい気持ちを消化出来ないからか、奨励会を退会した者は、将棋から完全に離れてしまう場合も珍しくないらしい。しかし、父は逆だった。夢を諦めた後も趣味で指し続け、棋士たちの活躍を一人のファンとして熱心に応援していた。

「元奨」である父は、残酷と言って差し支えない奨励会の仕組みについても、よく理解している。だからこそ、娘が女性であるが故に葛藤していることに、早くから気付いていた。

お前の方が強いからと、将棋そのものについては、もうほとんど何も言ってこない。ただ、人生の先達《せんだつ》として、負けが込み、惑い、迷う私に、ある日こんなアドバイスをくれた。

「信じている人の言葉を信じなさい」

正直、何の役にも立たないアドバイスだと思った。

私にも師匠や兄弟子はいる。しかし、すがるほどの深い繫がりや絆はない。親友もいないし、棋界の内外を問わず、甘えられるほど慕っている人もいない。そもそも信じている人が、私にはいなかった。

研修生や奨励会員を「夢追い人」なんて表現すれば、美しく、ロマンティックだ。体裁も保てる。しかし、どんな天才も、棋士になるまでは、ただの人である。

学生か、アルバイトか、無職か。基本的にプロフィールはそのどれかになる。就職し、会社勤めを続けながら挑戦を続けている奨励会員なんて、ほとんど聞いたことがない。

私は十八歳の春に、自宅から通える国立大学に進学した。そして、特に興味を惹かれるわけでもない講義に日々、耳を傾けながら、二足のわらじを履く生活を続けている。

奨励会には学業と将棋を両立している人間も、そうではない人間もいる。

私は恐らく前者だが、強くなるのは、成長が早いのは、どうしたって後者のタイプが多い印象だ。統計を取ったわけでもないし、真実は違うかもしれないけれど、そうとでも思わなきゃ精神の安定を保てない。

夢を追うと同時に、平易な日常をも真面目に生きる自分は、器用なのだろうか。それとも、不器用なのだろうか。考えれば考えるほどに分からなくなる。

私は将棋が好きだ。何を犠牲にしてでも棋士になりたいし、夢を叶えられない人生なんて、想像するだけで目の前が真っ暗になる。ただし、学生を続けている時点で、逃げ道を手にしている時点で、人生のすべてを捧げているとは、多分、言えない。これ以上ないくらい努力しているつもりだが、それでも、大きく何かが足りていない。

中途半端だ。吐き気がする。

心は、目標は、こんなにも明確なのに、どうして私は半端者なんだろう。

冷房の良く効いた閑散とした学食で、一人、定食を口に運びながら、昨日の対局を思い出していた。

例会で久しぶりに四連勝を飾ったとはいえ、午後の一局は、相手のミスで拾った勝利だったように思う。同じ轍《てつ》を踏まないために、何故あそこまで序盤で悪い形になったのか、きちんと分析しておいた方が良い。

宙に将棋盤を思い浮かべながら、黙々と箸を動かしていく。

大学の構内で一人きりでいることに、寂しさは感じない。

盤上に性差はないものの、競技人口に比例するように、棋界では女性が圧倒的に少数派だ。孤独を覚えるのは、むしろ奨励会にいる時の方である。同じ目標を持つライバルたちに囲まれているはずなのに、自分だけが何処か違うと感じてしまう。男性の彼らと、同じ駒に触れ、同じ盤の前に座っているのに、疎外感を覚えてしまう。

「倉科さん。食事中にごめんなさい。今、少しお話し良いかな」

目の前のテーブルに、同じ日替わり定食が載せられたお盆が置かれ、長髪の男子生徒が椅子を引いて座った。

「去年もお話しさせて頂いた広告研究会の者です」

「覚えています」

「本当？」

「はい。田淵《たぶち》さんですよね」

「名前まで覚えていてもらえたなんて嬉しいな。ちょっと喋っただけだったのに」

別にあなたに興味があったわけでも、覚える必要があったわけでもない。ただ、あの時のあなたがしつこくて、悪い意味で印象に残っていただけだ。

田淵さんは留年していなければ、今年、四年生。浪人していないなら二つ年上で、同学部の先輩に当たる。

「だとしたら、もう用件にも気付いている？　今年こそ、ミスキャンパスにエントリーして欲しくて。どうかな？　二年生になって大学にも慣れただろうし、去年とは気持ちも立場も変わっていると思うんだけど」

「すみません。答えは変わらないです」

田淵さんが着ている綿ニットのシャツは、一年前に私に話しかけた時と同じものだ。

彼のことは構内でも時折見かけることがあるが、いつも同じ服を着ている印象はない。つまり、これが彼にとっての勝負服ということだろうか。それとも、単に偶然だろうか。去年と同じ服を着て私に話しかけているなんて、きっと、意識もしていないだろうけれど。

「そこを何とか。頼むよ！　考えてみてくれないかな」

意図的かどうかは分からないが、周囲にも聞こえるほどの声で懇願されてしまった。

「どうして私なんですか？」

「それは鏡を見れば分かるでしょ」

私は去年、そのミスコンだかミスキャンパスだかに選ばれた学生が誰かも知らない。微塵も興味がないからだ。ただ、あまりにもしつこく勧誘されたこともあり、コンテストのシステムについては調べていた。

自薦、他薦で応募された人間の中から、実行委員が五人を選ぶ。その後、学園祭当日、実際のステージを見た観客の人気投票で、最終的なグランプリが決まるらしい。

「これはここだけの話にして欲しいんだけど、倉科さんがエントリーしてくれるなら、絶対、最終の五人に残すから」

「それ、不正じゃないんですか？」

「いや、むしろ逆だよ。全学生の中で、他薦の票は君に一番入っているんだ。集計期間はもう少しあるけど、大量に組織票が入らない限り逆転はない。去年もさ、倉科さんは女子の他薦でトップスリーに入っていた。だから、もう本当に、君にエントリーしてもらえないと、実行委員としても立つ瀬がなくて」

両手を目の前で合わせ、田淵さんが頭を下げる。

「やめて下さい。私が悪いみたいじゃないですか」

「これもさ、この話題の中なら褒め言葉になると思うから言うんだけど。倉科さん、友達は多くないでしょ。構内でも一人でいることが多いよね。他薦の票って、何だかんだ言ったところで、友人票が大半なのよ。でも、君が友人にそんなことを頼んでいるとは思えないし」

当たり前だ。見た目にまつわる虚栄心なんて、この世で最も低俗な感情の一つである。そんなみっともないことをするくらいなら、舌を噛み切って死んだ方がマシだ。

「お願い。俺の顔を立てると思って、考えてくれないかな」

わざわざ口に出したりはしないけれど、私があなたの顔を立てなきゃいけない理由が、何処にあるというのだろう。

人前に立つのが苦手なわけじゃない。私だって人並みにお洒落をするし、美容室ではうるさいくらいに注文をする。でも、それはすべて、将棋盤の前で胸を張れる自分でいるためだ。

棋士は、人々に将棋を見て頂くことで、お金を得る。

プロになれば、なれれば、多くの観客の前で笑顔を振りまくことになる。きっと、私はそんな自分に嫌悪感を抱くこともないはずだ。棋士とは憧れの存在であり、期待に応えることもまた、仕事の一環だからだ。

しかし、これは違う。私は名も無き奨励会員であり、希少種の女性であるという以外に、際立った個性もない。

今もインターネットの海には、中学生将棋名人戦で優勝した時の写真が残っている。次に上がる写真が、ミスキャンパスだったら、どうなる？

将棋で結果を残せていない人間が、特に努力をしたわけでもないのに、容姿を褒められて、祭り上げられる。

耐えられない。そんな惨めな目立ち方、耐えられるはずがない。

「田淵さん。お互いのために、はっきり言います。私はミスコンには出ません。来年も、再来年も、何があっても、たとえ親を殺されても」

「どうして、そんな……」

「見た目で注目を浴びるなんて耐えられないからです。学園祭を盛り上げるために、皆さんが一生懸命、活動していることは知っています。でも、人を容姿でジャッジする祭りに、私は絶対に協力しません」

2

基本的に奨励会では月に二回、例会と呼ばれる対局がおこなわれる。

有段者は午前と午後、一日に二局だ。

先日の四連勝で、私は直近の成績が十二勝五敗となった。初段から三段に至るまでの昇段点には五つのパターンがあり、本日の例会で二連勝すれば十四勝五敗となるため、晴れて二段への昇段が決まる。逆に一敗でもすれば、条件は十六勝六敗に、連敗すれば十八勝七敗が次の目標となる。いずれにせよ、数ヵ月単位で後退することは避けられない。

夏休みに入り、思う存分、研究に時間を使うことが出来ている。

本日の対局相手は、午前が二十四歳の二段、午後は初段に上がってきたばかりの中学二年生だ。奨励会で難敵となるのは、往々にして年下である。午前の対局相手とは何度か戦ったことがあるし、相性も悪くない。怖いのは、勢いに乗る遥か年下の中学生の方だろう。

連勝が続いたことで、久しぶりに自信を取り戻せているからだろうか。

今日の私は冴えていた。

早くから勝ち筋が見えたし、敵の奇抜な応手に惑わされることもなかった。

中盤以降、驚くほど一方的な展開となっている。

形作りどころの話ではない。私が逆の立場なら、とっくの昔に投了している。

あなたは仮にも奨励会二段だ。もう形勢が決していることは分かっているだろう？

持ち時間をどう使おうと自由だが、どうして無駄に粘るのだろう。さっさと終わらせ、午後の戦いに備えて少しでも休んだ方がお互いに良いはずだ。

どう考えても逆転なんて不可能なのに、彼は残っていた三十分の持ち時間を、たっぷりと最後まで消費した。それから、

「あんたさ、東大なんだろ？」

鼓膜に届いたのは「負けました」の一言ではなかった。

この人は対局の真っ最中に何を言い出したのだろう。

「こんなこと、いつまで続けんの？」

意味が分からない。まさか見落としているだけで、こっちに詰みがあるのか？

いや、そんなわけない。そもそも王手をかけているのは私だ。

いつまで続けるつもりなのかは、こっちの台詞《せりふ》である。

「負け惜しみにしか聞こえないかもしれないけど、あんたじゃ無理だろ。この程度の実力で棋士になれるわけがない」

「……これ、感想戦ですか？　まだ投了していませんよね」

「ガキじゃねえんだ。言わなくても分かるだろ」

その瞳には、怒りも、悔しさも、滲んでいない。彼の顔から一切の表情が消えていた。

この人、こんな人だったっけ。

「私の勝ちで良いんですよね？」

「それ以外にないだろ。あんた、いつまで奨励会にいるの？　時間の無駄と思わないわけ？」

「失礼します」

どうして絡まれているのかも分からないが、感想戦をする気がないのであれば、これ以上、喋ることなどない。それこそ時間の無駄だ。

駒を片付け、立ち上がると、

「女は良いよな。逃げ道があってよ」

聞き捨てならない台詞を吐かれた。

「どういう意味ですか？」

「大学を卒業するまでは奨励会員か？　それとも二十六歳まで続けるのか？　女は二十代半ばまで遊んでいたって困らないもんな。女流棋士になりゃ良いだけだ」

「私が遊んでいるって言いたいんですか？」

「事実そうだろ。逃げ道のある人間が、命を賭けていますみたいな面《つら》してんじゃねえよ」

「君、ちょっと来なさい」

そこで、ようやく外野からストップがかかった。不穏な空気に気付いた、幹事の棋士が止めに入ってくれたのだ。

半ば連行されるように腕を引かれる彼の姿を見つめながら、腹立たしさと、それを上回るやるせなさを感じていた。

善意で解釈したいが、さすがに無理である。どう考えても、私は理不尽な言葉を吐かれた。あんなこと、赤の他人に言われる筋合いはない。

だが、真に悔しいのは、告げられた言葉を全否定までは出来ないことだった。皆、口に出さないだけで、女性の奨励会員と戦う時は、多かれ少なかれ似たようなことを思っているに違いない。男性の奨励会員は四段になれなければ、積み重ねた努力がすべて無駄になる。努力賞のように別の道が用意されているわけじゃない。

対照的に、女性の奨励会員は、退会時に希望すれば、百パーセント、女流棋士になれる。最下層の6級で退会してもだ。

2級以下で退会した女性は一律で女流2級になり、1級以上で退会した女性は、そのまま退会時の段級位で資格を得ることが出来る。つまり、今の私であれば、望めばすぐに女流初段になれるのだ。

彼が言ったように、女性にのみ逃げ道が残されている。逃げ道なんて屈辱的な言葉、絶対に使って欲しくないし、認めたくもないけれど、事実としてはその通りだ。

両親は私の進学を手放しで喜んでいた。父も母も、当座、私に就職する気がないことを知っているが、それについて心配されたことも、愚痴を零《こぼ》されたこともない。棋界の仕組みを、よく知っているからだろう。

娘は夢に破れても、その道で生きていける。何なら今は女流棋士の世界も整備されているから、タイトルに手が届くレベルまで成長出来れば、棋士になるより遥かに高い収入を得られる可能性すらある。

そう、私は、将来に不安を覚える必要がない。皆に、そう思われている。

だけど、頼むから誤解しないで欲しい。これは、心の持ちようというのは、そんなに単純な話ではないのだ。

私の夢は棋士になることであり、叶えられなければ、奨励会で散っていった男性たちと同じように、傷つくし、絶望する。

信じてもらえないかもしれないけれど。

男には理解してもらえないかもしれないけれど。

私は、倉科朱莉は、そういう人間なのだ。


相対的に順位が決まる三段リーグと違い、二段までは己の勝敗だけが、昇段、降段の根拠となる。同じ相手と連続して対局することなどないし、他者を貶めても、このレースで有利になることはない。

彼は私の足を引っ張りたかったのではなく、単に八つ当たりがしたかっただけだ。先行きの見えない将来に不安を募らせ、ストレスに潰され、口にすべきではない言葉を、弱そうな女を相手に吐いた。きっと、それだけの話なのだろう。

この程度のトラブルで感情をかき乱されていたら、棋士になんてなれるわけがない。

理屈では分かっていた。メンタルをコントロールすべきことも理解していた。

しかし、人は、私は、弱い。

午後の対局が始まっても、怒りと動揺を振り払えていなかった。

午前に覚えた全能感が嘘のように、六学年も下の中学生に惨敗してしまった。

二段昇段に王手をかけていたのに、あとたった一勝だったのに、これで十三勝六敗になってしまった。

次の目標は十六勝六敗である。三連勝出来れば最短一ヵ月後の昇段も有り得るが、自分の棋力は自分が一番よく分かっている。そんなに都合良くいくとは限らない。

歩けば、努力すれば、確実にゴールが近付く競技ではない。失敗すればしただけ、この苦険しい道のりは延びていく。

最悪の場合、一年、二年と、初段で足踏みをすることも考えられる。

二十代になって、調子を落としてしまったら……。

予期せぬ病気で、長期の欠場なんてことになったら……。

万が一、降級なんてことになったら、今度はもう……。


畜生。人のせいにしちゃ駄目なのに。

言い訳したって現実は変えられないのに。

考えてしまう。あいつに、二段で何年も停滞している男に、いちゃもんを付けられていなければ、平生の心で盤面に向かえていたら、今頃、昇段が決まっていたかもしれない。

廊下を歩いているだけで、気付けば、涙が滲んでいた。

私は先日、二十歳になった。両親は祝福してくれたけれど、喜びは微塵も感じなかった。子どもの頃からずっと、年齢制限があるレースを走っているからだ。

いつもなら忘れない内に反省をスマートフォンに綴るのに。

負けを無意味なものにしないために、最大限の努力を払うのに。

駄目だ。足に力が入らない。頭が回らない。

今日だけは何も出来そうにない。

「あ。朱莉さん」

ロビーに出たところで、聞き覚えのある声が背中から届いた。

目元を拭ってから振り返る。

「お久しぶりです。今日は例会ですか？」

目の前に立っていたのは、長瀬《ながせ》京介《きょうすけ》。三歳年下の顔馴染みだった。

「うん。そっちは？」

「取材で呼ばれて」

京介君は、二人の祖父が元棋士、母親は元女流棋士、父親に至っては現役のタイトルホルダーである。冗談みたいな将棋一家で育った少年であり、まさに絵に描いたようなエリートだ。

特別お洒落をしているわけでもないのに、今日もその佇《たたず》まいには品があった。

「背、伸びたね」

知名度という意味でも、実力という意味でも、京介君は私より遥か先にいる。とはいえ、まだ高校二年生。こうして顔を合わせて向かい合ってみれば、可愛いものだ。

「気付いてくれました？　高校に入ってから七センチも伸びたんです」

「前は私とほとんど変わらなかったのにね」

「そうですよね！」

よっぽど嬉しかったのか、満面の笑みを浮かべて、彼は二度、三度と頷いた。

楽しそうな人と一緒にいると、自分も楽しくなってくる。やり場のない怒りに当てられていたはずなのに、彼の顔を見て少しだけ気持ちが楽になった。

「朱莉さんって、この後、予定ありますか？」

「もう帰るだけだよ」

「昔、新宿でハンバーガーをご馳走になったことがあったじゃないですか。頬張れないくらいパテが肉厚だったお店、覚えていますか？」

「そりゃ、まあ」

男の子と二人きりで外食するなんて、私はあれが初めての経験だった。

というか、何であんなことになったんだっけ。

「僕、あの日の味が忘れられなくて。でも、お店が思い出せないんです」

「調べたら分かるから、教えてあげるよ」

スマートフォンを取り出し、操作を始めようとしたところで、

「そうじゃなくて。また一緒に行きませんか？　今度は僕がお金を出すんで」

予期せぬお誘いを受けた。

「別に良いけど。高校生にご馳走にはなれないかな」

京介君は十代では間違いなく最強の一人である。彼が経験してきた世界は、既に私よりも深く、広い。食事をしながらの雑談でも、戦士としての気付きを得られる可能性はある。

正直、彼が相手であれば、断る理由はなかった。


高校生と大学生。

十七歳と二十歳の男子と女子。

同じ九×九マスの戦いに魅入られた同士とはいえ、共通の話題はそれほど多くない。

特に話が盛り上がることもなくハンバーガーを食べ終えたし、あんなに熱望していたのに、それを口にしていた間、京介君の顔がほころぶこともなかった。

お金を出すと言って恰好付けた男の子の面子《メンツ》を潰すのも忍びないが、こちらの支払いが多くなるよう、千円札を二枚取り出すと、

「あ。本当に大丈夫です」

「いや、良いって。私も記録係でお金はもらっているから。自分の分は出させて」

「でも、もう払ったので」

告げた彼の顔が、心なしか誇らしげに見えた。

どうやら私がお手洗いに行った隙に、会計を済ませたらしい。

何処で覚えたのか知らないが、高校生のくせに一丁前なことを。

ご馳走してもらう気なんてなかったわけだけれど、食い下がっても、心意気を無下にするだけだろうか。頑として譲らない京介君に、不本意ながら甘えることになってしまった。

「朱莉さんって銀みたいな人ですよね」

「銀？　突然、何の話？」

「駒で言ったら、朱莉さんは銀だよなぁって」

……どういう意味だろう。京介君がそれ以上言葉を続けなかったせいで、発言の意図するところがまったく分からなかった。

価値で言えば「銀」より「金」だろう。単純に、駒が持つ強さで評価しても、「飛車」や「角」には及ばない。

年上なのに棋力が劣ることを、オブラートにでも包んで、からかわれたのだろうか。

「滅茶苦茶美味しかったですね」

お店を出ると、心なしか高くなったトーンで同意を求められた。

「まあ、ファストフードのチェーン店とは質が違うよね」

「また誘っても良いですか？」

「誘うって何に？」

「ハンバーガーです。実は、ほかにも幾つか気になるお店があって」

学生と奨励会員、二つの立場を持つ私は、それなりに忙しい人間である。ただ、京介君は私よりもさらに多忙なはずだ。

「悪いけど。私、男子高校生と違って、そんなに肉に興味がないんだよね。もっと美味しく食べられる友達を誘った方が良いよ」

「そうだったんですか。じゃあ、何であの時は僕を誘ってくれたんですか？」

「男の子は肉が好きかなって。当たっていたでしょ？」

「はい。それは正解です。あの、朱莉さんは何がお好きですか？　次は朱莉さんの好きな物を一緒に食べたいです」

「いや、ご飯は遠慮しとくよ。私、もう成人しているし、年下の有名人とデートとか、やっぱり体面が悪いもん」

「……そっか。まあ、高校生なんてガキですもんね」

思った以上に落ち込む京介君が、何だか少しだけおかしかった。

だからだろうか。別に同情しているわけでも、未練があるわけでもなかったのだけれど、素直な思いが口から零れて落ちる。

「研究会だったら誘って欲しいけどね」

一瞬で、京介君の顔に笑みが戻った。

「本当ですか？　研究会に誘ったら、来てくれます？」

びっくりするくらい早口で、まるで言質《げんち》でも取るように、再確認された。

「京介君と指せるのに断る人間はいないでしょ」

君はもう少し自分のプロフィールを自覚した方が良いと思う。

京介君自身も世代トップの棋力を誇るが、祖父の一人は数多《あまた》のタイトル獲得経験を持つ元棋士、父は現役の皇将《おうしょう》である。エリート中のエリートで実績も確かな彼が、どんな研鑽の積み方をしているのか、知りたい人間は大勢いるはずだ。

「千明《ちあき》も一緒で良いですか？　最近、研究会はあいつの家でやることが多いので」

千明というのは彼の同い年の親友、朝比奈千明《あさひなちあき》のことだろう。母親が元女流棋士であり、京介君と並び、今後の棋界を牽引していくと期待されている少年だ。

「いてくれるなら、そりゃ、私は嬉しいけど」

歳月の流れは、立場にも、感情にも、変化をもたらす。

率直に言って、私は数年前まで年下の彼ら二人が苦手だった。

もちろん、情けない嫉妬が理由だ。二人とも私より強いから気に食わなかった。

今はもう昔の話だが、あの頃の私は、京介君と千明君を確かに疎ましく感じていた。

「良かったぁ。ありがとうございます！」

「いや、むしろお願いしたいのは私の方でしょ」

「朱莉さん、昔、千明のことを嫌いだって言っていたし、一緒は無理かなぁって」

「そう言えば、そんなこともあったね」

我ながら情けない思い出だった。

朝比奈千明は、私が最も憧れた女性棋士、諏訪飛鳥《すわあすか》先生が唯一の弟子にした人間である。説明するまでもなく、ただの逆恨みであり、彼自身に何か思うところがあったわけではない。

「そのことは忘れて。研究会だったら行きたいから本当に誘って。社交辞令じゃないからね」

「はい。もちろんです！　絶対、誘います。あ。連絡先、交換して下さい！」

3

改めて思い起こしてみても、とても奇妙な一日だった。

夢を叶えるために登っていた階段を、また一つ上がって。次のステージに手が届きかけたのに、冷や水を浴びせられ、動揺を振り払えず、千載一遇のチャンスを逃した。

棋士になるような特別な人間は、きっと、ああいった大一番を何度ものにしていく。それが出来ない人間から、心を折られ、制限時間に首を絞められ、脱落していく。

男だからとか女だからとかじゃない。単純に私が、倉科朱莉という人間が弱いから、棋士になれないのだ。

現実を思い知らされて。何の役にも立たない落ち込み方をして。

もう迷わないと誓ったはずの覚悟を、土台から揺さぶられて。

やっぱり届かないのかもしれないと思い知らされた。

女は、私は、どれだけ憧れても、どれだけ知恵を働かせて努力しても、どうせ棋士にはなれないのだと、また考えてしまった。

それなのに、年下の高校生と馬鹿みたいにでかいハンバーガーを食べて。

認めざるを得ない俊才の彼が研究会に誘ってくれて。

折れかけていた心を、ギリギリのところで立て直せた。

『研究会、次の日曜日はどうですか？　千明は予定があって不参加ですけど、両親が交ざりたいと言っているので、良かったら四人で。うちの家は練馬《ねりま》駅から五分くらいです。』

その日の夜、早速届いた京介君からのメッセージを読み、思わず正座をしてしまった。

京介君の両親もって、長瀬《ながせ》厚仁《あつひと》皇将とも指せるってこと？　そんなの贅沢過ぎる。

『お邪魔して良いの？　厚仁先生にも将棋を見てもらえるってことかな。』

『はい。朱莉さんとは前から喋りたかったって言っていました。』

え、どうしてだろう。面識もないし、思い当たる節もない。数少ない女性奨励会員だから認識してもらえているんだろうか。それとも、奨励会時代にうちのお父さんと指したことを、覚えていてくれたからだろうか。

『でも、母は弱いので。そこは、ごめんなさい。多分、練習にならないと思います。』

『京介君や厚仁先生と比べたら酷だろうけど、さすがに私とは大差ないでしょ。』

引退した時の段級位すら覚えていないが、彼の母は元女流棋士である。老いたといっても素人とは訳が違う。こんなに心躍る約束は久しぶりだった。

間違いなく希代の天才である二人から、少しでも何かを盗みたい。

未来に繋げるための何かを手にしたい。


インターネットで経歴を調べてきたから知っている。

京介君の母、長瀬梨穂子《ながせりほこ》さんは、もうすぐ五十歳だ。それなのに、初めて会った彼女は、三十前後くらいにしか見えなかった。皺や白髪がないという話ではない。肌艶が良く、背筋が伸びた、とてもたおやかな女性だったからである。

男の子の家を訪問するなんて初めてだ。情けなくなるくらい緊張していたのに、梨穂子さんの気遣いのお陰で、すぐに和やかな雰囲気に馴染むことが出来た。そのまま、思う存分、将棋を指すことも出来た。

厚仁先生は梨穂子さんと駒落ちで指しながら、私と京介君の盤面にも目を通し、幾つものハッとするアドバイスをくれた。心理戦のコツみたいな、そんなことまで明かして良いのだろうかと心配になるような内情まで、赤裸々に自らの指し方を説明してくれた。

我が倉科家は、とても仲が良い家族だと思う。父は母を大好きだし、母が父に敬意を払っていることも、私や弟妹たちに十分伝わっている。しかし、そんな私でも羨ましくなるほど、長瀬家の三人は仲が良かった。

将棋が繋いだ絆なのか、彼ら全員が生来そういう温かな人たちなのか。

学び以上に柔らかな感情を頂けた研究会となった。

この貴重な時間を無駄にしたくなくて、一心不乱に三時間は集中していただろうか。

「ケーキとお茶を準備するね」

梨穂子さんが立ち上がると、厚仁先生が再び真剣な顔で盤面を覗き込んできた。

「厚仁さん、手伝って」

「こっちで、ちょっと気になる手が幾つか……」

「良いから。キッチンに一緒に来て」

梨穂子さんは笑顔を崩さず、厚仁先生の手を引っ張り消えて行った。

「どうしたんだろ」

京介君が不思議そうに首を傾げる。

図らずも二人きりになった。気になっていたことを質問するなら今だろうか。

「ねえ、私の棋力、率直に言ってどう思う？」

厚仁先生から適宜アドバイスをもらっているのに、ここまでは連戦連敗だ。

もっと級が低かった頃に、京介君とは例会で対局したことがある。あの頃も完敗だったわけだが、当時より実力差が開いている気がした。

この差はどうして生まれるのだろう。才能の差なのか、それとも、環境や努力の多寡の違いなのか。

「前より怖くなった気がします」

「人間として感じが悪いってことじゃないよね？」

「そんなわけないじゃないですか。あくまでも肌感覚ですけど、ここで踏み込むとやられる気がするなとか、今、守っておかないと崩されるかもしれないなとか、対局中にピリッとする瞬間が増えました」

「それって良いことなんだよね？」

「はい。強い人と指す時だけ感じる本能的な恐怖なので」

「……京介君は私が棋士になれると思う？」

年下にこんな質問をするのは、情けないことだ。でも、彼は若手では群を抜いているから。

彼のことを、彼の将棋を、認めているから。

「正直に言いますね。時間の問題で三段リーグには到達出来ると思います。でも、四段に届くかは分かりません。その期の組み合わせだったり、時々の体調だったり、運の要素も大きいと思うから」

「ありがと。指した直後に、分からないと思ってもらえているのは、自信になるよ」

お世辞なら「なれると思う」と言えば良いのだ。断言が外れても責任を取る必要はない。多分、京介君は本当に、私が棋士になれても、なれなくとも、不思議ではないと感じている。それは、もの凄く光栄なことだろう。


その日、私は長瀬家で夕食までご馳走になってしまった。

固辞する暇もなく、梨穂子さんが四人分の素敵な食事を用意してくれていて、厚仁先生まで誘ってくれたから、お言葉に甘えてしまった。

「僕、送ります」

「良いよ。駅まで五分もかからないじゃない」

長瀬家のマンションは駅近の好立地にある。日が暮れた後に女子が一人で歩いても、トラブルに巻き込まれるような場所ではない。本当に必要なかったのに。

「京介、ちゃんと改札の前まで送らないと駄目だよ」

厚仁先生と共に玄関まで見送りに来てくれた梨穂子さんが、楽しそうに念押ししていた。

「一緒に研究会をすることになったわけだし、また来てくれますよね？」

母の言葉に頷いてから、京介君は心配そうな顔で尋ねてきた。

そりゃ、歓迎してもらえるなら、何度だって足を運びたい。こんなに学びが多い場、これまでの私にはなかった。でも、

「良いのかな。私が得てばかりで」

「そんなことないですよ！」

京介君が食い気味に否定し、

「ＡＩの方が強い時代だ。研究の仕方はそれぞれにあるだろうけど、最後は人間同士の勝負だしな。人との関わりは大切なことだと思うよ」

再び、厚仁先生にまで後押しの言葉をもらってしまった。


一人きりで頑張るのはつらい。苦しい。難しい。

私にも師匠はいるが、先生はあくまでも立場を貸してくれているという感じである。指導を受ける機会もほとんどない。はっきりと告げられたことはないけれど、師匠が早く女流棋士になって独り立ちして欲しいと思っていることも、何となく察している。

続けるのか、見切りをつけるのか。

夢を諦めた後で、悔しさと敗北感を抱えたまま、女流棋士として生きるのか。

迷ってばかりの数年間だった。

本当に、いつも、いつも、頭の片隅で身の振り方を考えていた。

でも、もう少しだけ、京介君たちが付き合ってくれている間くらいは、迷いと決別しても良いんじゃないだろうか。

誰に何を言われても。揶揄されても。頑張るべきじゃないんだろうか。

電車の窓に映る自らの顔を見つめながら、夜の帳《とばり》にそんなことを思っていた。

4

京介君はライバルでもある朝比奈千明と切磋琢磨して、今日《こんにち》まで成長してきたという。

次世代を担う二人の研究会に交ざれるなら嬉しいが、千明君は人を煙に巻くような言動が目立つ男である。単純に、私は彼のように戯れ言が多いタイプが苦手でもあった。

お人好しな京介君はともかく、決して性格がよろしいとは思えない朝比奈千明が、女で、奨励会初段でしかない私を、受け入れてくれるだろうか。

……いや、夢を追うのは、誰のためでもない。自分のためだ。

私自身の個人的な感情など、成長を妨げる夾雑物でしかない。

なりふりなんて構っていられない。恥も外聞もかなぐり捨て、出来ることはすべてやろう。

将棋会館で対局後の彼を待ち伏せしようと決めて。

「千明君。ちょっと待って」

夕刻、概《おおむ》ね予想通りの時間に現れた彼を、一階のロビーで呼び止めた。

足を止めた彼は、私の顔を見ると、何故か小さく鼻で笑った。

「対局、お疲れ様。勝った？」

「いや、負けました。連勝を伸ばすって難しいですね」

「この後、時間ある？　君と少し話したいの。時間を取ってもらえるなら、ご馳走するよ」

「はあ。喋るのは良いですけど、二人でご飯は普通に嫌かな。棋士室じゃ駄目ですか？」

「棋士室だと人がいるよね。出来れば会話を聞かれたくないんだけど」

「じゃあ、事務員さんに空いている部屋を使わせてもらえないか聞いてみますよ。それで良いですか？」

「うん。それなら、もちろん。ごめんね」

こっちだって一緒にご飯を食べたいわけじゃない。

会館の中で話が完結するなら、その方が良い。


事務員の方がここならと教えてくれた部屋に、二人で並んで向かう。

京介君と同様、彼も随分と背が伸びたように思うのは、気のせいだろうか。

「それで話って何ですか？」

当該の部屋に足を踏み入れると、千明君は扉を閉めながら、早速、本題を促《うなが》してきた。

「日曜日、どうして来なかったの？　対局も仕事もなかったはずだよね」

「そんなことが聞きたかったんですか？」

「研究会に私が交じるのが面白くなかった？　君からしたら私とのＶＳなんて無意味かもしれない。でも、厚仁先生がいれば得るものはあるでしょ」

「あなたと指すことに意味がないとまでは思わないですよ。格下から学ぶこともあるし」

相変わらず失礼な男だ。

「じゃあ、どうして？　本当にただ予定が合わなかっただけ？」

「まあ、予定があったっていうのは洒落ですけど、朱莉さんは関係ありません。俺、長瀬家、出禁なんですよね」

「何それ。君、何をしたの？」

そこで一つ、不可解な出来事を思い出した。

「そう言えば、何年か前に妙なことを頼んできたよね。京介君に、千明君と長瀬厚仁先生の方が親子みたいに見えると言って欲しいって」

振り返ってみても、あれは本当に意味不明な依頼だった。当時の私は、中学生が悪ふざけをしているとしか思わなかったし、千明君は最後まで理由を明かさなかった。正直、興味もなかったから、追及もしなかった。

結局、私は、三ヵ月間、研究パートナーになるという彼からの提案をのみ、そのお願いを安請け合いしている。

「覚えていたか。そりゃ、まあ、覚えていますよね」

「どうせ厚仁先生にも軽率な軽口を叩いたんでしょ。一緒に謝ってあげようか？」

親切で申し出てやったのに、露骨に嫌そうな顔をされた。

「必要ないです。と言うか、何でもするので、この件は忘れて下さい。蒸し返されると、ちょっと困るので」

いつも飄々としている彼が、ここまで感情を隠さないのも珍しい。

「殊勝な顔をされると、逆に興味が湧くね。何があったの？　子どもの悪ふざけくらい、真剣に謝ったら許してくれるでしょ」

「あの、本当に、真面目に、これ以上、この話題に触れないで下さい」

「でも、私、君たちの研究会に入れてもらいたいんだよね。京介君は快く受け入れてくれたから、あとは君の出禁が解けないと」

嫌そうな顔を隠しもせずに、彼が一つ、大きな溜息をついた。

「俺が欠席したのは、長瀬家との問題だけが理由じゃないですよ」

「じゃあ、どうして？」

「薄々、分かっているでしょ。俺は空気を読んだんです」

「何の話？」

「それ、わざわざ言わせますか？　面倒くさいな。女性は」

意味が分からなくて問い返しただけなのに、呆れ顔で嘆息された。

「性別は関係ないでしょ。もったいぶらないで教えてよ」

「じゃあ、言いますけど。京介の恋を応援しているからですよ」

今度こそ完全に、ナチュラルに、言葉に詰まってしまった。

私の反応を見て、彼が眉根を寄せる。

「え、嘘でしょ。気付いていなかったんですか？」

「冗談で言っているわけじゃないよね？」

「鈍感にも程があるでしょ。て言うか、朱莉さん、あいつが中学生の時に、高級ハンバーガーか何かで餌付けしたでしょ」

「そんなに前から？」

率直に言って、動揺を隠せなかった。

ここに至ってもなお、年下にからかわれているのではという疑念が拭えない。研究会に入れて欲しいと頼んだ時、彼がとても嬉しそうだったことは覚えている。だが、京介君とは、つい最近まで、将棋会館で会った時に立ち話をする程度の仲だった。

「朱莉さん、一度、降級していますよね。その時、会館の外で、雨に打たれながら泣いていませんでした？」

「見ていたの？」

「俺じゃなくて京介ですよ。あいつ、それを見てゾクゾクしたとか何とか言っていました。俺はそんな姿を見たら、負けたくせに自分に酔ってんのかよって笑っちゃうけど、あいつはボンボンだから、変態の資質があるんじゃないですかね」

本当に全方位に失礼な奴だった。

今でもあの日のことは覚えている。

将棋会館の外で足が動かなくなり、そのまま雨に打たれながら泣いてしまったのだ。

改めて指摘されると、確かに、公道でもの凄く恥ずかしいことをしていたような気もする。情緒不安定にも程があるし、そんな姿を見て心惹かれたというなら、京介君の感覚もどうかと思う。

「穴があったら入りたい気分だけど、朧気《おぼろげ》ながら状況は察したよ。ちょっと前に、京介君に妙なことを言われたの。駒で言ったら、朱莉さんは銀みたいな人ですよねって。どういう意味だろうって、ずっと気になっていたんだけど、君なら分かる？」

「そりゃ、もちろん。俺、京介のことなら何でも分かるんで」

「じゃあ、教えて」

「攻守の要なのに、意外と脆《もろ》いからでしょうね。朱莉さんって隙がないけど、別に強い人ではないじゃないですか。軽快で、道を切り拓くのが得意。でも、公道で泣いたりもする。京介の気持ち、俺も分かるな。絶対、桂馬や香車じゃないもん」

なるほど。良くも悪くも、心当たりがないわけではない指摘だった。

「ようやく疑問が解けたよ。聞きたかったことも、大体、聞けた。君は友達に気を遣って、研究会に来なかったんだね」

「いや、気を遣ったっていうのも、正確な表現ではないですね。俺、京介のことを一生の親友だと思っているんで。惚《ほ》れられたら困るじゃないですか」

またしても咄嗟には意味が分からなかった。

しばしの黙考を経て、そういうことだと確信した瞬間、頭に血が上る。

「何をどう誤解したら、私が君を好きになるなんて思考になるの」

「これだけ将棋が強くて顔も良い男いますか？　もうすぐ俺の時代です。年収も億を超えるだろうし、国民栄誉賞ももらえる気がするし、研究会なんてやったらイチコロでしょ」

「冗談も大概にしなさいよ。君の長所なんて将棋が強いことだけじゃん。それも、むしろこっちからしたらむかつくポイントだから」

「じゃあ、俺のことを好きにならないって約束出来ますか？　誓えるなら、研究会に入れてやっても良いですよ」

何処までも上から目線で……。

私は本当に、この男に頭を下げなきゃいけないんだろうか。

いや、冷静になれ。朝比奈千明の軽口なんて今に始まった話ではない。

悔しいけれど、彼と京介君は若手のツートップだ。同世代とすら、ほとんどつるまない二人の研究会に交ぜてもらえるなんて、奨励会員からしたら僥倖どころの話ではない。

頭をクリアにするために、一つ、大きく深呼吸をしてから、

「分かった。将棋を教えてもらえるなら、不本意だけど誓ってやっても良い。私は、絶対に君みたいなふざけた男は好きにならない」

怒りを噛み殺して告げると、挑発するように鼻で笑われた。

「みんな、最初はそういうからなぁ」

「みんなって誰？　エビデンスを出しなさいよ」

「まあ、良いや。京介のために協力しますよ。あ。でも、先に断っておきますけど、あなたが京介に相応《ふさわ》しくないって思ったら、普通に切り捨てますから」

「二人についていけるように必死に頑張るよ」

「将棋の話じゃなくて人間性の話です。別に棋力は疑っていません」

この男は何処まで本気で喋っているんだろう。ずっと、適当にあしらわれているような気もするし、すべてが真実ありのままにも思える。

今日、私は彼に人生を左右しかねない相談をした。胃が痛くなるくらい緊張していたし、恐怖も感じていたのに、何だか真剣に悩んでいたことが馬鹿らしくなってくる。

素直に認めるのも癪《しゃく》だが、どんな相手からも素を引き出すというのは、もしかしたら彼の数少ない長所なのかもしれなかった。

5

金木犀《きんもくせい》の香りが漂い始めた頃。

レンタルオフィスを借りて、待望していた三人での研究会が始まった。

相手が強くなければ実力以上のものは出ない。

今や遥か格上である二人と、緊張感を持って研鑽を積めることに、胸が高鳴る。

決して望んで手に入る環境ではない。このあまりにも幸運な成長の機会を、絶対にものにしなければならない。

「ジーニアスの会」という、信じられないほどダサい名前を千明君がつけた研究会が始まって三ヵ月後、私はついに二段昇段を果たした。

最大の関門である三段リーグまで、壁はあと一つである。

二段以下の奨励会員は、戦績に応じて、昇級、昇段を経験する。タイミングもそれぞれで異なるため、例会では組み合わせの関係で、前後の段級位者と対局することも珍しくない。

私は既に何度も平手《ひらて》で二段の奨励会員を破っている。京介君と千明君と頻繁に指すようになったこの数ヵ月で、棋力が上がったという実感も得ている。

戦える。少なくとも二段では通用する。今なら、はっきりとそう断言出来る。

ここまで辿り着けた最大の要因は、何度くじけそうになっても、心を立て直し、死ぬ気でくらいついてきたからだ。そういう執念と根性が私にあったからだ。

とはいえ、さすがにここ最近の急成長は、自らの努力だけによるものだとは思わない。

世代の先端にいる二人が、共に切磋琢磨することを受け入れてくれたからに違いない。

心の底から感謝しているし、何よりも嬉しかったのは、二人が、【今は棋士しか目指さない】という私の気持ちを、疑いなく信じてくれたことだった。

子どもの頃から、何度も、何度も、揶揄されてきた。

お前が、女が、棋士になれるわけがないと、嘲笑されてきた。

しかし、二人は私の実力を知ってもなお、決してそんな風には接してこなかった。

……それでも、いや、それなのに、だ。

時々は不安になる。

人間は弱いから。自分なら出来ると確信したその日の夜に、やっぱり駄目かもしれないとか、勘違いかもしれないと、思いつめてしまう。グダグダと深みにはまってしまう。

天才と評して差し支えない二人に、本当は、迷惑をかけているだけなのかもしれない。そんなことまで考えてしまう。

私が年下だったら、こんな風に卑屈になることもなかったんだろうか。もう少し傲慢な馬鹿でいられたら、女なんだから特別扱いされるくらいで丁度良いと、当然の権利なのだと、厚顔無恥にも自分を納得させられたのだろうか。

「今更だけど、私と付き合うことを時間の無駄だとは思わないの？」

ある日の研究会で不安を吐露《とろ》すると、二人が顔を見合わせた。

それから、先に口を開いたのは千明君の方だった。

「こっちも勉強しているのに、何でそういう思考になるかな」

「だって現実問題として私が四段になれる可能性は高くないでしょ。京介君はともかく、千明君は棋士になれない人間を助けても無駄だって思ってそう」

「俺のことを何だと思っているんですか。朱莉さんなら棋士にくらいなれるでしょ。まあ、京介や俺みたいな高みには到達出来ないでしょうけど」

皮肉のつもりだろうか、それとも、弱気になっている私への、あえての挑発だろうか。

答えは分からないが、腹は立たなかった。千明君のようにあけすけな人間に将来を断定されたら、すがるように信じてしまいたくなる。

「それに、女性棋士は少ないから、恩を売っておいて損はないしな」

「もう少し言葉を選んで喋りなよ」

京介君は呆れていたが、千明君の顔に浮かぶ小賢《こざか》しい笑みは変わらなかった。

「棋士になったらさ、記者会見で『朝比奈千明先生のお陰です』って泣きながら言ってよ。外に飛び出して、雨に打たれながら」

「言うわけないでしょ。事実、君のお陰で棋士になれたとしても、絶対、言わないよ」

京介君は親友と違い、口数が多いタイプではない。

宙を見つめ、しばし逡巡してから、

「中学生の頃、スランプに陥ったことがあったんです。でも、お父さんとお母さんは、ずっと信じてくれたんですよね。大丈夫。必ず状況は変わるって言って、息子を疑わなかった。それが嬉しかったし、大きな支えになりました。その時に決めたんです。僕も人を信じて生きようって。だから、朱莉さんの未来も疑いません」

こんなに擦れていない高校生も珍しい。

彼はきっと、あの素敵なご両親に、真っ直ぐ育てられたのだろう。

「不安になったら、この研究会のことを思い出して下さい。棋士、二人が信じているって、結構、力になると思います」

「しかも一人は七人しかいない元中学生棋士だしな。天才のお墨付きなんて贅沢な話だぜ」

「君が中学生棋士だったのは、たった数日でしょ」

零れそうになる涙を堪えようと反論したが、裏腹なまでに、二人の言葉はしっかりと胸の奥に届いていた。

今から二年と少し前、中学三年生の夏に、京介君は三段リーグに辿り着いた。既に在籍していた千明君と共に、二人には中学生棋士になれるチャンスがあった。

しかし、偉大な記録がかかっていたその三段リーグで、二人の成績は正反対のものとなる。二段を駆け抜けた時の勢いが嘘のように、京介君は負け続け、千明君は絶好調を維持していた。

三段リーグでは半年をかけて全員が十八局を戦い、上位の二名だけが栄光を手にする。京介君は四勝十二敗で、千明君は十二勝四敗の二位で最終日を迎えたのだが、運命はそこに数奇な戦いを用意していた。二連勝で昇段が確定する千明君の午前の対局相手が、京介君だったのである。

あの期の三段リーグには、最終日を迎えた時点で四敗をキープしている人間が五人もいた。そのため、一敗でもすれば、ほぼ確実に三位以下に落ちると見られていた。

中学生で棋士になった者は、全員が後に名人となっている。

「中学生棋士」とは、真の天才しか勝ち得ることを許されない偉大な称号だ。

そして、迎えた親友二人の決戦。

勝利したのは、降段点がつく可能性すらあった京介君の方だった。

目の前で、自らの手で、彼は親友の夢を打ち砕いたのである。

だが、物語はそこで終わりにはならなかった。三段リーグは、ともすればプロの世界よりも厳しい戦場だ。奨励会の頂点に辿り着いた若者に、弱い人間など一人もいない。

最終日、昇段を争う四人のライバルにも一つ以上の黒星がつき、千明君は十三勝五敗の二位で逃げ切ったのである。それが、史上七人目の中学生棋士が誕生した瞬間だった。

高校生になった京介君は、次の三段リーグで三位となり次点を得ると、さらに半年後のリーグで、十六勝二敗という堂々たる成績を収め、一位で昇段を決めた。

親友より一年遅れて、彼は高校一年生、十六歳で棋士となったのである。


「そう言えば、千明君に聞いたよ」

帰り道、京介君と二人になると、私は自然とそれを口にしていた。

「倉科朱莉は銀みたいだって話。意味が分からなくてさ。教えてもらったんだ」

「千明にですか？」

頷く。こんなに打ち解けたのだから、もう話してしまって良いだろう。

「意外と脆い。別に強い人じゃない。笑っちゃうくらい、腑に落ちた。二人とも人のことをよく見ているよね」

「あの、僕、そんなこと思ってません」

……え？

「じゃあ、駒なら銀だって話は」

「凜々しくて綺麗って意味です。現物でもゴールドは下品だけど、シルバーは気品があるじゃないですか。だから、絶対、朱莉さんは銀だよなって」

あの野郎……。何が親友のことなら何でも分かる、だ。

完全に信じてしまっていた私が馬鹿みたいじゃないか。いや、事実、愚かなのか。

本当に腹立たしい。やっぱり、これからは、あいつの言うことは話半分で聞こう。もちろん、将棋以外では、だが。

私は二段に昇段したばかりの、まだ何者にもなれていない学生に過ぎない。奨励会退会と同時に希望を出せば、即女流二段になれるけれど、今のところ、そんな人生は考えていない。これからも考えないと決めて、今という時を生きている。

たとえ三段リーグに到達出来ても、最後の関門は文字通りの魔境だ。親が棋士や女流棋士で、環境にも才能にも恵まれた、時代の寵児である千明君や京介君ですら、何度もあのリーグでは苦汁をなめている。

今はまだ、私なら三段リーグでも勝てるとは言えない。そこまでの自信はない。だとしても。それでも。

「信じている人の言葉を信じなさい」

いつか、絶不調に陥っていた時に、父がかけてくれた言葉を思い出した。

あの頃は、何の役にも立たない、上っ面だけの励ましだと思った。当時の私には、何一つ刺さらない言葉だった。

けれど、今ならば分かる。今だからこそ理解出来る。

京介君と千明君は、ただの友達だ。親友でも、恋人でもない。

ただし、二人の棋力と才能は疑っていない。疑問なんて一秒も抱いたことがない。

そして、嫉妬するほどに憧れた二人が、私なら大丈夫と言ってくれた。

信じてみたい。

二人の言葉を、二人の目を。

私は、もっと強くなる。なれる！　なってみせる！


自惚《うぬぼ》れているっぽくて馬鹿みたいだから、こういうことは考えたくないのだけれど。

これだけ一緒に過ごす時間が増えれば、さすがに鈍い私にも分かってくる。

千明君が話していた通り、京介君は私のことが女性として好きなのだろう。

でも、彼は一切、アプローチをしてこない。

三歳も年下だからだろうか。高校生の自分じゃ大学生には相手にもされないと思って遠慮しているのだろうか。それとも……夢を追うためにがむしゃらになり、もがき苦しむ人の気持ちが、彼にも分かるからだろうか。

今のところ、私は恋人が欲しいとも、男の子の気持ちを自分だけのものにしたいとも考えていない。

だけど、夢に取り憑かれた人間だけが経験する、悍《おぞ》ましいまでの葛藤を知っている人が、隣にいてくれたら心強いのになとは思う。もう少しだけ付け加えるなら、朝比奈千明みたいなふざけた人間より、長瀬京介のように誠実な男の子の方が好きだなとも思う。


未来はまだ、誰にも分からない。

相変わらず、不安に押し潰されそうになる夜はある。

それでも、最近は時々、本当に時々、三年後、五年後が楽しみだなと思ったりもする。

それが、とても幸せなことなのだと、ようやく私は気付けたようだった。

桂跳ね

奥泉光

一

現在の地名で埼玉県入間《いるま》市車井《くるまい》町、日光脇往還に面して居を構えた菅原《すがわら》家は、十六世紀に近江から流れてきた薬種商を祖とする、代々名主を務めた豪農である。昭和五十三（一九七八）年、老朽化した屋敷を解体した際、納戸から古道具と一緒に多数の文書類が出てきた。寄贈を受けた市の教育委員会は、市役所OBの郷土史家・篠克己《しのかつみ》氏に保管整理を委託したが、篠氏の事情もあって長らく放置されていたものを、先頃、さいたま市にある樟栄《しょうえい》女子大学の船井健一郎教授主宰の歴史学教室が再調査し、『旧入間郡菅原家文書』と題して史料集に編み、写真版入りで冊子にした。

そこには天領、藩領、寺社領が複雑に入り組んだこの地域の、土地や水利の権利関係を示す書付、入間川の水運に関する証文、覚書、書簡等、近世社会史研究に益する史料が含まれるが、ひときわ興味を惹くのは、幕末から明治期に当主であった菅原惣左衛門《そうざえもん》の日録である。

天保十一（一八四〇）年に生まれ、明治四十（一九〇七）年六十七歳で卒した十一代菅原惣左衛門、幼名亘《わたる》、雅号香帆《こうはん》は、十六歳の頃から鬼籍に入る数年前まで、断続的ながら日録を記し遺した。一部をネット上に公開した船井教授は、幕末維新を経て近代化へむかう地方社会の姿を捉えるに恰好の史料であると付言しているが、まったくそのとおりだろう。明治維新の体制変革に武士ならざる地域指導者の果たした役割は年来評価されつつあるが、その点でも見逃せぬ史料といえる。

在地有力層の国家観や地方統治の実態など、『日録』が社会史史料として幅広い価値をもつことはまちがいないが、本稿で注目したいのは将棋に関する記述である。十一代菅原惣左衛門、菅原香帆は大の将棋好きで、明治期には農業経営に加えて肥料や木材の問屋業を営むかたわら、のちに十二世名人となった小野五平らと交流し、東京中央新報社が新聞将棋を掲載するに際して相談役をつとめるなど、棋界の動向に関与した。かれが遺した記録は、連盟組織が整う以前の、混沌期将棋界の歴史を窺《うかが》い知る一助となるものだが、それにもまして興味を惹くのは、菅原香帆の若年時代、将棋をはじめた頃の記録である。

江戸時代の将棋界は、家元として幕府の禄を食《は》む大橋家、大橋分家、伊藤家の三家によって統率された。献上された詰将棋の図式や、将軍や老中らの上覧にかかる御城《おしろ》将棋などの記録はいまに残るが、縁台将棋に代表されるような庶民の娯楽としての将棋、その裾野の広がりにはわからない部分も多く、この意味でも『日録』は興味深い。

菅原香帆#が将棋を覚えたのは十歳、飯能《はんのう》村の八幡社にあった剣術道場で教わったのが最初である。道場を主宰していたのは柳原専了《やなぎはらせんりょう》なる人物で、神社の境内に道場をたて、近在の百姓町家の子弟をおもにあつめて剣術を指南した。当地に限らず、一村を複数の旗本が知行する相《あい》給《きゅう》地が入り組み、権力の一円支配を欠いた地域は治安が不安定であり、自衛への関心が元来高かったが、幕末の騒然たる世情のなか、剣術熱はひとしお熾《さか》んであった。武家の出でない菅原香帆が柳原専了の道場に入門したことはだから不思議ではない。それよりむしろ不思議に思えるのは、剣術道場で将棋を習ったことだが、これも理由は明快で、柳原専了が剣術の弟子に将棋を教えたからである。兵術の錬成の一環に将棋を数える発想は家康の時代からあり、将棋が囲碁とともに幕府公認の技芸となった根拠のひとつがそれで、剣術道場と将棋の結びつきはことさらに奇異ではない。

菅原香帆はたちまち将棋に夢中になった。十六歳から書きはじめられた『日録』の最初の方には、将棋についての記述が頻出する。なにより目を惹くのは棋譜だ。『旧入間郡菅原家文書』にも一部が写真版で収められているが、菅原香帆は手書きの棋譜を『日録』に記した。むしろ棋譜を記す目的で日録を書きはじめたと見ることさえできる。

しかしこれは驚きで、というのも、専門家が指す御城将棋のようなものをべつにすれば、棋譜を記す習慣は一般になかったからで、いまでも私的な対局を棋譜に残す人はほとんどいないだろう。十六歳の素人が自局の棋譜を記すのは大変に珍しい。柳原専了の指導があったのか、ほかの誰かに教わったものか、どちらにしても指した将棋を棋譜に起こすには相当の棋力が必要であり、実際遺された棋譜からは菅原香帆の実力のほどを窺うことができる。

棋譜は二種類あり、初期のものは九九式の数字譜ではなく、いわゆるいろは譜である。八十一枡にひとつずつ、「いろはにほへと」にはじまり「一」「三」「五」「百」「花」「鳥」「春」「楓」「森」などの文字を振ったいろは譜は、御城将棋でも使われた記譜法である。途中からは、やや変則ではあるが、現在の九九式に近い形に変わる。細かな筆文字が几帳面に並ぶ棋譜は写真版でも確認できる。

『日録』に残る棋譜は、全部で三十二あり、いちばんはじめが安政三（一八五六）年丙辰《ひのえたつ》の一月十九日。最後が明治三十五（一九〇二）年壬寅《みずのえとら》の六月二十四日。およそ四十五年に亘《わた》っているが、大きく二つの時期に偏る。はじめて棋譜を記した安政三年一月から安政五年七月までと、明治二十三年から三十五年までの期間である。

後から眺めれば、家業は全般に順風だったとも見えるが、幕末から明治の変動期、多くの豪家が没落の憂き目に遭うなか、将棋どころではない時期が菅原香帆にもあった。『日録』は明治期の一部（七年から十四年）に欠落があり、その間のことはわからないのだけれど、明治二十三年は菅原香帆五十歳、家督を長男に譲り、一息ついたところでかつての将棋熱が再燃したと想像するのは、そう的外れではないだろう。来訪する職業将棋指しの面倒を見たり、小野五平と交流しはじめたのもこの頃からで、将棋は隠居暮らしの愉しみだったにちがいない。この時期の棋譜に記載された対局相手の名前はさまざまで、小野五平から飛車落ちで教わったりもしているが、これとは対照的に、初期の十六歳から十八歳の棋譜は、対局相手はひとりに限られる。「諒四郎《りょうしろう》」——と記された人物がそれである。

＃　菅原亘が家督を嗣ぎ、十一代菅原惣左衛門となったのは文久二（一八六二）年、二十二歳のとき、香帆の雅号を用いたのは五十歳を超えた晩年であるが、以下の記述では原則、香帆で一貫する。

二

諒四郎とは村中諒四郎、徳川御三卿のひとつ、一橋家の家臣である村中貞勝の三男で、菅原香帆とは同い年の幼なじみであった。郡内に知行地を有する一橋家の代官所に村中貞勝は在勤していた。ちなみに柳原専了も同じく一橋家中から地元豪家へ養子に出た人物である。この時代、道場によっては身分に厳格なところもあったが、柳原道場はそうではなく、菅原香帆と村中諒四郎は共に道場へ通い、切磋琢磨《せっさたくま》する仲であった。

諒四郎は十八歳で旗本酒井摂津守の家臣、高田昌家の養子となり、高田諒四郎兼家《かねいえ》となる。同時に入間郡からは離れたが、菅原香帆とは書簡のやりとりを通じて友誼を維持した。面白いのはふたりがのちにいう郵便将棋を指していることだ。インターネットが普及した現在、通信を介した対局は一般化した、どころか顔を知らぬ相手との対局が主流になる気配さえあるが、かつては遠距離にある者同士が将棋を指すには、手紙や葉書のやりとりで一手ずつ指し進めるしかなかった。これはそうするよりほかに手段がない、というより、一局に数ヵ月を、ときには数年をかける悠長さ自体に興趣があるので、いまでもごく少数の愛好者はあるだろう。ふたりの郵便将棋は一局のみで、それも中途で終わっているのだけれど、安政五（一八五八）年十月から文久三（一八六三）年まで、約五年間にわたっている。これについてはまた後にかたることになるだろう。

ペリー率いる米国艦隊が浦賀に来航した嘉永六（一八五三）年に菅原香帆と諒四郎は十三歳、安政七（一八六〇）年、桜田門外で井伊直弼が水戸の浪士に討たれた年が二十歳、旧体制が衰滅に向かう騒然たる世情のなか、政治の季節の到来に、憂国の至情を抱く青年らは熱風に巻かれた。高田諒四郎もそのひとりであり、尊攘の熱誠やみがたく、いわゆる草莽《そうもう》の志士となって活動した。その姿は『高田兼家伝』に描かれている。

菅原香帆の筆になるこの書物は、明治二十四（一八九一）年に私家版で上梓された。香帆はそのときはじめて使われた雅号である。『高田兼家伝』は篠克己氏が昭和五十二（一九七七）年に『埼玉県史学誌』で紹介した。篠氏は鬼籍に入られたが、『旧入間郡菅原家文書』を通じてその存在を知った筆者が船井教授に問い合わせたところ、篠氏の遺族が保管していたものを譲り受けたとのことで、大学研究室を訪ね、公開されていない『日録』の部分と併せ、写真に撮らせていただいた。[#]

「紙に刻せし墓碑銘」と跋文《ばつぶん》に記された和綴の冊子には、維新史に新たな光をあてるような内容はない。けれどもかつて篠氏が紹介文で述べたように、維新の動乱に身を投じた下級武士の心情をいまに蘇らせてくれる面がないのではない。

明治維新を革命と捉えた場合、犠牲者が著しく少なかった点に特徴があるといわれる。フランス革命やロシア革命に比した場合、なるほどその数の僅少さは際立つ。とはいえ犠牲がなかったのではない。その多くは下級武士であった。これもしばしば指摘されるところであるが、明治維新は奇妙な革命であり、というのも、革命を主導した武士層が革命後に姿を消したからである。武士身分は明治維新とともに消滅した。自らを歴史から抹消すべく奮闘したようにすら見えるかれらが何を思い、何を願い、何を求めていたのか。歴史の映写幕《スクリーン》に描かれる無数の魂の軌跡、そのひとつの典型像を描くものとして、『高田兼家伝』には価値があると篠氏は解説している。

高田諒四郎が没したのは文久三（一八六三）年。享年二十三。跋文によると、菅原香帆が紀伝を執筆したのは、それから二十余年後の明治二十三（一八九〇）年。家業から退いて時間に余裕ができたことがあったのだろう。

高田兼家、諱《いみな》篤弘《あつひろ》、通名諒四郎、旧姓村中、天保十一年庚子《かのえね》、武蔵葛飾郡木ノ蔵にて、父村中貞勝、母薙谷《なぎや》氏佳代《かよ》の四子として生まる。齢八ツにして入間郡高戸村に移れり。

このように本文を書き出す菅原香帆の筆致は、『日録』と同様、文学的修辞なく淡々として、菅原香帆の几帳面で実務家然とした性格が表れているが、書き手の心情の吐露のほとんどない、硬質で無味な文章の奥から、旧友への哀悼と友情の熱が滲み出る印象はある。船井教授は近々ネット上に掲載する計画をお持ちだそうで、いずれ全貌が見られるはずだが、以下では、なるべく将棋に関する話題に限って、菅原香帆の遺した紀伝と『日録』に拠りながら、幕末を生きた将棋好きの青年らの軌跡を追ってみたいと思う。まずは『日録』に残る二人の棋譜を眺めてみよう。

＃『日録』については、樟栄女子大学国際教養学部助教の山本萌香さんがデータ化を進めておられ、内容の読み取りおよび検索に協力いただいた。

三

菅原香帆と諒四郎の対局棋譜は全部で十四ある。最初が安政三年一月十九日、最後が安政五年七月十八日である。判読不能なものもいくつかはあったが、菅原香帆のていねいな筆遣いのおかげで、ほとんどは十分に読み取れる。

これらはふたりが十六歳から十八歳の時代のものであるが、共に柳原道場に通い将棋を習った両者は、もっと早くから対局していた。『高田兼家伝』には、葛飾郡から当地へ居を移した高田兼家すなわち諒四郎が、八歳で柳原専了の道場に入門し、鏡新明智流の剣を習うとともに、柳原師の下、山鹿流兵学を学び、また将棋を覚えたとある。諒四郎はたちまち頭角を顕し、十三歳になる頃には、剣術は大人顔負けの腕前となり、座学についても年長の入門者に講義をするまでになっていたという。

将棋は二月に一度、道場で「将棋戦」――将棋の会があり、「段」「中」「初」の三階級に分かれて門人らが対戦し、優勝者に褒美が与えられた。諒四郎は十歳のときに「中」で優勝して「段」に上がり、十三歳の頃には無敵となった。菅原香帆が入門したのが十歳、はじめは諒四郎との実力差は大きかっただろう。『高田兼家伝』のなかで、菅原香帆は自身については必要最低限しか言及していないが、やがて剣術でも将棋でも好敵手になっていったと想像される。

十六歳のとき、菅原香帆ははじめて諒四郎に将棋で勝っている。その対局こそが『日録』の冒頭に置かれた棋譜である。これは安政三年一月十九日の道場の将棋会での対局で、菅原香帆が「段」で優勝した。

辰の刻より将棋戦。午刻に終はりて、門弟ら餅をつきて食ふ。余、段にて一位。庚戌《かのえいぬ》より諒四郎と戦ひて、初の勝ち也。師よりあふぎをたまはる。

『日録』の最初の筆が右の一文である。文中の庚戌は嘉永三（一八五〇）年、ふたりは十歳、菅原香帆が入門した年だ。そのとき両者ははじめて対局し、それからどれほど盤を挟んだのかはわからぬが、菅原香帆は一度も勝てなかった。それが十六歳になったこのときの「将棋戦」ではじめて勝利し、優勝して賞品の扇子を与えられた。菅原香帆はよほど嬉しかったのだろう、棋譜をつけて勝利の余韻に浸ったものと想像される。

『日録』にはそれからしばらく、諒四郎が菅原香帆の家に来て、将棋を指したことが記される。負けたのが悔しくて諒四郎が再戦を望んだのだろうと思うと微笑ましい。この安政三年から五年にかけては、二人は頻繁に盤を挟んでいる。週に三日四日諒四郎が訪れてくることもあり、日に二度の場合さえあって、来ればたてつづけに何局も指している。棋譜にしているのは道場での対局に限られ、次の三月十七日の「将棋戦」では、やはり菅原香帆が勝って優勝、五月十九日は高田諒四郎が一矢報いている。ふたりの対戦は、安政五年九月、諒四郎が高田昌家の養子になって江戸へ出る直前までつづいた。諒四郎が発つ前日にもふたりは徹夜で対局している。

　夕刻諒四郎来りて、三番指す。孰《いづ》れも余の勝。諒四郎一度帰りて、夕餉《ゆうげ》の後、再び来りて指す。又も余の勝也。面をあかく染めし諒四郎、常の如く、ものもいはずに駒を打ち並べ、夜通し戦ひて、つひに引き分く。はなむけに勝を譲れるにやと諒四郎笑ひて、晨旦《しんたん》に到てやう〳〵辞去す。鎮守まで送りて、来春に再戦して決着すべしと約し別る。

　夕方に来て指して一番も勝てず、夕飯を済ませてからまた来て指し、負けて顔を紅潮させ、黙って駒を並べたというあたり、諒四郎の負けず嫌いの様子が窺えて可笑しい。「晨旦」は早朝、徹夜してついに星を分け、餞別《せんべつ》に勝ちを譲ってくれたのだろうと笑って諒四郎はようやく立ち上がった。江戸に発つ日の朝まで将棋を指したのは、熱くなったからだけではない、別れ難いものを感じていたのだろう。

　ふたりは好敵手であり、生涯の親友であった。『日録』に残る棋譜によれば、柳原道場の「将棋戦」では、両者は十四局指して、菅原香帆の八勝六敗。優勝者は菅原香帆か諒四郎のいずれかであり、ふたりの力は突出していた。高田諒四郎が江戸へ去って以後の「将棋戦」に菅原香帆は出場していない。これはかれが兵学と将棋については師範格になったからである。将棋を指すのも道場で人に教える機会に限られるようになり、好敵手が去って熱を失った面もあるのだろうが、なによりは家業に専心しなければならなくなったせいだろう。

菅原香帆は長男で、男きょうだいはなく、家には使用人を含め将棋を指す者はなかった。父親は息子が将棋を指すことを快く思っていなかったらしい。柳原道場でこそ将棋は兵学の一部門に位置づけられていたが、博打と同列に見なすのが世間一般の感覚であり、勝負に金品が賭けられるのは普通のことで、それは真剣師と呼ばれる将棋指しが活動した昭和時代にも残存していた。競技麻雀なるものにどの程度の広がりがあるのかは知らぬが、麻雀で賭けがなされるのはいまも通例と思われ、それと似た感覚だと考えられるかもしれない。柳原道場の将棋会には賞品があったが、菅原香帆と諒四郎が賭けて指した様子はなく、ふたりが将棋というゲーム自体の面白さに惹かれていたことがわかる。棋力が拮抗していたことも興趣を高めていたのだろう。

ここで棋譜に残るふたりの対局ぶりを眺めてみよう。# 面白いのは、何事につけ冷静で用心深いと見える菅原香帆が烈しい攻め将棋である点だ。逆に高田諒四郎は受け将棋、でもないのだろうが、菅原香帆が先に攻めてくるために、ほとんどが受ける展開になっている。双方が烈しく攻め合う将棋も二、三はあるが、あとはだいたい右のようである。

「桂の高跳び歩の餌食」なる格言がある。「居玉は避けよ」ともいう。菅原香帆はそんな格言など知らなかったのだろう、ほとんどの将棋で、先手後手を問わず居玉のまま銀を繰り出し、早々に桂馬を跳ねる将棋を指している。素人臭いといえばそのとおりであるが、わずかなりとも隙があれば、たちまち勝勢にもちこむ攻めの鋭さがある。菅原香帆がはじめて勝った「将棋戦」の将棋でも、初手に角道を開け、三手目に桂馬を跳ねて、後手の8四歩にいきなり6五桂としている。これはいわゆる「鬼殺し」と呼ばれる奇襲戦法である。「鬼殺し」が世に知られたのは大正時代のようだから、独自に工夫したのだろう。この対局では奇襲が功を奏し、六十九の短手数で先手が勝利している。

二つ目の三月の「将棋戦」の棋譜は、菅原香帆後手で、やはり居玉のまま六手目に桂馬が単騎飛び出し、角桂と銀の交換の駒損ながら烈しく攻め、乱戦の末、百二十二手で菅原の勝ち。五月の会は、先手菅原香帆の攻めを後手諒四郎がうまく受け止め、先手指し切り模様となって後手の勝ち。菅原香帆の攻め、諒四郎受けのパターンは、二、三の例外を除き一貫している。

居玉で桂馬を早跳びするのは、はめ手に近い奇策とされ、力のある相手には通用しないとするのが常識であり、職業《プロ》棋士の対局ではほとんど指されてこなかった。ことに平成の棋界では、玉形の堅さが重視されて、居玉での速攻はほとんど見られなかった。それが令和になって風向きが変わり、ＡＩの影響もあってか、藤井聡太七冠#をはじめとする有力棋士が、居玉のまま仕掛ける、あるいは序盤に素早く桂馬を跳ね出す将棋を指しはじめた。玉の囲いに手をかけずに先行する策戦、あるいは跳ねた桂馬を犠牲にして敵陣の突破ないし弱体化を目指す策戦は、いまでは有力とされる。水準は異なるものの、菅原香帆が同じ感覚の将棋を指していたのは興味深い。

「来春に再戦して決着すべし」と『日録』にあるのは、諒四郎は年明けに里帰りするつもりがあったからだろう。しかしこの約束は果たされず、二人が再び相見えるのは五年後のことになる。

＃　『日録』のいろは譜を数字譜に直す作業は、樟栄女子大学の笹本絵音《えのん》さんにお願いした。笹本さんには『日録』の読み取りにも協力いただいた。笹本さんは現在女流棋士を目指して研修会に在籍中である。

＃　二〇二四年六月現在。

四

菅原香帆は文久二年、二十二歳で川越の生糸問屋の娘と結婚し、三男四女をもうけた。一方の高田諒四郎兼家は赤坂の拝領屋敷に住み、漢学や算術を学ぶ一方、当時江戸三大道場のひとつに数えられた桃井春蔵の士学館に入門した。柳原専了が桃井の弟子であった流れからであるが、この選択がかれの運命を大きく変えることになった。というのは、士学館には土佐藩士が多く在籍していたからである。のちに勤王党を結成して、土佐の藩論を尊王攘夷へと導いた武市《たけち》瑞山《ずいざん》が一時期塾頭を務めたことから、蜊《あさり》河岸の士学館道場には、武市の薫陶を受け、その影響下にある者が土佐藩士に限らずあり、かれらとの交流を通じて、高田諒四郎もまた尊攘の熱風を魂に吹き込まれた。

高田諒四郎が養子となって江戸へ出た安政五年は、戊午《つちのえうま》の大獄、いわゆる安政の大獄の嵐が吹き荒れた年である。この時代、京にある帝《みかど》の政治的重量は日増しに大きくなっていた。勅許のないまま開港に踏み切った幕府への批判の声が高まるなか、将軍後継問題が絡んでの政治闘争の結果、勝利した彦根藩大老井伊直弼が尊攘派への弾圧を加えたのが安政の大獄である。水戸の徳川斉昭、一橋慶喜、福井の松平慶永らに対する永蟄居・謹慎処分をはじめ、橋本左内、吉田松陰、梅田雲浜といった尊攘の志士らが捕らえられ処刑された。しかしこれは井伊直弼が望んだ幕府権威の恢復《かいふく》には繋がらず、かえって反幕のエネルギーを増蓄する結果となり、京をはじめ各地の拠点に集結した勤王志士らの血気をいよいよ激《たぎ》らせることになった。その熱潮の噴出が、安政七年三月の桜田門外の変である。

水戸浪士らの襲撃で井伊直弼の首が斬り落とされた事件は、大きな衝撃となって列島を揺るがし、幕藩体制瓦解の流れはもはや押しとどめがたく、加速をつけて進行する。とはいえ歴史は直進するものではない。幕府は徳川家茂への皇妹和宮の降嫁などの策により、公武合体を通じて延命を模索していく。長州薩摩をはじめ、勤王を主導する雄藩も政治方針は揺れ動いた。曲折を重ねながら革新へと推移していくその過程で、下級武士らの果たした役割は小さくなかった――いや、むしろ、西郷、大久保、伊藤といった名前を挙げるまでもなく、かれらが維新を主導し、明治政体設計の主役となった事実は指摘するまでもないだろう。しかしその陰には、功成り名を遂げた元勲らの背後には、政治の濁流に翻弄され虚しく消えていった草莽の志士らの姿があった。

江戸へ出た当初の高田諒四郎は、養家のいいつけにしたがい、能吏たるべく修業に専心した。剣術は右に述べたとおりであるが、漢学は倉島彩雲《くらしまさいうん》について教えをうけた。おなじ赤坂新町に住む倉島彩雲は、高田の一族の者で、五経を中心に正統的といえばいいうる古色の濃い学問を教授したが、学者としては凡庸であったらしい。倉島彩雲の名前が今日知られるのは、「赤坂の猫先生」としてである。猫好きの彩雲は常時十数匹の猫を飼い、子猫を拾って育てては近在の武家や商家に斡旋《あっせん》する、いまでいう保護猫飼育に似た活動をする傍ら、器量の良い猫を交配でもって育成するブリーダーとして名を馳せていたことが、佐島戯海《さじまぎかい》の『旧事漫録』をはじめ、いくつかの文献から知られる。高田諒四郎も猫は嫌いではなく、「高田兼家の倉島師の下へ繁く通ふは、学識を求むより寧《むし》ろ猫に会ふて愛でるが為」であったと『高田兼家伝』にも記されている。師の学問に飽き足らぬ高田諒四郎は、頼山陽の『日本外史』や会沢正志斎の『新論』などを、士学館で知り合った人間から借りて貪り読んだ。

　算術算盤は千駄ヶ谷町に住む中垣《なかがき》太茂津《たもつ》に習った。高田諒四郎の養家は代々大身旗本酒井家の用人をつとめ、財政管理が主務であったから、必須の技能として算術算盤が求められた。算盤はともかく、高田諒四郎は算術には強い関心を抱いた。信州諏訪出身の中垣太茂津は、関孝和の流れを汲む和算家・和田寧《ねい》の直弟子で、円理――円や球に関する演算法の研究に画期をもたらした師の後を襲い、積分法を発展させるなどの業績を残した数学者であった。中垣師の薫陶を受けた高田諒四郎は、算術教本の定番である『塵劫記《じんこうき》』からはじめて、関孝和の案じた諸問題に挑み、立方体倍積問題に取り組んだりしている。

　諒四郎が江戸へ移った直後から菅原香帆との書簡のやりとりははじまったが、自分はいまこのような算術の問題に取り組んでいると、諒四郎が書いて寄越したことが『日録』から知られる。ちなみに高田諒四郎の書簡は『旧入間郡菅原家文書』には含まれていない。すなわち菅原家に遺されていた文書中には存せず、その理由は後に述べることになるが、書簡の内容の一部は『日録』から推測できる。郵便将棋がはじまったのも、諒四郎が江戸へ発ってまもなくの、安政五年十月十四日付の書簡からであるとわかる。柳原道場の同輩に餞別の礼を伝えてほしいとの用件と、短い近況報告の後に、「先手　春歩　後手は如何に」と朱筆で記されていて、後日の返信に、菅原香帆はおなじく朱筆で、「後手　ら歩」と書いたと『日録』にある。いろは譜の「春歩」は「７六歩」、「ら歩」は「３四歩」、将棋ではよくある出だしである。当時の通信事情もあって、書簡のやりとりはさほど頻繁ではなかったものの、その後も郵便将棋が指し進められたことが、双方の指し手を菅原香帆が『日録』にいちいち記しているおかげでわかる。

算術の問題中では、将棋の手数に関する研究を諒四郎が書いて寄越しているのが面白い。ありうべき将棋の局面は無限か有限か。問いをたてた諒四郎は「手は無際限にはあらず」とした上で、可能な局面の数はどれほどであるかを計算した。書簡には具体的な導出の手順も書いてあったようだが、菅原香帆は結論だけを『日録』に記している。

有る限りの駒の布置、那由多より小ならずして、無量大数を超ゆる事はなしと諒は述ぶ。記されたる算法の道筋、余には辿り難し。さなる大数を弄じて興じるが怪し。算術とは風狂の業とも見ゆるべし。(安政六年八月二十二日)

「那由多」は10の60乗、「無量大数」が10の68乗、これは将棋の実現可能な局面数として、ほぼ正しい数値といってよいだろう。計算の手順を諒四郎は詳しく書いて寄越したが、菅原香帆は理解できぬまま、こんな大きな数についてあれこれする諒四郎を呆れつつ可笑しがっている。

高田諒四郎には数学の才があった。そのことは師匠の中垣太茂津も認めていた。『高田兼家伝』にはこうある。

高田兼家、算術に才あり。師の中垣太茂津、兼家の才を惜しみ、蕃書調所《ばんしょしらべしょ》にて算術書を学ぶべく取り計らひしが、兼家の云ふやう、吾は蘭語を知らず、蘭書を読む不《あたはず》レ能と。

中垣師応じて曰く、数理書は他学の典書とは異なりて、旬日を経ずして読むは可なるべし、爾《なんぢ》、疾《と》くあたるべしと。兼家諾さず。師の推挙を固辞せり。

高田諒四郎の才能を認めた中垣太茂津は、幕府の洋学研究機関である蕃書調所に推薦した。諒四郎が蘭語を知らないから無理だというと、数学書ならばすぐに読めるようになる、いますぐ学びはじめるべきであると中垣はなおも薦め、しかし諒四郎はこれを固辞した。この時代、洋学を学ぶことと、攘夷の志とは、一部の狂信的な論者を除けば、決して矛盾するものではなかった。攘夷の急先鋒であった長州藩は文久三年、下関で列強の艦船を砲撃した直後に、伊藤博文や井上馨らを英国留学に送り出している。高田諒四郎もまた西洋の文物を毛嫌いし遠ざけるがごとき偏狭な思想の持ち主ではなかった。菅原香帆は重ねて強調する。

高田兼家、算術に大才あり。産まれ落つる世の僅かに違《たが》へば、斯道の大家とぞなりにけむ。

生まれる時代が少しでも異なれば、高田兼家は数学の大家になっていたかもしれない。しかし、時代の熱が、烈しく渦巻く政治の潮が、静坐して洋書を繙《ひもと》き、数理の宇宙に夢遊することをかれに許さなかったのである。

五

高田諒四郎のいわゆる尊攘の志士として活動の端緒は、文久元（一八六一）年八月の土佐勤王党の結成である。江戸で土佐勤王党を立ち上げた武市瑞山は、血盟書を国元に持ち帰り、坂本龍馬ら郷士を中心に二百名近い結社同志を得た。直接の関わりはないものの、士学館道場のつながりから間近にこれに接した高田諒四郎は大いに触発され、憂国の熱誠已《や》みがたく、ついに志士として立つことを決意する。

文久二年四月、高田諒四郎は京へ向かった。表向きは上方遊学と伊勢宮参拝であったが、じつのところは、薩摩の島津久光上京の報を受けて、倒幕と攘夷に向けての挙兵をなすべく集結した志士らに呼応してのことであった。

このとき土佐藩からは、翌年に天誅組の乱を起こす吉村虎太郎らが、脱藩して京へ上ってきていた。吉村らは久坂玄瑞を頼って大坂の長州藩邸に入り、薩摩軍の来京を待った。士学館でつながりのあった者を通じて、吉村虎太郎の面識を得た高田諒四郎もまた長州藩邸の門を潜り、同邸に集結していた清河八郎、平野国臣、真木和泉といった、筋金入りの尊攘志士たちと肝胆相照らした。

ところが、志士らの輿望《よぼう》とは裏腹に、島津久光の上京目的は討幕ではなかった。むしろ公武合体の実を挙げることにかれの本意はあり、寺田屋に潜む薩摩の過激派を討たせるなどして、挙兵の夢を打ち砕いた。尊攘の志士らは再び雌伏を余儀なくされた。

捕縛されて国元に送還される者、逃亡潜伏を強いられる者があるなか、遊学の体裁の高田諒四郎は咎めを受けることなく、伊勢を回って江戸へもどり、しばらくは平生の明け暮れを繰り返していたが、短いながら交わりを得た勤王志士らへの傾倒は日を重ねるごとに強くなった。とりわけ吉村虎太郎には尊崇の念を抱き、行動を共にしたいと願ったが、吉村は土佐に送還され獄に繋がれていた。高田諒四郎の思慕はしかしなお已《や》みがたく、直接書簡を交わすことはできなかったものの、士学館を通じて吉村虎太郎およびその周辺との連絡は保ちつづけた。

この間の政情について見れば、島津久光の主導した公武合体策は一定の実を結び、文久三年三月には、孝明天皇が上洛した将軍家茂に政務委任の勅諚を授け、家茂や将軍後見職となった一橋慶喜らを率いて賀茂神社へ攘夷祈願の参拝を行った。政治の重心はすでに朝廷の側へ大きく傾いていた。禁裏の意嚮《いこう》はあくまで攘夷であり、同年四月二十日、将軍家茂は五月十日を攘夷実行期限とすると上奏した。攘夷派が勢いを増すにしたがい、京では佐幕派への襲撃が相次ぎ、各藩で安政の大獄や寺田屋事件で下獄していた者への赦免が行われて、吉村虎太郎もまた獄から放たれ、再び活動を開始する。

八月十三日、久留米藩士真木和泉の献策を受けた攘夷急進派公卿の企謀により、帝の大和行幸の詔勅が発せられる。これは春日社および神武天皇陵への参拝を契機に、神武建国の大御心《おおみこころ》に立ち返り、諸侯諸士を鳳輦《ほうれん》の直下に纏《まと》め、天皇親征の攘夷軍を組織して、倒幕にまで一気に駒を進めようとの目論見であり、尊攘志士らにとっては、昨年失敗した挙兵計画の再構築であった。

これより早く、真木和泉を通じて策動を知った吉村虎太郎は、討幕軍の先鋒となるべく、過激派公卿・中山忠光を主将に担ぎ、同志らを糾合して方広寺に集結した。同勢を増し加えつつ京から大和へ向かった一隊は、八月十七日に五條代官所に討ち入り、討幕の狼煙《のろし》をあげた。天誅組と呼ばれたかれらは、代官所を焼き払い、五條御政府と称して五條の天領を占領した。
高田諒四郎が出奔したのはこのときである。かねてより吉村虎太郎一派と気脈を通じていた高田諒四郎が、天誅組の旗の下に馳せ参じることを決意し、赤坂の屋敷を飛び出したのが八月十三日。士学館に寄って人と会い、その日は板橋宿に泊して、翌朝、中山道からいったん川越街道に逸れたのは、寄り道をするためで、行き先は菅原香帆の屋敷であった。十四日の午前に高田諒四郎は菅原家を訪れ、そこから日光脇往還を八王子に出て、あとは甲州道中から中山道を一目散に京へ向かった。
高田諒四郎の寄り道の目的は軍資金の調達であった。蹶起《けっき》の志士らは豪家に支援を求めた。全財産を天誅組に提供した淡路島の庄屋・古東領左衛門のごとく、勤王の志に共鳴し、進んで財貨を拠出した例もあれば、脅されて仕方なくそうした場合もあった。菅原香帆と高田諒四郎の関係からして、前者に近いと考えられるが、『高田兼家伝』では、菅原香帆はさらりと筆を流している。

京より蹶起《けっき》を促す書面の届きし翌早暁、不孝を養父母に謝し、門前に向かひて深く拝礼したる高田兼家、赤坂の屋敷を発し、士学館にて旧知に会ひたる後、其日は板橋宿に泊す。次日、板橋より脇往還へ外れ、入間へ向ひき。菅原惣左衛門より戦費の醵《きょしゅつ》出を求めしがゆゑなり。資を得たる兼家、深く謝して笠の紐固く結び、八王子を経て、一路京を目指しけり。

蹶起を促された諒四郎が断りなく義士の群に身を投じることはたしかに「不孝」であった。

しかしながら「不孝を養父母に謝」する心持ちにどれほどの深さがあり、高田諒四郎のなかで「忠」と「孝」がいかに葛藤していたのか、『高田兼家伝』の記述から知ることはできない。それどころか、五年ぶりに会った幼な友達を菅原香帆がいかに迎えたか、ふたりがどのような会話を交わしたのか、それも右の短文からは窺えない。

自身を「菅原惣左衛門」と表記する紀伝の文体が、そうした小説的細部を削ぎ落としたのだろう。菅原香帆が『高田兼家伝』を草したのは明治二十三（一八九〇）年。人は齢を重ねるにしたがい、余生の黄昏のなかで過去を夢のごとくに感じるようになるものだ。多くの同時代人にとって、維新以前の時間は夢に似た何かと感じられていただろう。菅原香帆はしかし夢に惑溺することなく、少なくともかれが直接に知るところについては、二十余年の星霜《せいそう》に洗われた出来事の、堅牢な骨格だけを、「紙に刻せし墓碑銘」に遺した印象がある。

一方の『日録』はどうであろうか。高田諒四郎の来訪の記述はこちらにもある。「夢」のただなかで書かれたその文章は、同じく簡直ではあるけれど、銘文とは異なる生きた時間の手触りをわずかながらに伝えてくれる。文久三年八月十四日の記述を見る。

六

終日霽《は》れて早暁より蟬噪《さわが》し。四ツすぎ、裏木戸をくぐる者あり。家人怪しみて誰何《すいか》せば、旅装の諒四郎なり。京へ向かふ途次なりといふ。じんじやうの他出にはあらざるか。諒、路銀を借りたしと請ふ。手元にある限りを与ふ。諒の里を離れしは戊午の年なれば、いま五歳を経たり。容子はさほど変らずにはあれど、稍《やゝ》痩せしかと見ゆる。

四ツは午前十時前後、裏木戸から入ってくる者があって、誰何すれば旅支度の諒四郎であった。京へ向かう途中だという。只の旅行ではなさそうだと菅原香帆は推測したふうに書いているが、蹶起への参加を目指してのことだと、即座に理解しただろう。それより以前、憂国の赤心と行動への決意を縷々《るる》述べた手紙を諒四郎から受け取っていたことが『日録』の記述からわかるからである。菅原香帆自身はことさらに政治活動には関与しなかったけれど、時代の子として勤王に心を寄せていたのはまちがいなく、幼な友達の行動にも共鳴していた。諒四郎が離郷してからのことであるが、菅原香帆は川越に住む岸川義秀《きしかわよしひで》なる医家と交際をはじめたが、この人は平田篤胤の門流を汲む、水戸の志士らともつながりのある国学者であり、その影響を被ったとも推測される。

菅原香帆は高田諒四郎に資金を提供した。「戦費の醵出《きょしゅつ》」ではなく、「路銀を借り」となっているのが、ふたりの関係を示しているだろう。この時点で菅原香帆は家主となっていたから、自由になる金銭はあった。五年ぶりに会って、顔つきに変化はないが、少し痩せたようだと記すあたりに、幼な友達の決断を後押ししながら、その身上を心配する心持ちが顕れていると思える。

さすがにこの日の『日録』は長く書かれて、この後、気がせくらしい諒四郎は中食《ちゅうじき》も断り、小半時もせぬうちに出立した、とつづく。去る前に諒四郎はひとつのことを要請した。とは、書簡の焼却であった。これはやや杞憂の気味はあったけれど、菅原香帆に累が及ぶのを懸念してのことであった。菅原家文書に高田兼家の書簡がないのはこのためである。高田諒四郎は手紙が庭で焼かれるのを見届けて出発した。

鎮守迄《まで》送りて、道々云ひたき何事かはあるべきと思ふに、舌の重くなるやうなりて云へず。諒は寡黙の漢《をとこ》なり。杉木立に蟬声を聞きて歩む。タキセの小橋に至て、頃日将棋を指すことはあるか、と問へば、諒答へて、あらず、相手もなきがゆゑに、と云ひしのち、さにあらず、亘《わたる》と今なほ指し継ぐにあらずやと笑ふは、文にての将棋の事なり。しばし沈思の後、諒、夏桂と口にす。諒の忘れずにありしをうれしく思ひて、余、稍《やゝ》考へし後、六歩と応じ、桂馬に八艘飛びされてはならぬゆゑと付したり。（傍点筆者）

五年前と同じく鎮守まで送った。いうべきことはあるはずだと思うのにいえず、諒四郎も寡黙な男であるから、二人でただ杉木立に蟬が鳴くのを聞きながら歩いた。小川にかかる橋まできたとき、菅原香帆は口を開いて、近頃は将棋を指すことはあるのかと訊いた。指さない、相手もいないと答えた諒四郎はすぐに、いや、違う、亘と手紙で将棋を指しているではないかと笑い、少し考えた後、「夏桂」と指し手を口にした。

二人の郵便将棋がはじまったのが、諒四郎が養子となって江戸へ移った直後の安政五年十月、それから五年の間に、やりとりされた手紙は二十五通。ふたりは出入りの商人や江戸に店《たな》を持つ材木問屋に書簡を託したようだが、当時の通信事情を勘案して、二十五を多いと見るか少ないとするか、いずれにせよ往復する文には、一度の例外を除いて将棋の指し手が書かれて、郵便将棋が継続されていたことが『日録』からわかる。菅原香帆はこれを楽しみにしていた。

ちなみにこの五年の間に、菅原香帆は四度、所用ないしは遊山で江戸へ出ているが、高田諒四郎には会っていない。一度は赤坂の屋敷を訪ねたが、諒四郎は他出中ですれちがった。

菅原香帆はこの不意の来訪から二旬を遡る、七月二十二日に諒四郎から書簡を受け取り、そこには先にも述べたように、近々出奔して尊攘の結社に参ずる旨を仄めかす内容が書かれていたが、将棋の指し手はなかった。一度の例外というのがこれである。「外夷《ぐわいい》迫りて本朝の危殆《きたい》に瀕する時節、将棋どころではあるまじく」と菅原香帆は『日録』に書いているが、やはり寂しかったのだろう、「諒の忘れずにありしをうれしく思」ったのはそのせいであった。

郵便将棋は、先手諒四郎で、二十四手目まで進んでいた。指されるべき二十五手目を諒四郎はいま口にしたわけである。いろは譜の「夏桂」は「7七桂」。左の桂を使おうとの手だ。これ対して余――菅原香帆は「六歩」すなわち「6四歩」。菅原香帆がいうように、桂馬が「八艘飛び」に五段目へ跳ね出るのを事前に防ぐ手である。将棋は中盤にさしかかる難所で、先手の桂跳ねは、攻めるぞ、と宣言する手であり、これをあらかじめ受ける後手の歩の突き出しは自然である。

この将棋は、後手の菅原香帆が珍しく振り飛車にして、やはり郵便将棋を意識したのか、じっくりした展開を目指している。角筋を止めて飛車を四間に振る将棋は、後年の隠居後の棋譜に多く見られるもので、あるいは中途で断ち切られた諒四郎との将棋を懐かしむ――とも単純にはいえぬ心持ちにおいて、晩年の菅原香帆は四間飛車の戦法を繰り返し採用したのではないかと想像させるものがある。諒四郎も息を合わせて落ち着いた手で応じているが、ここで守備側の桂跳ねは波紋を呼ぶ一手であった。

次手はいかにも指し難し。よく〳〵考へるべし。心長くして文を待つ、と余のいへば、諒、うなづきて往く。二本木の辻に姿の消ゆる迄見送る。空の青く澄みて、白雲が日に光れり。

次の手は非常に難しい、よく考えたほうがよい、気長に手紙を待つと菅原香帆がいうと、諒四郎は頷いて去った。辻に消えるまで見送れば、青く澄んだ空で白雲が輝いていたと、珍しく文学的な一文には、幼な友達の前途を祈り祝福する気持ちが顕れているだろう。

だが、天誅組に加わった高田諒四郎の運命は、祝福すべきものにはならなかった。

七

天誅組が五條代官所を攻めた翌日、京で政変が起こる。そもそも天皇の大和行幸とこれにつづく攘夷親征は、長州と結ぶ三条実美ら急進派公卿の企謀によるものであり、孝明天皇の意に沿うものではなかった。天皇は短兵急な攘夷戦争を望まず、徳川将軍への政務委任を停止するつもりもなかった。八月十八日未明、会津と薩摩の藩兵を中核とする軍勢が禁裏の諸門を封鎖し、長州藩士および急進派公卿を排除した。失脚した七卿は長州へ落ちた。これがのちに八月十八日の政変と呼ばれたものであるが、この結果、朝廷の実権は公武合体派が握ることになり、大和行幸および攘夷親征の詔勅は偽勅とされた。天誅組の行動の正統性は失われ、むしろ逆賊として討伐の対象となる。

天誅組を含む討幕派は、これを「君側の奸《かん》」の策謀であるとし、徹底抗戦の構えを見せたが、急進派七卿が長州藩の保護を得たのに対して、天誅組は大和で孤立した。初発には勤王の伝統をもつ十津川郷士の加勢を得、天険たる十津川郷に籠城する戦術をとるなどしたが、主将の中山忠光を叛臣とする令旨《れいじ》が朝廷から下されるに及んで、十津川郷士は離れ、他にも離脱者が出て、わがまま公卿中山忠光の統率力の欠如もあり、必ずしも戦意横溢ではない諸藩の追討軍と戦う天誅組は内部から崩壊した。

挙兵からほぼ一月後の九月十五日、中山忠光は天誅組を解散して、大坂へ脱する。九月二十七日、中山忠光がごく少数の供の者と大坂の長州藩邸に到着する一方、他の隊士らは大和の山中で戦死し、あるいは捕らえられて斬首された。吉村虎太郎も同じ二十七日、吉野の鷲家口《わしかぐち》で銃撃を受けて死し、ここにおいて天誅組の蜂起は終結した。賊徒となった吉村虎太郎らの首は京で獄門台に晒された。長州藩に保護されて下関に潜伏した中山忠光は、翌年十一月、藩内の政治情勢の変転下に暗殺された。維新を超えて生きのびた天誅組隊士は、ほんの数名を数えるだけであった。戊辰の役に五年先立つ天誅組の蜂起は、早すぎた挙兵であった。

こうした情勢下、高田諒四郎の行動については、長らく不明であった。吉村虎太郎と共に梟首《きょうしゅ》された十二名の志士に高田兼家は含まれず、中山忠光につきしたがって大坂に脱した久留米藩士・半田門吉の『大和日記』など、天誅組について同時代に書かれた史料にも高田兼家の名前はない。これは諒四郎が天誅組に加わるに際して変名を用いたせいでもある。坂本龍馬の才谷梅太郎や西郷隆盛の菊池源吾などが有名であるが、幕末志士らの多くが変名を使った。高田諒四郎が同じくしたのは養家に迷惑をかけたくないとの思いからだろう。実際に高田家では、天誅組事件の直後、べつの養子縁組を進め、病気を理由に兼家の廃嫡を主家に届け出ている。

維新後、天誅組の事績は忘れられた。高田諒四郎兼家もまた歴史の闇中に消え去った。幕末から維新にかけて京や江戸で生起した諸事件に諒四郎の影がよぎらぬか、菅原香帆は注意していたはずだが、天誅組事件を含め『日録』に言及はない。

元治元（一八六四）年に柳原専了が没した。武芸道場も閉鎖され、しかし菅原香帆はその後も道場の同輩と会っており、そんな折に諒四郎の噂が出たと想像されるが、『日録』にはなにも書かれていない。明治元（一八六八）年十一月二十四日の条には、諒四郎の実家である村中家が駿府《すんぷ》に居を移したとの記述があるが、ここでも諒四郎の名前は出てこない。

『日録』は文字通り日々の記録であり、家業を中心に身辺の出来事でほぼ埋められて、世人の耳目を集めたであろう政治的事件の記述はほぼなく、あってもごく短く記されるにすぎない。幕末期の『日録』に登場する最大の事件は、慶応二（一八六六）年六月の武州一揆である。これは菅原家屋敷がうちこわしに遭うなど、自身が当事者であった以上は当然で、このあたりから明治初年頃にかけては、目まぐるしく変転する政治権力との折衝に、地域の指導的立場にあった菅原香帆が忙殺された様子が窺われる。

しかし菅原香帆は幼な友達のことを忘れたのではなかった。『日録』の明治十五（一八八二）年二月二日の条に諒四郎の名前が久しぶりに登場する。もっとも『日録』は明治七年から十四年までが大きく欠落している。したがって諒四郎の名前を紙面に記すこと自体が菅原香帆にとって久しぶりであったかどうかはわからない――いや、その名前はすでに何度か記されていたはずで、そのことは二月二日の記述から推測できる。

午後、棟方氏より返書届く。三瀬桂太郎はやはり高田諒四郎であらうとの由。本村郁氏も同意見なりとも。夜刻、灯下にて再読三読し、暫《しば》し朧《おぼろ》となりて古《いにしへ》に思ひを馳せぬ。

「棟方氏」は棟方崇亮《むなかたたかすけ》、陸軍省の官徒で、天誅組の変に加わっていた元十津川郷士である。「本村郁《もとむらいく》」もおそらく同郷の人間だろう。そして「三瀬桂太郎《さんぜけいたろう》」こそが高田諒四郎の変名である。つまりは天誅組の蜂起に際して諒四郎と行動をともにしていた人間に問い合わせの手紙を書き、三瀬桂太郎が高田諒四郎であろうとの返事がきたというわけである。ここからは憶測が混ざり込まざるをえないのであるが、菅原香帆はどこかで三瀬桂太郎の名前を聞き知り、諒四郎の変名だと考えたのではないか。「三瀬」は諒四郎が育った入間郡高戸村の字《あざ》の名称である。これに桂太郎となれば、おやと思うのは当然である。菅原香帆は高田諒四郎の風体や容姿その他を記した手紙を棟方崇亮に出し、右の返信をもらった。「朧となりて」の表現は面白いが、思わずわれを忘れて昔の事どもを回想したのだろう。

菅原香帆が「三瀬桂太郎」の名前に遭遇したのは、明治政府による天誅組の再評価とおそらく関係がある。維新後忘却されていた天誅組は、明治十年代に至り、維新の魁《さきがけ》であったと顕彰され、名誉回復のなされた隊士らは靖国神社に合祀された。棟方崇亮は天誅組の名誉回復に尽力した人物のひとりである。棟方は後に陸軍省を辞めて玄洋社に加わり、日露戦争後には大阪で国粋団体を立ち上げて、機械製造の企業を経営する傍ら、『皇道日本』なる雑誌を発刊した言論人でもあった。

どちらにしても「三瀬桂太郎」が諒四郎であると確信した菅原香帆は、天誅組の調査を独自に開始した。逆賊からの名誉回復がなって、遠慮をする必要がなくなったからだろう、関係者に手紙で問い合わせ、あるいは直接会って情報を求めた。とはいえ出来事から二十年の星霜を経て、隊士のほとんどは死去しており、調査は容易ではなかった。菅原香帆もまだ引退前であったから、余力も時間も多くはなかった。それでも粘り強く調べを進めて、中山忠光と共に長州へ逃れ、後に戊辰戦争に参加して、維新後秋田県令などを歴任した石田英吉や、吉村虎太郎と一緒に梟首《きょうしゅ》された那須信吾の甥であり、天誅組隊士の顕彰に尽力した伯爵田中光顕に会って働きかけるなど、幼な友達の名誉回復にむけた運動をはじめた。『高田兼家伝』を執筆出版したのも、運動の一環だったと考えるのが正しいだろう。

明治二十六(一八九三)年、努力は実り、高田諒四郎兼家は靖国神社に祀られ、維新に挺身した義士の列に加えられた。同時に菅原香帆は地元の宗光寺に高田諒四郎兼家の墓と顕彰碑を建立した。

明治二十七(一八九四)年、天誅組終焉の地である鷲家口《わしかぐち》に隊士らの墓が建立され、翌二十八年には、田中光顕、山縣有朋などが参列して、吉野の宝泉寺で三十三回忌の法要が行われた。高田兼家はここには祀られてはいなかったけれど、菅原香帆は棟方崇亮と共に参列している。天誅組の戦跡をめぐることは菅原香帆の所願であり、これを機に当地を訪れたのだろう。大和はかつてほど遠い地ではなくなっていた。

大和路を旅する菅原香帆は、苔むす山々に兵どもが夢の跡を追い、仄暗《ほのぐら》い木下陰に、奇岩に筋を曳く清流の辺に、鹿鳴響く白霧の草原に、幼な友達の面影を求めただろうか。それは史跡に立つ旅人がするのとおなじ、物語中の人物に夢想の触手を伸ばす経験であったかもしれない。

ところがである。この旅の途次、菅原香帆は、夢の霞の奥から、亡き友の、幻ではない、たしかな姿が浮かび上がるのを見ることになったのである。

八

棟方崇亮は『高田兼家伝』に跋文《ばつぶん》を寄せているが、菅原香帆が紀伝を編むにあたって、大和での高田諒四郎については、棟方の証言にそのほとんどを負っていると考えられる。棟方崇亮は、八月十八日前後に十津川郷士のひとりとして挙兵に参じ、天の川辻の本陣に着してから、「三瀬桂太郎」と行動を共にする時期があったと跋文に記している。『高田兼家伝』から少し引いてみる。

天乃川辻に着陣せし天誅組、千余名の十津川郷士を加へて意気高く、主将中山忠光卿の下に隊の編成を改む。高田兼家、吉村虎太郎率ゐる隊に加はる。二十六日、天誅組、高取城を攻む。城難攻にして陥ちず。天誅組五條へ退き、暮れるを待ちて吉村隊のみにて夜襲をかけたり。これぞ高田兼家の初陣なり。

十津川郷士を加えて天の川辻に陣を構えた天誅組は、軍を整え、諒四郎は吉村虎太郎の部隊に加わった。八月二十六日、中山忠光率いる本隊が高取藩の藩庁である高取城を攻撃した。今日明らかな史実によれば、吉村虎太郎の隊は郡山藩兵の到来に備えて御所《ごせ》方面に向かい、最初の攻撃には参加していない。本隊は高取藩兵との戦いに敗れて五條へ退き、同じ日に吉村虎太郎が再び高取城へ夜襲をかけた。高田諒四郎が吉村隊にいたとすれば、この夜襲がかれの初陣だとするのは史実に即している。

さらに史実を追えば、吉村隊の夜襲も失敗に帰し、本陣を転々と移したのち、天誅組は天の川辻まで退却する。別地での再起を図るべしとの意向を示した中山忠光に対して、吉村はあくまで当地で戦い抜く決意を表明した。統率の分裂混乱は離脱者を生み、ここにおいて天誅組は実質的に瓦解した。この後もしばらくは動員された諸藩の討伐軍に抵抗したものの、大義を失して孤立した段階で、そもそもまとまりを欠き装備も貧弱だった蜂起軍の命運は尽きていた。『高田兼家伝』にはしかし、史実への視線はほとんどない。右の引用でも、吉村隊の夜襲の帰趨は書かれていない。中山忠光と吉村虎太郎の対立にも言及はない。菅原香帆が紀伝を執筆した明治二十年代、維新史研究は緒についたばかりで、情報が少なかったこともあるだろう。総じて出奔して以降の高田諒四郎を描くに際しては、虚構を編むことへのためらいは書き手にない。そもそも『高田兼家伝』では、兼家は八月十七日に京に着き、十八日の夕刻、桜井寺に陣を構えた天誅組に合流したとされている。しかしこれは明らかにおかしい。『日録』によれば、出奔した諒四郎が路銀を求めて入間へきたのが八月十四日。三日では京に着けない。『日録』の日付に誤りがないとすれば、これは著者の意図的な改変である。紀伝の筆は、史実よりむしろ、勤王の志士・高田兼家の忠勤ぶりと武功に力点を置く。

高田兼家、吉村虎太郎の隊にありて常に先鋒を務む。敵陣に躍り入りては敵武者の気を挫き、大刀を揮《ふる》ひて数多《あまた》の首級《くび》を挙ぐ。兼家、俊敏にして大胆。細心にして果敢。多勢の敵にも平然、畏《おそれ》を知らず立ち向かふは、さながら鬼神の如しといふ者あり。ある日は、並べ撃ちかくる洋式銃をものともせず、槍を揮ひて是を蹴散らし、また他日は、本陣に敵兵の迫る所、夜闇に乗じて是を襲へば、敵兵は算を乱して逃げ去りにけり。

吉村隊の高田兼家は数々の戦いにおいて先鋒を務め手柄を挙げた。数に勝る敵に臆せぬ勇猛果敢な戦いぶりは鬼神のごとくであったと『高田兼家伝』は記すのだが、「ある日」「他日」の書き方に端的に示されているように、具体性はない。再び史実を追えば、吉村虎太郎らは八月二十六日以降もいくつか戦闘を行い、九月九日には本陣に迫る彦根藩兵に対して夜襲をかけて撃退するなど、ささやかな勝利を得たりもしているけれど、高田兼家が実際にどのように活動したのかはわからない。

『日録』には、「三瀬桂太郎」が高田諒四郎であろうとの返書をもらった後、棟方崇亮に会い、神楽坂の料亭で酒食を共にしながら「三瀬桂太郎」についてあらためて訊ねたとの記述がある。吉村虎太郎の隊に所属した棟方崇亮は、同じ隊に「三瀬桂太郎」がいて、高取城夜襲に共に加わったこと、その後は隊がべつになり、だから詳しくはわからぬが、「三瀬桂太郎」が吉村の片腕として活躍していたらしいこと、九月なかばに天誅組が解散となり棟方が離脱したとき、「三瀬桂太郎」が別れを惜しんでくれたことなどを証言したという。棟方崇亮の情報にもさほどの具体性があるのではなかった。

高田兼家の最期は以下のように描かれる。

中山忠光卿率ゐる一隊、大坂へ脱すべく大和の険路を分け進む。吉村虎太郎、卿を護り導くべく同道せしが、手疵《てきず》を負ひて遅る。虎太郎、高田兼家を傍に呼びて曰く、爾《なんぢ》、吾にかまはず往きて、卿の退路を拓《ひら》くを援《たす》けよと。兼家諾して、鷲尾口にて隊に追ひつきしが、鷲尾口は諸藩の兵に固められてありき。

中山忠光は大坂へ脱すべく大和の難路を進み、これを援護するために同行した吉村虎太郎は傷を負って遅れた。虎太郎は高田兼家を呼んで、自分にかまわず先へ行き、中山卿の脱出を援けろといった。頷いた兼家は鷲尾口で中山忠光の隊に追いついたが、そこはすでに追討軍の藩兵に固められていた。

高田兼家、那須信吾らと諮《はか》りて、敵陣へ忍び寄り、藪陰より躍り出て、烈しく打ちかかり、敵兵の乱るる隙をつきて、卿は活路を拓くを得たり。是を見遣りし兼家、莞爾《くわんじ》として、疵を負ひし仲間を助け起すところへ、洋式銃より撃ち出されたる弾丸、胸腹を貫けり。兼家斃《たほ》れず猶《なほ》槍を揮《ふる》はんとするへ、銃列の轟と谿《たに》に鳴り渡りて雷のごとく、弾はさながら霰のごとく、撃れたる兼家、よろめき斃れて山崖より落つ。下方は杉の生ふる渓なり。息絶えたる兼家のむくろ、一筋の清き流れに漬かりてとどまれり。川辺に山百合の咲き乱れて、涼風に揺れたりしとぞ。

那須信吾は土佐の脱藩志士で、吉村虎太郎と共に梟首《きょうしゅ》された天誅組の中心人物のひとりである。那須らと相談して高田兼家は敵陣に斬り込みをかけ、中山忠光を逃すことに成功した。これを見てにっこり微笑んだ兼家は、傷ついた仲間を助けているところを撃たれ、しかしなお戦わんとする兼家に向かって銃列が火を吹いた。兼家は斃れ、崖から転落した骸《むくろ》は谷の清流につかり、これを風に揺れる一団の百合の花が見つめていた——。

『高田兼家伝』は、全体に飾り気のない簡素な文章で綴られているが、天誅組での活動を描くあたりから「文学的」な修辞が増えるのは、実像がほとんど摑めていなかったせいもあるだろう。那須信吾らが中山忠光を逃すべく鷲尾口で奮戦したことは今日史実として知られている。しかし、そこに高田兼家がいたとの証拠は『高田兼家伝』以外にはない。

『高田兼家伝』が書かれたのが明治二十三（一八九〇）年。出版が翌年。菅原香帆が吉野へ旅した明治二十八（一八九五）年には、高田諒四郎兼家の名誉回復はすでに成り、『高田兼家伝』を菅原香帆が執筆上梓した目的は果たされていた。「紙の墓碑」にふさわしい筆致とは対照的に、天誅組に加わって以降の「勤王の志士・高田兼家」を描く筆には、幼な友達のために、なりふり構わず大袈裟な修辞や麗句を駆使して虚構を編まんとする姿勢がある。そしてその目論見は功を奏した。菅原香帆という友がなかったなら、高田諒四郎兼家もまた名もなき草莽の志士の列に加えられ、歴史の暗層に埋もれていただろう。

吉野を旅する菅原香帆は、己の書いた紀伝の文飾を面映く思いながら、亡き友の面影を追っていただろうか。それとも自身が創り上げた物語の香気を深く胸に吸っていたのだろうか。どちらにしても、この旅の途次、夢幻の物語の登場人物ではない、生身の高田諒四郎が遺した痕跡に菅原香帆は遭遇した。そこには紀伝のそれとはべつの、虚構ならざる、しかしこれもまた奇譚と呼ぶほかない物語があったのである。

九

菅原香帆の旅は、本来なら紀伝執筆前になされるべきであった、諒四郎の足跡を辿る目的もあっただろう。吉野から十津川へと足を延ばし、さらに五條や高取の戦跡を訪れた菅原香帆は、旅のさなかにも日誌を記し、帰郷後に整理して『日録』に加えている。旅日誌はほとんどがごく短い行動記録であるが、十月二十三日の条だけは例外である。この日菅原香帆は奈良町の旅荘に宿し、そこで前日の出来事につき詳しく日誌に記したのは、書くべき出来事があったからにほかならない。

その日、菅原香帆は高取の慈明寺を訪れた。慈明寺は文久三年八月二十六日の、天誅組と高取藩兵との戦闘があった場所からほど近い寺である。吉野でも十津川でもどこでも、天誅組に関わった者があると知れば、菅原香帆は訪ねて話を聞いているが、ここでも高取城夜襲での「三瀬桂太郎」の事蹟が知られはしまいかと、淡い期待を抱いていたのだろう。

慈明寺にては、松永氏の紹介ありて、住持、懇切に饗《きやう》じ給ふ。天誅組につき問ひ申せば、かの戦《いくさ》は昨日の事のやうなりとて詳しく語り給ふ。

「松永氏」は棟方崇亮の知り合いの奈良県庁の職員である。その人の紹介で慈明寺の住職に会い、親切なもてなしを受けた。天誅組について、高取藩との戦はよく覚えていると住職は応じ、詳しく話してくれた。その具体的な内容は旅日誌に記述がないのでわからぬが、早朝からはじまった戦闘は短時間で高取藩の勝利に終わり、藩兵に死者がなかったのに対して、天誅組はいくつか首級《くび》がとられ、数十人が生け捕られたと、史実に即した経緯が話されたと想像できる。住職は吉村虎太郎隊の夜襲についても教え、こちらは旅日誌に記述がある。

夜刻の戦につきては、此処より程近き渓筋にて、天誅組隊士、藩兵と撃ち合ひしが、程なく天誅組は退けりと住持の教へ給ふ。戦と呼ぶ程にはあらずといふは慮外なり。

夜刻には寺から近い谷の林道で天誅組と高取藩兵との撃ち合いがあったが、これは「戦」と呼ぶほどのものではなかったと住職にいわれて、意外に思ったと菅原香帆は書いているが、史実では、夜襲に向かった吉村虎太郎らは、城下へ至る前に高取藩の斥候と遭遇して戦闘になり、味方の誤射で吉村が負傷して退却したのであり、住職の話はこれと遠くない。高田兼家の「初陣」が小競り合い程度のものにすぎなかったと聞かされた菅原香帆が意外に思ったのは、棟方崇亮から聞いた話とはちがっていたからだろう。『皇道日本』の社主時代に逸話がいくつか残るが、棟方崇亮はいささか大言壮語の癖のある人物だったらしい。

しかし菅原香帆にとって真に「慮外」だったのはここからであった。夜の戦闘は小規模ではあったものの、天誅組の隊士がひとり亡くなっていたのだと明かした住職は、いささか奇譚じみているのだがと前置きして話し出した。これについては菅原香帆は詳しく書いている。

七年ほど前のことである。住職はかたった。近くに住む山賤《やまがつ》が流行病で死んだ。葬式の後、山賤の女房が来て告白するには、天誅組の戦のあった翌日、夫が河原で武者の骸《むくろ》を見つけた。前夜の戦闘中に撃たれ、渓底へ落ちたにちがいなく、すぐに届け出るべきであったが、山賤は骸を密かに埋めた。武者が身につけていた金品を奪ったからである。女房は祟りが恐ろしく、しかしそれ以上に夫が怖くて黙っていたが、夫が死んでようやく明かしたのだった。武者を埋めた川辺の場所は、幾度かでた大水のせいで、わからなくなっていた。武者が身につけていた刀剣類は山賤が売り払い、胴巻には巾着や書状がしまわれていたが、それらもすでに失われ、唯一遺された品は錦の小袋に入った護符であった。これも夫からは焼けといわれていたが、罰を恐れる女房が密かに隠しておいたもので、小袋には氷川神社の御札と一緒に畳んだ懐紙が収められ、辞世の句がしたためられていた。が、署名はなく、素性はわからずじまいであった。それでも住職は遺品の護符を依代にして、懇ろに供養をした――。

なるほど奇譚であると、菅原香帆が思ったかどうか、どちらにしても、この時点では話に登場した武者が諒四郎だとは思っていなかったはずだ。高取の戦闘は八月。九月半ばに棟方崇亮が天誅組を離脱したとき、「三瀬桂太郎」が別れを惜しんでくれたのであるならば、そうであるはずがない――いや、なにかしら直感めいたものがすでにあっただろうか。

菅原香帆が辞世の句を見たいといったかどうか、それもわからぬが、しかし武者の唯一の遺品である護符もまた、前年に慈明寺が火災に遭った際、懐紙もろとも燃えてしまっていた。武者が生きて在った痕跡は失われていた。それでもかろうじて住職は辞世の句を手帳に引き写していた。

話の種にとぞ思ふにやあらむ、住持、懐紙より引き写せる文字を示し給ひていふやう、辞世の脇に異なる文字のあり、名ではあらじ、貴殿に判じ得るやと。

これも一興と思ったのか、住職は護符の懐紙から書き写した文字を見せ、辞世の句の横に不思議な字があったのだと示した。字は名前ではなさそうで、ではいったい何であるか、貴公に謎が解けるだろうかといわれて、菅原香帆は手帳の文字を見た――途端に目から涙が溢れ、もはや止めることができなくなった。それが諒四郎の書いたものであるとすぐにわかったからである。

帳面に書かれたる墨字を見し刹那、目より涙の溢れて、もはや留むる術を知らず。辞世は諒四郎の詠みし事、明らかなり。余の落涙するを見て、如何なることにやあらむと、住持の訝《いぶか》り問ひ給へるに答へもせで、余は声をあげて哭《な》くばかりとなむなりにける。

どうかしたのかと住職が訊くのへ答えもせず、このときの自分はただ嗚咽を漏らすばかりであったと菅原香帆は書いているが、諒四郎が見舞われた運命については、旅から帰って後の『日録』にあらためて記している。「諒四郎の大和へ着せるは蓋《けだ》し八月二十六日なるや、天誅組に参じて間を措かず吉村隊の夜襲に加はりしは疑ふべからず」と断じる分析を敷衍すれば、八月十四日に入間を出た諒四郎が大和に着いたのが二十六日の夜刻、ちょうど吉村虎太郎が夜襲に出るところで、直ちに加わった諒四郎が高取兵との戦闘中に死んだと考えると、たしかにいろいろな点で辻褄が合う。

鉄砲に撃たれた高田諒四郎は谷底に落ち――と、ここは奇しくも『高田兼家伝』の記述と合致しているわけだが、夜間の山中でのこと、天誅組は高田諒四郎の死亡を確認できなかった。かりに高田諒四郎すなわち「三瀬桂太郎」が、紀伝に描かれるように、八月十八日前後に天誅組と合流し、隊に配置されたのなら、夜襲の後で「三瀬桂太郎」が姿を消したことは、逃亡が疑われるなど、問題視されたはずだ。そうならなかったのは、「三瀬桂太郎」が隊士らに知られ馴染まれる前に死んだからである。出撃のあわただしさのなかで、にわかに参じてきた一志士に気をとめる者はなかったのだろう。それでもこの夜襲に参加していた棟方崇亮は「三瀬桂太郎」の名前を記憶にとどめていた。棟方崇亮がその後も「三瀬桂太郎」が天誅組にいたと話したのは、かれの勘違いか、あるいは大言を吐く者にありがちな、聞き手の意に沿う話をついしてしまう性情ゆえだったのかもしれない。

高田諒四郎兼家は、大和へ着いたその日、八月二十六日に死んでいた。これを踏まえて菅原香帆が紀伝を改訂することはなかった。高田諒四郎兼家の名誉回復は虚構の物語を通じてすでに成されて、いまさら書き換える理由を見いだせなかったのだろう。

しかし菅原香帆はどうして、署名のない辞世の句が諒四郎のものだとわかったのか。それは住職が謎として示した、辞世の句の横の「異なる文字」ゆえであった。

——七桂。

文字とはこれである。慈明寺の住職は将棋を知らなかったのだろう。「七桂」——。これこそはふたりが指しつつある「郵便将棋」の次の一手に相違なかった。「七桂」は「6五桂」。村はずれの鎮守で、浮雲を眺める菅原香帆が口にした「六歩」、これにつづく二十七手目であり、その手の意味を菅原香帆は瞬時に悟った。だからこそその滂沱《ぼうだ》の涙なのであった。

後手が「6四歩」と備えたところへ桂を跳ねる「6五桂」。これは桂のただどりである。菅原香帆は『日録』に記している。

> 後手の歩で備へしところへ桂馬を跳ねるは無茶也。無謀也。然して此の桂馬は諒に他ならず。敢へて捨て駒となるべく、桂を跳ねしは疑ふべからざる也。

身を捨てる桂跳ね。栄誉を求めることなく、名を遺す配慮もなく、きたるべき未来のために身を捨てる桂跳ね。此の桂馬は諒に他ならず――。互いに将棋盤を挟む濃密な時間を共にした菅原香帆は、このことを即座に、深く理解したのであった。

明治四十（一九〇七）年、菅原香帆は卒し、菩提寺である宗光寺の墓所に埋葬された。菅原家の墓の一列北側、竹林のある丘陵に接して、高田諒四郎兼家の墓はある。そこには明治三十（一八九七）年に建てかえられた碑が建ち、黒御影石には辞世の句が彫られている。

君がため馬駆りて越ゆ桂川　野路の草葉の露と散るとも

＃　棋譜と指了図を示す。

先手：高田諒四郎
後手：菅原香帆
▲7六歩△3四歩▲2六歩△4四歩
▲2五歩△3三角▲7八金△4二飛
▲6九玉△3二銀▲4八銀△6二玉
▲9六歩△9四歩▲5六歩△7二玉
▲6八銀△4三銀▲4六歩△3二金
▲4七銀△8二玉▲5五歩△7二銀
▲7七桂△6四歩▲6五桂

著者略歴

青山美智子（あおやま・みちこ）

1970年愛知県出身。2020年、デビュー作『木曜日にはココアを』で第1回宮崎本大賞を受賞。2021年、『猫のお告げは樹の下で』で第13回天竜文学賞を受賞。同年より、『お探し物は図書室まで』『赤と青とエスキース』『月の立つ林で』『リカバリー・カバヒコ』『人魚が逃げた』が5年連続で本屋大賞にノミネートされる。他の著書に『いつもの木曜日』『鎌倉うずまき案内所』『月曜日の抹茶カフェ』、U－ku氏との共著である『マイ・プレゼント』『ユア・プレゼント』などがある。

芦沢　央（あしざわ・よう）

1984年東京都生まれ。千葉大学文学部卒業。2012年、「罪の余白」で第3回野性時代フロンティア文学賞を受賞し、デビュー。2018年、『火のないところに煙は』で第7回静岡書店大賞、2021年、『神の悪手』でほんタメ文学賞2021年上半期たくみ部門、翌年同作で第34回将棋ペンクラブ大賞（文芸部門）優秀賞、2023年、『夜の道標』で第76回日本推理作家協会賞（長編および連作短編集部門）を受賞。最新作は『魂婚心中』。

綾崎　隼（あやさき・しゅん）

1981年新潟県生まれ。2009年、第16回電撃小説大賞〈選考委員奨励賞〉を受賞し、『蒼空時雨』でデビュー。2021年、『死にたがりの君に贈る物語』でベストオブけんご大賞を受賞。デビュー作を含む「花鳥風月」シリーズ、「君と時計」シリーズ、『盤上に君はもういない』『この銀盤を君と跳ぶ』『ぼくらに嘘がひとつだけ』など著書多数。

奥泉　光（おくいずみ・ひかる）

1956年山形県生まれ。1986年、「地の鳥　天の魚群」でデビュー。1993年、『ノヴァーリスの引用』で第15回野間文芸新人賞、第1回瞠目反文学賞、1994年、『石の来歴』で第110回芥川賞、2009年、『神器――軍艦「橿原」殺人事件』で第62回野間文芸賞、2014年、『東京自叙伝』で第50回谷崎潤一郎賞、2018年、『雪の階』で第31回柴田錬三郎賞、第72回毎日出版文化賞、2025年、『虚史のリズム』で第66回毎日芸術賞を受賞。『バナールな現象』『「吾輩は猫である」殺人事件』『グランド・ミステリー』『シューマンの指』『死神の棋譜』など著書多数。

貴志祐介（きし・ゆうすけ）

1959年大阪府生まれ。京都大学経済学部卒業。1996年、「ISOLA」（刊行時『十三番目の人格《ペルソナ》―ISOLA―』に改題）が第3回日本ホラー小説大賞（長編部門）佳作に選ばれ、デビュー。1997年、『黒い家』で第4回日本ホラー小説大賞、2005年、『硝子のハンマー』で第58回日本推理作家協会賞（長編および連作短編集部門）、2008年、『新世界より』で第29回日本SF大賞を受賞。2010年、『悪の教典』で第1回山田風太郎賞を受賞、第23回「このミステリーがすごい！」1位に選出される。最新作は『さかさ星』。

白井智之（しらい・ともゆき）

1990年千葉県生まれ。東北大学法学部卒業。第34回横溝正史ミステリ大賞の最終候補作『人間の顔は食べづらい』で2014年にデビュー。2022年、『名探偵のいけにえ―人民教会殺人事件―』が、「2023本格ミステリ・ベスト10」の1位に選出。翌年、同作で第23回本格ミステリ大賞も受賞。最新作は『ぼくは化け物きみは怪物』。

橋本長道（はしもと・ちょうどう）

1984年兵庫県生まれ。神戸大学卒業。1999年から2003年まで、新進棋士奨励会に在籍。2011年、『サラの柔らかな香車』で第24回小説すばる新人賞を受賞し、デビュー。翌年、同作で第24回将棋ペンクラブ大賞（文芸部門）も受賞。2022年、『覇王の譜』でWEB本の雑誌オリジナル文庫大賞、翌年、同作で第35回将棋ペンクラブ大賞（文芸部門）を受賞。他の著書に『サラは銀の涙を探しに』などがある。

葉真中　顕（はまなか・あき）

1976年東京都生まれ。2013年、『ロスト・ケア』で日本ミステリー文学大賞新人賞を受賞し、デビュー。2019年、『凍てつく太陽』で第21回大藪春彦賞および第72回日本推理作家協会賞（長編および連作短編集部門）を受賞。2022年、『灼熱』で第7回渡辺淳一文学賞を受賞。他の著書に『絶叫』『W県警の悲劇』『ブラック・ドッグ』『鼓動』などがある。

初出　「小説現代」２０２４年11月号

もの語《がた》る一《いっ》手《て》

著者

青《あお》山《やま》美《み》智《ち》子《こ》
芦《あし》沢《ざわ》央《よう》
綾《あや》崎《さき》隼《しゅん》
奥《おく》泉《いずみ》光《ひかる》
貴《き》志《し》祐《ゆう》介《すけ》
白《しら》井《い》智《とも》之《ゆき》
橋《はし》本《もと》長《ちょう》道《どう》
葉《は》真《ま》中《なか》顕《あき》

2025年4月7日　第一刷発行

発行者 ……………… 篠木和久

発行所 ……………… 株式会社 講談社
〒112-8001
東京都文京区音羽2丁目12-21
電話　出版 03-5395-3505
販売 03-5395-5817
業務 03-5395-3615

本文データ制作 ……… 講談社デジタル製作

印刷所 ……………… 株式会社KPSプロダクツ

製本所 ……………… 株式会社国宝社

Printed in Japan, ISBN 978-4-06-538954-6　N.D.C.913　318p　19cm